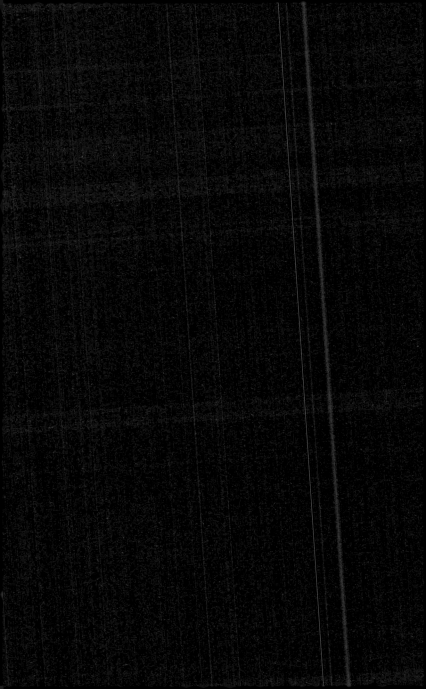

# 유리 열쇠

# 유리 열쇠

The Glass Key

대실 해밋 장편소설   홍성영 옮김

**THE GLASS KEY**
**by DASHIELL HAMMETT (1931)**

이 책은 실로 꿰매어 제본하는 정통적인 사철 방식으로 만들어졌습니다.
사철 방식으로 제본된 책은 오랫동안 보관해도 손상되지 않습니다.

이 책을 넬 마틴에게 바친다.

# 제1장
## 차이나가에서 발견된 시신

# 1

초록색 주사위 두 개가 초록색 테이블을 가로질러 굴러가더니 모서리에 부딪혀 튕겨 나왔다. 곧바로 멈춘 하나는 흰점 세 개가 두 줄로 늘어선 6이었고, 테이블 한가운데에 굴러온 건 점 하나가 있는 1이었다.

네드 보몬트는 나지막이 한숨을 내쉬었고, 게임을 이긴 사람들은 테이블에 놓인 돈을 가져갔다.

해리 슬로스는 핏기 없고 솜털이 북슬북슬한 큼지막한 손으로 주사위를 집어 서로 부딪치며 달그락 소리를 냈다. 「난두 장 반.」 그는 20달러 지폐와 5달러짜리 지폐를 테이블에 내려놓으며 말했다.

네드 보몬트가 뒤로 물러나며 말했다. 「게임들 하고 있어. 난 지갑 좀 채워 올 테니.」 그는 당구대가 있는 방을 지나 문으로 향했다. 거기서 마주친 월터 아이번스에게 잠깐 아는 체를 하고 지나가려는데, 아이번스가 팔꿈치를 잡으며 그를 멈춰 세웠다.

「포, 포, 폴과 얘, 얘기해 봤어?」 아이번스는 말을 더듬었고, 〈폴〉이라고 말한 순간 침이 사방으로 튀겼다.

「지금 만나러 올라가는 길이야.」 희고 둥근 아이번스의 얼굴에서 회색이 감도는 파란 눈동자가 잠시 빛났지만, 이어지는 네드 보몬트의 말에 그 빛은 이내 사라졌다. 네드 보몬트는 눈을 가늘게 뜬 채 덧붙여 말했다. 「너무 기대하지는 말고 기다려 봐.」

아이번스의 턱이 실룩거렸다. 「하, 하지만 다, 다음 달에 아기를 낳을 텐데.」

네드 보몬트의 짙은 눈동자에 놀라는 기색이 스쳤다. 그는 자기보다 키가 작은 아이번스의 팔을 빼며 뒤로 물러섰다. 그러고는 짙은 콧수염 아래 한쪽 입가를 실룩거리며 말했다. 「월터, 지금은 시기가 좋지 않아. 11월 전까지는 기대하지 않는 게 좋을 거야. 괜히 실망만 할 테니.」 네드 보몬트는 눈을 가늘게 뜨며 주위를 경계했다.

「하, 하지만 네가 말만 잘해 주면…….」

「최대한 잘 말해서 밀어붙여 보겠지만, 지금 폴이 워낙 힘든 상황이라 말이지.」 네드 보몬트는 어깨를 으쓱했다. 경계심을 드러내는 눈빛만 빛날 뿐 표정은 어두웠다.

아이번스는 혀를 내밀어 입에 침을 바르며 연신 눈을 깜박거렸다. 그러고는 숨을 깊게 들이마시고 양손으로 네드 보몬트의 가슴팍을 가볍게 치며 다급한 목소리로 애원했다. 「어, 얼른 올라가 봐. 나, 난 여기서 기, 기다리고 있을 테니.」

# 2

네드 보몬트는 얼룩덜룩한 얇은 초록색 시가에 불을 붙이며 위층으로 올라갔다. 2층에 올라서자 주지사의 초상화가 걸려 있었고, 그는 건물 정면 방향으로 걸어가 복도 끝에 있는 오크 소재의 커다란 문에 노크를 했다.

폴 매드빅이 들어오라는 기척을 하자, 네드 보몬트는 문을 열고 들어갔다.

방 안엔 폴 매드빅 이외에 아무도 없었고, 그는 바지 주머니에 양손을 찔러 넣은 채 창가에 서서 어둑한 차이나가를 내다보고 있었다.

그는 서서히 몸을 돌리며 말했다. 「아, 왔구나.」 그의 나이는 마흔다섯, 키는 네드 보몬트와 엇비슷했지만 체중은 20킬로그램 가까이 더 나가는 탄탄한 체구였다. 가운데 가르마를 탄 금발은 가지런히 빗은 채였다. 얼굴은 미남형이고 건장하고 남자다운 인상이었다. 옷은 고급스러운 데다 입는 감각도 좋아서 요란하지 않고 근사해 보였다.

네드 보몬트가 문을 닫으며 말했다. 「돈 좀 빌려줘.」

매드빅은 윗옷 안주머니에서 큼지막한 갈색 지갑을 꺼냈다. 「얼마나?」

「2백쯤.」

매드빅은 1백 달러짜리 지폐 한 장과 20달러짜리 다섯 장을 건넸다. 「주사위 게임 하는 거야?」

「응. 고마워.」 네드 보몬트는 돈을 받아 주머니에 챙겨 넣

**11**

었다.

「돈을 딴 기억이 가물가물할 텐데, 안 그래?」 매드빅은 그렇게 말하며 다시 양손을 주머니에 넣었다.

「그렇게 오래는 아니고 한 달이나 6주쯤.」

「정말 오랫동안 계속 잃었구나.」 매드빅의 입가에 희미한 웃음이 스쳤다.

「꼭 그렇진 않아.」 네드 보몬트의 목소리에 짜증이 묻어 있었다.

매드빅이 바지 주머니에 든 동전을 만지작거렸다. 「오늘 밤 판돈은 커?」 그는 책상 모퉁이에 앉아 광택이 나는 갈색 구두를 내려다보았다.

네드 보몬트는 무언가 궁금한 게 있는 듯 금발의 매드빅을 잠시 쳐다보고는 이내 고개를 가로저었다. 「푼돈이지 뭐.」 그는 창가로 다가갔다. 길 건너편 건물 위로 보이는 하늘이 어둑하고 음산했다. 그는 매드빅 뒤편에 놓인 수화기를 들고 전화를 걸었다. 「버니, 나 네드야. 페기 오툴에 걸려면 얼마면 돼? 그거밖에 안 돼? ⋯⋯각각 5백씩 해줘. ⋯⋯응. ⋯⋯금방 비가 내릴 게 분명하고, 그럼 페기 오툴이 인시너레이터를 이길 거야. ⋯⋯응, 그러면 돈을 더 걸든지. ⋯⋯그래.」 그는 포크처럼 비죽 솟은 거치대에 수화기를 내려놓고는 다시 매드빅과 마주 섰다.

매드빅이 물었다. 「운이 따르지 않을 땐 좀 쉬는 게 낫지 않나?」

네드 보몬트는 얼굴을 찌푸렸다. 「그래 봤자 질질 끌기만

하고 좋을 게 없어. 1천5백을 여러 번 나누느니 한 방에 거는 게 나아. 망하면 마음고생이라도 털어 버릴 수 있고.」

매드빅이 키득거리며 고개를 들었다. 「견딜 수 있다면 그렇겠지.」

네드 보몬트가 입을 비죽거리자 입가의 검은 콧수염도 실룩거리며 내려갔다. 「해야 한다면 뭐든 견디지.」 그러면서 그는 문으로 걸어갔다.

문손잡이를 잡는 순간, 매드빅이 말했다. 「넌 정말 그럴 수 있을 거다, 네드.」 매드빅의 목소리는 진지했다.

네드 보몬트가 고개를 돌려 성마르게 물었다. 「뭘 할 수 있단 말이야?」

매드빅의 시선이 다시 창가로 향했다. 「뭐든 견딜 수 있다고.」

네드 보몬트는 창밖을 향해 있는 매드빅의 얼굴을 자세히 바라보았다. 금발의 매드빅은 불편한 기색을 드러내며 또다시 주머니에 든 동전을 만지작거렸다. 네드 보몬트는 멍하니 그를 쳐다보며 몹시 당혹스러운 목소리로 물었다. 「도대체 누구 얘길 하는 거야?」

순간 매드빅의 얼굴이 벌개졌고, 그는 책상에서 몸을 일으켜 네드 보몬트에게 다가가 말했다. 「우라질 놈.」

네드 보몬트는 웃음을 터뜨렸다.

매드빅은 멋쩍은 듯 어색한 웃음을 짓고는 테두리에 초록색이 들어간 손수건으로 얼굴을 닦았다. 「집에는 왜 안 들러? 어젯밤 어머니가 너 본 지 한 달도 넘었다고 하던데.」

「이번 주에 들를까 해.」

「그럼, 그래야지. 어머니가 널 얼마나 좋아하는지 알잖아. 저녁 먹으러 와.」 매드빅은 손수건을 주머니에 집어넣었다.

네드 보몬트는 다시 문으로 걸어가며 금발의 매드빅을 슬쩍 쳐다보았다. 그는 문손잡이를 잡고서 말했다. 「그 말 하려고 오라고 했어?」

「응. 그런데ㅡ」 매드빅은 얼굴을 찌푸리며 헛기침을 했다. 「하나 더 있긴 해.」 순간 그의 목소리에서 망설임이 사라졌고, 평온하고 침착해졌다. 「이런 일은 나보다 네가 더 잘 알 것 같은데, 헨리 양의 생일이 목요일인데 선물로 뭘 주면 좋을까?」

네드 보몬트는 잡고 있던 문손잡이를 놓았다. 그의 눈빛에 스친 놀라움은 그가 다시 매드빅을 똑바로 마주했을 때엔 이내 사라지고 없었다. 그는 시가 연기를 훅 내뿜으며 물었다. 「생일 파티 같은 걸 하겠지, 그렇지?」

「응.」

「초대는 받았어?」

매드빅은 고개를 가로저었다. 「하지만 내일 저녁 식사 하기로 했어.」

시가를 내려다보던 네드 보몬트의 시선이 다시 매드빅의 얼굴로 향했다. 「형, 헨리 의원을 밀어줄 거야?」

「그러겠지.」

네드 보몬트가 되물었다. 목소리는 입가에 띤 웃음처럼 온화했다. 「왜?」

매드빅이 미소 지었다. 「우리가 뒤에서 밀어주면 헨리 의원은 론을 납작하게 눌러 버릴 거고, 헨리 의원이 도와주면 우린 우리 앞에 반대 세력이라곤 없는 것처럼 모조리 해치울 수 있을 테니까.」

네드 보몬트는 시가를 입에 물고는 여전히 부드러운 목소리로 물었다. 「형이 뒤에서 밀어주지 않으면,」 그는 〈형〉을 힘주어 말했다. 「헨리 의원이 이번에 당선될 수 있을까?」

매드빅의 목소리는 차분했고 확신에 차 있었다. 「어림도 없지.」

네드 보몬트는 잠시 머뭇거리더니 물었다. 「그렇다는 걸 그도 알아?」

「당연히 알겠지. 그런데 설령 모른다 해도, 그게 너와 도대체 무슨 상관이야?」

네드 보몬트는 비웃듯 희미하게 웃으며 말했다. 「모른다면 내일 저녁 식사에 형을 초대하지 않았겠지?」

매드빅은 얼굴을 찌푸리며 되물었다. 「그게 도대체 너와 무슨 상관이냐고?」

네드 보몬트는 물고 있던 시가를 입에서 뺐다. 시가를 잘근잘근 씹은 탓에 가장자리가 잘게 쪼개져 있었다. 「나와는 아무 상관 없지.」 네드 보몬트의 표정은 곰곰이 생각에 잠긴 듯 진지했다. 「다른 일에도 헨리 의원의 도움이 필요할 거라 생각해?」

「뭐든 도와주면 좋은 건 당연하지.」 매드빅은 무심하게 내뱉었다. 「하지만 그가 도와주지 않아도 우린 그럭저럭 해낼 수 있을 거야.」

「벌써 약속한 거라도 있어?」

「거의 그런 셈이야.」 매드빅은 그러고는 입을 다물어 버렸다.

네드 보몬트는 고개를 낮추고 매드빅의 눈빛을 쳐다보았다. 그의 얼굴이 아까부터 핏기 없이 창백해 보였다. 「그에게 등을 돌려.」 네드 보몬트가 허스키한 목소리로 나지막이 말했다. 「뒤도 돌아보지 말라고.」

매드빅은 주먹 쥔 손을 허리에 갖다 대고는 믿기지 않는 듯 나지막이 말했다. 「맙소사, 말도 안 돼.」

네드 보몬트는 매드빅을 지나쳐 가서, 손마디가 튀어나온 가느다란 손으로 시가를 입에서 빼내 구리 세공 재떨이에 비벼 껐다.

매드빅은 네드 보몬트의 등을 가만히 바라보았고, 네드 보몬트는 곧 상체를 꼿꼿이 펴고 몸을 돌렸다. 매드빅은 애정과 분노가 뒤섞인 표정으로 씩 웃으며 말했다. 「네드, 도대체 왜 그러는 거야? 지금껏 가만히 있다가 아무 이유도 없이 느닷없이? 네가 왜 이러는지 도대체 영문을 모르겠어.」

네드 보몬트는 불쾌한 듯 얼굴을 찌푸렸다. 「알았어, 그만 할게.」 그는 그렇게 말하고는 곧장 공격적인 태도를 취하며 회의적인 질문을 던졌다. 「그가 재선되고 나서도 계속 형과 손잡을 거라 생각해?」

매드빅은 걱정 없는 표정이었다. 「그를 다루는 방법쯤은 알아.」

「그럴 테지만, 그가 평생 지금껏 단 한 번도 당한 적이 없다는 사실을 잊지 마.」

매드빅은 전적으로 수긍하듯 고개를 끄덕였다. 「물론이지. 그와 손잡은 제일 중요한 이유도 바로 그거고.」

「그렇지 않아.」 네드 보몬트가 진지하게 말했다. 「최악의 이유가 될 수도 있어. 골치 아프더라도 곰곰이 잘 생각해 봐. 의원의 금발 미녀 딸에게 완전히 홀린 거야?」

매드빅이 말했다. 「그녀와 결혼할 거야.」

네드 보몬트는 휘파람을 불듯 입을 오므렸지만 실제로 그러지는 않았다. 그는 눈을 가늘게 뜨며 물었다. 「그것도 거래의 일부야?」

매드빅은 순진한 아이마냥 씩 웃었다. 「그건 아직 아무도 몰라. 너와 나 두 사람 말고는.」

네드 보몬트의 야윈 뺨에 붉은 기운이 번졌다. 그는 애써 미소를 지어 보였다. 「그런 얘긴 여기저기 떠벌이지 않을 테니 걱정 말고, 충고 하나 할게. 정말 결혼하고 싶은 거라면, 계약서를 쓰고 공증인 앞에서 공증을 받고 차용 증서를 받아. 선거 전에 결혼하자고 하면 더 좋을 거고. 그러면 적어도 형 몸값 정도는 챙길 수 있을 테니까. 그녀 몸값도 꽤 나갈 텐데, 몸무게가 50킬로그램은 나가겠지?」

매드빅은 발을 움직이고는 네드 보몬트의 시선을 피하며 말했다. 「왜 헨리 의원을 도둑인 양 몰아세우는지 모르겠구나. 그는 점잖은 신사인 데다──」

「물론이지. 『포스트』지에도 미국 정치계에 몇 안 되는 귀족이라고 나오니까. 딸도 마찬가지고. 그들을 만나러 가기 전에 만반의 태세를 갖추라는 것도 그 때문이야. 그렇지 않으면 당할 게 뻔해. 저들은 형을 하등 동물쯤으로 여길 거고, 어떤 규칙도 통하지 않을 테니까.」

매드빅은 한숨을 내쉬었다. 「네드, 말이 너무 심하잖아.」

바로 그 순간, 네드 보몬트의 뇌리에 어떤 기억이 떠올랐다. 그의 눈빛에 악의가 번득였다. 「젊은 테일러 헨리 역시 귀족이라는 걸 잊어선 안 돼. 형이 오팔에게 그자와 어울리지 말라고 한 것도 그 때문일 거고. 형이 그자의 여동생과 결혼해서 그자가 형의 딸인 오팔의 외삼촌이 되면 어떻게 되는 거야? 그러면 그가 다시 오팔과 어울려 다닐 명분이 생기는 건가?」

매드빅은 하품을 했다. 「네드, 내 말을 제대로 안 들었구나. 난 이런 얘길 하자는 게 아니라, 헨리 양에게 무슨 선물을 해야 할지 물었을 뿐이야.」

핏기 없는 네드 보몬트의 얼굴은 마치 음울한 기운이 감도는 가면 같았다. 「그녀와는 어디까지 간 거야?」 그가 말을 툭 내뱉자, 생각했던 어조와 딴판이었다.

「어디까지랄 것도 없어. 헨리 의원과 대여섯 번 만났고, 그녀와는 가끔 동석해 여러 사람들과 함께 있는 데서 간단히 인사만 나눴을 뿐이야. 특별히 말을 걸 기회도 없었고.」

네드 보몬트의 눈빛에 즐거워하는 기색이 잠시 나타났다가 이내 사라졌다. 그는 엄지손톱으로 콧수염을 만지작거리며 물었다. 「저녁 식사 자리는 내일이 처음이야?」

「응, 처음이지만 마지막이 되지는 않을 거다.」

「생일 파티에 초대받지는 못했고?」

「응.」 매드빅이 머뭇거리며 말했다. 「아직은.」

「그렇다면 형이 원하는 대답은 해줄 수 없어.」

매드빅은 무심한 표정으로 물었다. 「어떤 대답?」

「아무 선물도 주지 마.」

「말도 안 돼!」

네드 보몬트는 어깨를 으쓱했다. 「그럼 하고 싶은 대로 해. 난 묻는 말에 대답했을 뿐이니까.」

「왜 주지 말라는 거야?」

「상대방이 받고 싶어 한다는 확신 없이는 선물을 해서는 안 되니까.」

「하지만 선물 받는 건 누구나 좋아하잖아.」

「그럴지도 모르지만, 이건 좀 더 복잡한 상황이야. 누군가에게 뭔가를 준다는 건 상대방이 받고 싶어 한다는 걸 알고 있다고 세상 사람들에게 떠벌이는 셈이거든.」

「무슨 말인지 알아.」 오른손으로 턱을 만지작거리던 매드빅이 얼굴을 찡그렸다. 「네 말이 맞지만,」 그는 찌푸린 얼굴을 펴고 말을 이었다. 「이번 기회는 절대 놓칠 수 없어.」

네드 보몬트가 재빨리 응수했다. 「그럼 꽃이나 그런 비슷한 선물이 괜찮을 거야.」

「꽃이라고? 말도 안 돼. 내가 생각한 건—」

「물론 근사한 컨버터블이나 길게 늘어뜨린 진주 목걸이를 생각했겠지. 그런 건 나중에 기회가 있을 테니 우선 작은 것부터 시작해.」

찌푸린 매드빅의 얼굴은 심술궂어 보였다. 「네 말이 맞겠지. 이런 일은 나보다 네가 한수 위니까. 꽃으로 할게.」

「큰 다발을 주지도 말고.」 네드 보몬트는 숨도 쉬지 않고 단숨에 이어 말했다. 「월터 아이번스가 형이 자기 형을 석방시켜 줘야 한다고 사방에 떠들고 다녀.」

매드빅은 조끼 밑단을 아래로 살짝 잡아당겼다. 「선거 후에도 팀이 나오지 못할 건 뻔한데.」

「재판받도록 내버려 둘 거야?」

「응.」 매드빅은 좀 더 상기된 어조로 덧붙여 대답했다. 「네드, 나도 어쩔 수 없다는 거 알잖아. 모두들 재선에 힘쓰고 있고 여성 클럽은 싸움이 터지기 일보 직전인 마당에, 팀 사건을 건드리는 건 불속에 뛰어드는 거나 마찬가지야.」

네드 보몬트는 비뚤어진 표정으로 씩 웃더니 목소리를 느릿하게 깔았다. 「귀족 출신 상원 의원과 엮이기 전에는 여성 클럽 따윈 걱정하지 않았는데.」

「지금은 하고 있지.」 매드빅의 눈빛이 흐릿했다.

「팀의 여자가 다음 달에 애를 낳는대.」 네드 보몬트가 말했다.

매드빅은 곧 한숨을 내쉬며 투덜거렸다. 「엎친 데 덮치는군. 상황이 그렇게 되기 전에 왜 생각을 못 해? 뇌가 아예 없는 게 분명해.」

「뇌는 몰라도 투표권은 있어.」

「그게 최악인 거지.」 매드빅이 매섭게 내뱉었고, 잠시 바닥을 내려다보다가 고개를 들었다. 「개표가 끝나면 팀을 돌봐 주겠지만, 그 전까지는 아무것도 할 수 없어.」

「그들 형제에겐 안 먹힐 거야.」 네드 보몬트는 금발의 매드빅을 멍하니 쳐다보며 말했다. 「뇌가 있는지 없는지는 모르겠지만, 사람들이 돌봐 주는 것을 당연하게 여기는 자들이니까.」

매드빅이 턱을 약간 내밀었다. 희미한 푸른빛이 감도는 동그란 눈동자가 네드 보몬트의 눈을 미동도 없이 마주하고 있었다. 그는 나지막이 물었다. 「그래서?」

네드 보몬트는 씩 웃고는 담담한 어투로 말했다. 「형도 알겠지만, 얼마 지나지 않아 저들은 형이 상원 의원과 어울리더니 예전과 달라졌다며 떠들고 다닐 거야.」

「그런데?」

네드 보몬트는 목소리나 표정에 아무 변화도 없이 우두커니 서 있었다. 「이런 사소한 일로 사람들은 〈섀드 오로리는 지금도 자기 아랫사람들을 챙긴다〉라고 떠벌일 게 뻔해.」

주의 깊게 듣고 있던 매드빅이 짐짓 목소리를 낮추며 말했다. 「네드, 나는 녀석들이 그런 말을 퍼뜨리도록 네가 놔둘 거라곤 생각하지 않아. 혹시 그런 말을 얼핏 듣더라도 최선을 다해 막아 줄 거라고 믿고.」

잠시 침묵이 흘렀다. 둘은 서로의 눈빛을 응시했고, 표정에도 전혀 흔들림이 없었다. 침묵을 깬 건 네드 보몬트였다. 「팀의 여자와 태어날 아이를 보살펴 주면 도움이 될 거야.」

「좋은 생각이야.」 매드빅은 턱을 살짝 당겼고 흐릿하던 눈빛이 다시 빛났다. 「네가 맡아서 해줄 거지? 그들이 해달라는 건 뭐든지 해줘.」

# 3

계단 아래에서 월터 아이번스가 희망에 들뜬 눈빛으로 네드 보몬트를 기다리고 있었다. 「뭐, 뭐라고 해?」

「아까 말했던 대로야. 지금은 아무것도 할 수 없대. 선거가 끝나면 팀이 나오도록 도와주겠지만 그 전엔 손을 쓸 수가 없대.」

월터 아이번스는 고개를 푹 숙였고, 투덜거리는 소리가 가슴팍에서 나지막이 울렸다.

네드 보몬트는 자기보다 키가 작은 월터의 어깨에 한 손을 올리며 말했다. 「힘든 시기라는 건 누구보다 폴이 잘 알지만, 그도 어쩔 수 없어. 폴이 생활비는 모두 대주겠다고 그녀에게 전하라고 했어. 월세, 식비, 병원비 등.」

월터 아이번스는 고개를 치켜들더니 네드 보몬트의 손을 덥석 잡았다. 「그, 그렇게 해준다니 이, 이렇게 고마울 데가.」 청회색이 감도는 그의 푸른 눈동자는 촉촉했다. 「하지만 형을 빼내 주면 좋을 텐데.」

「빼낼 방법은 언제든 있을 거야. 그럼 또 보자고.」 네드 보몬트는 월터 아이번스의 손을 놓고 그를 지나 당구장 문으로 향했다.

당구장은 텅 비어 있었다.

그는 모자와 외투를 챙겨 건물 출입문으로 갔다. 잿빛이 감도는 긴 빗줄기가 차이나가에 비스듬히 떨어지고 있었다. 그는 소리 없이 웃으며 비에게 말을 걸듯 나지막이 중얼거렸다. 「계속 떨어져 내려라, 귀여운 빗방울들아. 너희들 가치가 무려 3,250달러거든.」

그는 출입문으로 되돌아가서 택시를 불렀다.


# 4


네드 보몬트는 시신에서 손을 떼고 몸을 일으켰다. 고개가 왼쪽으로 약간 돌아가 도로변을 향하고 있는 죽은 청년의 얼굴이 가로등 불빛에 환하게 드러났다. 곱슬거리는 금발이 이마에서 눈썹까지 비스듬한 곡선을 그리며 어둡게 드리워져 있어서, 얼굴에 어린 분노가 더 강렬해 보였다.

네드 보몬트는 차이나가 양쪽을 둘러보았다. 길 위쪽으로는 아무도 없었다. 두 블록 떨어진 길 아래쪽 건너편의 〈로그 캐빈 클럽〉 앞에 남자 둘이 자동차에서 내리는 모습이 보였다. 그들은 클럽 앞에 네드 보몬트와 마주 보게 차를 세우고 클럽 안으로 들어갔다.

잠시 차를 바라보던 네드 보몬트는 갑자기 고개를 홱 돌려 길 아래쪽을 둘러보고는, 급히 몸을 돌려 근처 가로수 그늘 아래에 몸을 숨겼다. 그는 입으로 숨을 쉬었고, 손등에 맺힌

땀방울이 가로등 불빛에 번들거렸다. 몸이 부들부들 떨리자 그는 외투 옷깃을 세웠다.

나무에 손을 기댄 채 나무 그림자 아래 한동안 서 있던 그는, 갑자기 상체를 꼿꼿이 펴고는 로그 캐빈 클럽을 향해 걸음을 옮기기 시작했다. 발걸음은 점점 더 빨라졌고, 상체를 앞으로 기울인 채 서둘러 나아갔다. 걸음을 더 재촉하는 순간, 길 반대편에서 한 남자가 다가오는 게 보였다. 네드 보몬트는 곧장 속도를 늦추며 상체를 세웠다. 남자는 네드 보몬트와 마주치기 직전에 근처 건물로 들어갔다.

입으로 숨을 내쉬던 네드 보몬트는 클럽에 도착할 즈음 입을 다물고 숨을 골랐다. 입술은 여전히 핏기 없이 창백했다. 그는 발걸음을 멈추지 않은 채 텅 빈 차를 잠시 쳐다보고는 양쪽에 조명이 켜진 클럽 안으로 들어갔다.

해리 슬로스와 남자 한 명이 휴대품 보관소에서 나와 로비를 가로질러 가고 있었다. 해리 슬로스가 걸음을 멈추며 말했다.「왔어? 듣자 하니 오늘 페기 오툴에 걸었다며?」

「응.」

「얼마나?」

「3천2백.」

슬로스는 아랫입술에 침을 묻혔다.「잘됐네. 오늘 한 게임 해야겠는걸.」

「좀 이따. 폴 있어?」

「방금 와서 잘 모르겠어. 너무 늦진 마. 오늘은 일찍 들어 간다고 여편네한테 약속했거든.」

네드 보몬트는 그러겠다고 말하고는 휴대품 보관소로 가 담당자에게 물었다. 「폴 왔어?」

「네, 10분 전쯤 오셨습니다.」

네드 보몬트는 손목시계를 확인했다. 10시 반이었다. 그는 2층으로 올라가 건물 전면에 있는 방으로 갔다. 네드 보몬트 가 들어섰을 때, 매드빅은 옷을 차려입은 채 테이블에 앉아 수화기에 손을 뻗고 있었다.

「잘 지내?」 호남형인 매드빅의 얼굴은 차분해 보였다.

「최악은 아니었어.」 네드 보몬트는 문을 닫고 매드빅에게서 멀지 않은 곳에 앉았다. 「헨리 의원과 식사 자리는 어땠어?」

매드빅이 얼굴을 찌푸리자 눈가에 주름이 졌다. 「나도 최 악은 아니었어.」

네드 보몬트는 얼룩덜룩한 시가 끝을 잘라 냈다. 손은 떨 렸지만 목소리는 침착했다. 「테일러도 함께 있었어?」 그는 매드빅을 쳐다보지 않고서 물었다.

「식사 자리엔 없었는데, 그건 왜?」

네드 보몬트는 꼬았던 다리를 쭉 뻗어 의자에 몸을 기댔 고, 시가를 잡은 손으로 무심히 원을 그리며 말했다. 「길 위 쪽 하수구에 죽어 있어.」

매드빅은 여전히 침착한 모습으로 물었다. 「그래?」

네드 보몬트는 상체를 일으켜 앞으로 숙였다. 야윈 얼굴에 근육이 움찔했다. 움켜쥔 시가 포장지가 살짝 찢어지는 소리 가 났다. 「내 말 알아들은 거야?」 그의 목소리에 짜증이 묻어 있었다.

매드빅은 천천히 고개를 끄덕였다.

「그래서?」

「그래서 뭐?」

「살해된 거라고.」

「알아들었어.」 매드빅이 말했다. 「벌컥 화라도 내야 하는 거야?」

네드 보몬트는 상체를 꼿꼿이 세우며 물었다. 「경찰에 신고할까?」

순간 매드빅의 눈썹이 살짝 치켜 올라갔다. 「경찰이 모른단 말이야?」

네드 보몬트는 금발의 매드빅을 빤히 쳐다보았다. 「내가 발견했을 땐 주변에 아무도 없었어. 뭔가 조처를 취하기 전에 형을 만나야 할 것 같았어. 내가 시신을 발견했다고 해도 괜찮을까?」

치켜 올라갔던 매드빅의 눈썹이 내려왔다. 「안 될 것 없지.」 그의 목소리는 공허했다.

네드 보몬트는 수화기 앞에 멈추어 서더니 다시 매드빅을 쳐다보았다. 그는 나지막이 힘주어 말했다. 「모자도 쓰고 있지 않았어.」

「죽었으니 더 이상 필요 없겠지.」 매드빅은 얼굴을 찌푸리며 말했다. 「네드, 너 정말 멍청이구나.」

「우리 둘 중 하나는 멍청이지.」 네드 보몬트는 그렇게 말하며 수화기를 집어 들었다.

# 5

## 테일러 헨리 피살
### 상원 의원 아들 차이나가에서 죽은 채 발견되다

상원 의원 랠프 뱅크로프트 헨리의 아들인 테일러 헨리 (26세)가 밤 10시경 파멜라가 모퉁이 근처 차이나가에서 죽은 채 발견되었고, 노상강도의 공격을 받고 사망한 것으로 추정된다.

검시관 윌리엄 J. 흡스에 따르면, 사인은 두개골 골절과 뇌진탕이며 곤봉이나 둔탁한 흉기로 이마를 가격당한 후 뒤로 넘어졌을 것으로 추정된다.

시신을 최초로 발견한 사람은 랜덜가 914번지에 거주하는 네드 보몬트로, 시신을 발견하고서 두 블록 떨어진 로그 캐빈 클럽으로 가서 경찰에 신고했다. 하지만 그의 신고가 접수되기 전 순찰 경관 마이클 스밋이 시신을 발견해 보고했다.

프레더릭 M. 레이니 경찰서장은 용의자에 대한 광범위한 조사를 지시했고, 범인 검거를 위한 모든 조처를 취하겠다는 성명을 발표했다.

유가족은 그가 밤 9시 30분에 찰스가에 있는 집을 나섰다고 증언했다…….

네드 보몬트는 신문을 옆으로 치우고 남은 커피를 마시고는 침대 옆에 놓인 잔 받침대에 잔을 내려놓았다. 그는 베개에 몸을 기댔다. 얼굴은 지치고 창백했다. 침대 커버를 턱까지 당기고 양손으로 머리를 감싸 깍지를 꼈고, 침실 창문 사이의 벽에 걸린 판화를 못마땅한 표정으로 바라보았다.

눈만 깜박거릴 뿐 꼼짝도 하지 않은 채 30분이 흘렀다. 그는 신문을 집어 들고 재차 기사를 읽었다. 기사를 읽자 눈빛에 어린 못마땅한 기색이 얼굴 전체로 퍼졌다. 그는 신문을 치우고 지친 기색으로 느릿느릿 몸을 일으킨 다음, 흰색 파자마 차림 위에 갈색과 검정색의 자그마한 무늬가 있는 실내 가운을 걸쳐 입고, 갈색 슬리퍼를 신고서 기침을 두어 번 하며 거실로 향했다.

오래된 건물의 거실은 널찍하고 천장이 높고 창이 컸다. 벽난로 위에 커다란 거울이 걸려 있었고, 붉은 플러시 천을 댄 가구가 여기저기 놓여 있었다. 그는 시가 함에서 시가를 꺼낸 후 널찍한 붉은 의자에 앉았다. 늦은 오전 햇살이 나란히 뻗은 그의 다리에 비쳐 들었고, 그가 내뿜은 담배 연기가 햇빛을 받아 환하게 피어올랐다. 그는 이내 시가를 빼내고서 얼굴을 찡그린 채 손톱을 물어뜯었다.

노크 소리가 들렸다. 그는 상체를 세웠고, 눈에는 경계심이 스쳤다. 「들어오세요.」

흰색 재킷 차림의 웨이터가 들어왔다.

네드 보몬트는 실망과 안도가 뒤섞인 표정을 지은 채 붉은 플러시 천을 댄 의자에 몸을 기댔다.

웨이터는 침실에 가서 접시가 놓인 쟁반을 챙겨 나갔다.

네드 보몬트는 남은 시가를 벽난로에 던져 넣고 욕실로 향했다. 면도를 하고 따뜻한 물에 몸을 담그고 옷을 차려입자, 피로의 무게를 이기지 못한 침울한 기색은 말끔히 사라지고 없었다.


# 6


정오가 채 되지 않은 시각, 네드 보몬트는 호텔에서 나와 여덟 블록을 지나서 링크가에 있는 연회색 아파트에 도착했다. 현관 초인종을 누르자 문이 열렸고, 그는 건물 안으로 들어가 비좁은 엘리베이터를 타고 6층으로 올라갔다.

611호 문에 달린 초인종을 누르자, 이제 막 10대 소녀티를 벗은 듯한 자그마한 체구의 여자가 곧장 문을 열어 주었다. 그녀의 검은 눈동자는 화난 듯 그를 매섭게 노려보았고, 눈 주변 이외엔 핏기라곤 없는 흰 얼굴에서도 적의가 느껴졌다. 「안녕하세요.」 그녀는 화를 내서 미안하다는 듯 웃음 지으며 말했다. 쇳소리가 나는 가느다란 목소리였다. 퍼 코트를 입고 있었지만 모자는 쓰지 않았다. 짧게 자른 검은 머리칼은 에나멜처럼 반짝이며 둥근 두상을 부드럽게 감싸고 있었다. 귓불에는 금세공 홍옥수 귀걸이가 달랑거렸다. 그녀는 뒤로 물러서며 출입문을 열어 주었다.

네드 보몬트가 출입구를 지나며 물었다. 「버니는 아직이야?」

그녀의 목소리는 날카로웠고, 다시 화난 표정이었다. 「그 우라질 놈!」

네드 보몬트는 몸을 돌리지 않은 채 출입문을 닫았다.

그녀는 그에게 바짝 다가와 팔 위쪽을 붙잡아 흔들었다. 「내가 그놈 하나 믿고 어떻게 했는데! 여자애들이라면 누구나 부러워할 화목한 가정과 금지옥엽 키워 주신 다정한 엄마 아빠 곁을 떠났는데…… 부모님은 반대했어요. 모두들 그렇게 말했고, 그게 맞았어요. 나만 멍청해서 몰랐던 거죠. 지금은 알지만…….」 그러면서 그녀는 날카로운 목소리로 욕설을 내뱉었다.

네드 보몬트는 진지한 표정으로 가만히 듣고 있었다. 눈빛은 아픈 사람 같았다. 그는 여자가 숨이 차서 말을 멈춘 틈을 타 끼어들었다. 「그가 어쨌기에?」

「어쨌냐고요? 날 두고 도망갔죠. 그 머저리 같은 놈…….」 이번에도 욕설이 이어졌다.

네드 보몬트는 움찔했고 억지웃음을 지었다. 「혹시 나한테 남긴 거 없어?」

그녀는 이를 악물고는 눈을 동그랗게 뜨고 그에게 가까이 다가오며 물었다. 「당신한테 빚진 거라도 있어요?」

「내가 돈을 땄어.」 그는 기침을 내뱉으며 말을 이었다. 「어제 네 번째 경주에서 이겨서 3250달러를 받아야 하거든.」

그녀는 잡고 있던 그의 팔을 놓고는 비웃었다. 「그럼 이거라도 가져가 보시든지.」 그녀가 내민 왼손 새끼손가락에는 홍옥수 반지가 끼워져 있었다. 그녀는 손을 들어 홍옥수 귀걸이를 만져 보였다. 「그놈이 남긴 유일한 보석인데, 그나마 내가 하고 있어서 못 가져 간 거죠.」

네드 보몬트가 별다른 감정 없이 무덤덤하게 물었다. 「언제 이렇게 됐지?」

「어젯밤에 도망쳤는데, 오늘 아침에야 알게 됐어요. 그놈이 날 만난 걸 죽도록 후회하게 만들고 말 거예요.」 그녀는 주머니에서 뭔가를 꺼내어 주먹 쥔 손을 네드 보몬트 앞에 펼쳐 보였다. 구겨진 자그마한 종잇조각 세 개가 놓여 있었다. 그가 종이를 잡으려 하자, 그녀는 손을 움켜쥐어 뒤로 감추고는 물러섰다.

네드 보몬트는 조바심이 난 듯 입을 비죽거리며 내민 손을 아래로 내렸다.

그녀가 상기된 목소리로 물었다. 「오늘 테일러 헨리 기사 봤어요?」

「응.」 네드 보몬트의 목소리는 침착했지만, 가쁜 숨을 내쉬자 앞가슴이 가볍게 들썩였다.

「이게 뭔지 알아요?」 그녀는 구겨진 종이 석 장을 다시 펼쳐 보였다.

네드 보몬트는 고개를 가로저었고, 가늘게 뜬 눈은 날카롭게 빛났다.

「테일러 헨리의 약식 차용 증서예요.」 그녀의 목소리는 의기양양했다. 「1천2백 달러짜리고요.」

곧바로 대답하려던 네드 보몬트는 마음을 가라앉히고 애써 무심한 듯 말했다. 「그가 죽었으니 휴지 조각이나 마찬가지야.」

그녀는 종잇조각을 다시 챙겨 넣고는 그에게 가까이 다가
갔다. 「맞아요. 휴지 조각이나 다름없으니까 그가 죽은 거
예요.」

「그렇게 추측해?」

「추측이든 뭐든 상관없어요. 분명하게 말해 줄 수 있는 건,
지난 금요일에 버니가 테일러에게 전화해서 딱 사흘만 주겠
다고 했다는 거예요.」

네드 보몬트는 엄지 손톱으로 콧수염을 가볍게 스치듯 만
지며 조심스럽게 물었다. 「너무 화나서 아무 말이나 지껄이
는 건 아니겠지?」

「화가 머리끝까지 나죠. 너무 화나서 경찰에게 말할 작정
이고, 실제로 그렇게 할 거예요. 내가 거짓말한다고 생각한
다면 당신이 멍청한 거고요.」

그는 여전히 미덥지 못한 표정으로 물었다. 「그건 어디서
났어?」

「금고요.」 그녀는 고개를 돌려 아파트 안쪽을 가리켰다.

그가 물었다. 「어젯밤 몇 시쯤 사라졌어?」

「모르겠어요. 9시 반에 집에 들어와 이제나저제나 계속 기
다렸어요. 새벽이 되어서야 뭔가 이상한 낌새가 들어 집을
뒤져 보니 동전 한 닢, 보석 하나 남아 있지 않더라고요.」

네드 보몬트는 다시 콧수염을 만지작거렸다. 「어디로 갔
을까?」

그녀는 발을 구르며 두 주먹을 불끈 쥐고는 도망쳐 버린

버니에게 악담을 퍼부었다.

네드 보몬트는 그녀의 손목을 잡으며 만류했다. 「그만해. 계속 소리만 지를 거라면 그 차용 증서 나한테 넘겨. 내가 어떻게든 해볼 테니.」

그녀는 그의 손을 힘껏 뿌리치며 울부짖었다. 「안 돼요. 경찰 말고는 어느 누구한테도 넘겨주지 않을 거라고요.」

「그럼 그렇게 해. 버니는 어디로 갔을까, 리?」 그는 그녀의 이름을 부르며 물었다.

「그가 어디로 갔는지는 모르겠지만, 그를 어디로 보내 버리고 싶은지는 알아요.」 그녀는 울분에 차 말했다.

네드 보몬트는 지친 표정이었다. 「음, 이 와중에 재치 있게 라임도 맞추고 멋지군. 그가 뉴욕으로 되돌아갔을까?」

「그걸 내가 어떻게 알아요?」 그녀의 눈빛에 갑자기 경계심이 스쳤다.

짜증난 탓에 네드 보몬트의 얼굴이 불그레했다. 「이제 어쩔 셈이야?」 그는 의심쩍은 표정으로 물었다.

그녀는 어린아이처럼 순진한 표정으로 물었다. 「어쩔 셈이라니, 무슨 뜻이죠?」

네드 보몬트는 그녀를 향해 상체를 숙이고는 고개를 천천히 가로저으며 사뭇 진지한 어조로 물었다. 「설마 그걸 경찰 말고 다른 데 넘길 꿍꿍이는 아니겠지, 그렇지?」

그녀가 말했다. 「그야 물론이죠.」

# 7

네드 보몬트는 건물 1층에 있는 드러그스토어에 들어가 공중전화기의 수화기를 집어 들었다. 경찰서에 전화를 걸어 둘런 부서장을 바꿔 달라고 했다. 「여보세요. 둘런 부서장님? ……리 윌셔 양 대신 전화했습니다. 그녀는 링크가 1666번지 버니 디스페인의 집에 있어요. 버니는 어젯밤 종적을 감추었는데, 테일러 헨리의 약식 차용 증서를 두고 갔다고 하더군요. ……맞아요. 윌셔 양은 며칠 전 버니가 테일러 헨리를 협박하는 걸 들었다고 했고요. ……맞아요, 경찰에 신고하기 원해요. ……아니요, 되도록 빠른 시간 내에 경찰이 직접 찾아가는 게 좋을 겁니다. ……네. ……그건 아무래도 괜찮습니다. 전 경관님이 아는 사람이 아닙니다. 내가 대신 전화한 건, 그녀가 집에서 전화하고 싶어 하지 않기 때문이고요…….」 그는 잠시 상대편 말에 귀를 기울이고는 더 이상 아무 말도 덧붙이지 않고, 수화기를 내려놓고 드러그스토어에서 나왔다.


# 8

네드 보몬트는 붉은 벽돌 건물이 죽 늘어선 어퍼 템스가의 한 건물로 향했다. 초인종을 누르자 젊은 흑인 여자가 환하게 웃으며 친절하게 맞아 주었다. 「어서 오세요, 보몬트 씨.」

네드 보몬트가 물었다. 「어이, 준. 다들 집에 있어?」

「네. 아직 식사 중이십니다.」

다이닝룸에는 매드빅과 그의 어머니가 붉은색과 흰색이 어우러진 테이블보가 덮인 식탁에 마주 앉아 있었다. 식탁 한쪽 자리에 세팅된 접시와 은수저는 누군가 사용한 흔적이 없었다.

폴 매드빅의 어머니는 키가 크고 마른 체형이었고, 희끗한 금발은 일흔이 넘은 나이에도 여전히 밝은 빛이 남아 있었다. 안으로 들어오는 네드 보몬트를 올려다보는 그녀의 파란 눈동자는 아들인 매드빅보다 오히려 더 젊은 생기가 느껴졌다. 하지만 깊게 패인 이마 주름에서는 나이가 느껴졌다. 「이제야 왔구나. 노모를 거들떠보지도 않는 못된 녀석 같으니.」

네드 보몬트는 아무렇지 않은 듯 씩 웃었다. 「어머니, 저도 이제 컸으니 제 일을 챙겨야죠.」 그러고는 손을 가볍게 들어 폴에게 인사했다.

매드빅이 말했다. 「앉아 있으면 준이 남은 음식을 가져다 줄 거야.」

네드 보몬트가 매드빅 여사의 여윈 손을 잡아 입을 맞추자, 그녀는 손을 빼내며 쏘아붙였다. 「이런 건 또 어디서 배웠어?」

「이젠 다 컸다고 했잖아요.」 그러고 나서 그는 매드빅에게 말했다. 「아침 식사는 사양할게. 방금 먹고 왔거든.」 그는 빈 의자를 가리키며 물었다. 「그런데 오팔은?」

매드빅 부인이 대신 대답했다. 「몸이 안 좋아 누워 있어.」

네드 보몬트는 고개를 끄덕이고는 잠시 가만히 있다가 매드빅에게 조심스럽게 물었다. 「많이 아픈 건 아니고?」

매드빅이 고개를 가로저으며 말했다. 「그냥 두통인 것 같아. 애들은 춤추면 멈추질 않으니까.」

매드빅 부인이 말했다. 「딸이 어떨 때 두통이 생기는지도 모르다니 참 좋은 애비로구나.」

매드빅의 눈가에 주름이 졌다. 「잔소리 그만하세요.」 매드빅은 그렇게 말하고는 네드 보몬트에게 물었다. 「좋은 소식 없어?」

네드 보몬트는 매드빅 부인 뒤편으로 돌아가 빈자리에 앉았다. 「버니 디스페인이 어젯밤 튀었어. 내가 페기 오툴에 걸어서 딴 돈도 들고서.」

매드빅이 놀라 눈을 동그랗게 떴다.

네드 보몬트가 말했다. 「테일러 헨리의 1천2백 달러짜리 약식 차용 증서를 두고 갔어. 리 말로는, 테일러 헨리에게 전화해서 사흘 말미를 주겠다고 했대.」

매드빅은 눈을 가늘게 떴고, 손등으로 턱을 만지작거렸다. 「리가 누구야?」

「버니 여자 친구.」

「아.」 네드 보몬트가 더 이상 아무 말도 하지 않자 매드빅이 물었다. 「테일러가 갚지 않으면 어떻게 하겠다고 했대?」

「그런 얘긴 못 들었어.」 네드 보몬트는 식탁에 손을 올리고는 상체를 앞으로 숙이며 말을 이었다. 「형, 날 보안관 대리 같은 걸로 만들어 줘.」

「맙소사.」 매드빅이 어이없는 듯 눈을 깜박거렸다. 「그런 건 도대체 뭣 하러?」

「그러면 일이 수월해지겠지. 그자를 뒤쫓을 때 경찰 행세를 하면 곤경에 처하지도 않을 거고.」

매드빅은 근심 어린 표정으로 네드 보몬트를 쳐다보았다. 「도대체 왜 그렇게 열받은 거야?」

「3,250달러가 걸려 있잖아.」

「그렇겠지.」 매드빅은 여전히 느릿한 어조로 말했다. 「하지만 어젯밤 그 돈을 받지 못할 거라는 사실을 알기 전부터 뭔가 근질근질했잖아.」

네드 보몬트는 조바심이 난 듯 손을 움직였다. 「그럼 길거리에서 시신을 발견했는데 눈도 깜짝 안 해?」 그는 잠시 뜸을 들였다가 말을 이었다. 「하지만 중요한 건 그게 아니야. 그자를 잡아야 해. 반드시 잡아야 한다고.」 그의 얼굴은 창백하게 굳어 있었고, 목소리는 다급하고 절실했다. 「단지 돈 때문은 아니야. 3천2백 달러가 큰돈이긴 하지만, 5달러여도 마찬가지였을 거야. 두 달 동안 한 번도 못 이겨서 정말 힘들었어. 내게 운이 전혀 남아 있지 않다면 나란 놈이 무슨 쓸모가 있겠어? 그럴 때 돈만 따면 괜찮아진다고. 남들 앞에서 어깨를 펴고, 나도 여기저기 발에 걷어차이는 물건이 아니라 사람이라는 느낌이 들어. 돈도 중요하지만 더 중요한 게 있어. 한 번도 못 이기고 계속 지기만 하는 게 문제라고. 무슨 말인지 알아듣겠어? 계속 밟히기만 했단 말이야. 그런데 드디어 징크스에서 벗어난 줄 알았는데, 그놈이 날 엿 먹인 거야. 견딜 수 없어. 이번에도 참으면 난 또 밟히는 거고, 완전히 망가질 거야. 난 절대 참지 않고 그놈을 찾아낼 거야. 어쨌거나 난 무조

건 갈 거지만, 형이 도와주면 한결 수월해질 거야.」

매드빅은 커다란 손을 벌려 네드 보몬트의 찡그린 얼굴을 거칠게 밀었다. 「물론 도와줄게. 다만 네가 이런 일에 엮이는 게 마음에 걸려. 하지만 이왕 이렇게 된 거, 널 이곳 지방 검찰의 특별 수사관으로 만드는 게 최선일 것 같구나. 그러면 파 검사가 네 상관이 될 거고, 그가 사건을 들쑤시고 다니지도 않을 거야.」

매드빅 부인은 야윈 양손에 접시를 하나씩 들고 자리에서 일어섰다. 「남자들 일에 절대 간섭하지 않는다는 규칙만 아니었다면, 너희 둘에게 한마디 했을 거다. 둘이 도대체 무슨 꿍꿍이를 꾸미면서 도대체 어떤 곤경에 빠진 건지 캐내면서 말이지.」

네드 보몬트는 매드빅 부인이 접시를 들고 다이닝룸을 나갈 때까지 씩 웃어 보였다. 그녀가 나가자마자 그의 얼굴에서 웃음기가 사라졌다. 「지금 손을 써주면 오늘 오후쯤 준비되겠지?」

「물론이지.」 매드빅이 자리에서 일어서며 말했다. 「파 검사에게 전화해 둘게. 필요한 게 있으면 뭐든 말하고.」

네드 보몬트는 그러겠다고 했고, 매드빅은 다이닝룸에서 나갔다.

준이 들어와 식탁을 치우기 시작했다.

「오팔은 자고 있어?」 네드 보몬트가 물었다.

「아뇨, 방금 차와 토스트를 갖다 드렸어요.」

「내가 잠깐 들러도 될지 지금 당장 올라가서 물어봐 줘.」

「네, 그러겠습니다.」

준이 나가자 네드 보몬트는 자리에서 일어나 다이닝룸을 서성거렸다. 광대뼈 바로 아래 야윈 볼에 열기가 퍼지는 게 느껴졌다. 매드빅이 되돌아오자 네드 보몬트는 서성거리던 발걸음을 멈추었다.

「파 검사가 자리에 없으면 바버로를 찾아가. 그가 알아서 해줄 테니 넌 아무 말도 할 필요 없어.」

네드 보몬트는 매드빅에게 고맙다고 했다. 바로 그때, 복도 건너편에서 준이 그에게 말했다.

「올라오라 하십니다.」


# 9


오팔 매드빅의 방은 푸른색이 주를 이루었다. 그녀는 푸른색과 은색이 어우러진 가운 차림으로 침대에 앉아 베개에 몸을 기대고 있었다. 아버지와 할머니를 닮아 눈동자가 푸른색이었고, 큰 키에 체격이 당당했고, 핑크빛이 감도는 하얀 살결은 어린아이처럼 보송보송했다. 그녀의 눈은 벌겋게 충혈되어 있었다.

그녀는 무릎에 놓인 쟁반에 토스트를 내려놓고 네드 보몬트에게 손을 내밀고는 건강미 넘치는 하얀 치아를 드러내며 환하게 웃었다. 「어서 와.」 그에게 인사를 건네는 그녀의 목소리가 약간 떨렸다.

네드 보몬트는 그녀의 손을 잡는 대신 가볍게 손등을 치며 장난을 쳤다. 그러고는 침대 발치에 긴 다리를 꼬고 앉아 주머니에서 시가를 꺼냈다. 「두통에 안 좋으려나?」

「아니, 괜찮아.」 그녀가 말했다.

네드 보몬트는 마치 혼자인 듯 가만히 고개를 끄덕이고는 시가를 다시 주머니에 넣었다. 무심한 표정은 어느덧 사라져버렸다. 그는 몸을 돌려 그녀를 정면으로 응시했다. 연민이 깃든 두 눈은 어느새 촉촉해져 있었다. 「힘든 거 알아, 말썽쟁이 아가씨.」 네드 보몬트의 목소리가 갈라졌다.

오팔은 어린아이 같은 눈빛으로 그를 쳐다보았다. 「두통은 거의 가셨고, 그렇게 심하지도 않았어.」 떨리던 그녀의 목소리는 이제 고르고 차분해졌다.

그가 웃자 얇은 입술이 부드러운 곡선을 그렸다. 그가 그녀에게 물었다. 「이제 나 따돌리는 거야?」

그녀는 미간을 약간 찡긋했다. 「그게 무슨 말이야?」

순간, 그의 입가와 눈가가 무표정하게 굳었다. 「테일러 말이야.」

오팔의 무릎에 놓인 쟁반이 약간 움직였지만, 그녀의 표정엔 아무 변화도 없었다. 「음, 하지만 몇 달 동안 못 만났어. 아빠가—」

네드 보몬트는 자리에서 불쑥 일어나 어깨 너머로 말했다. 「그렇군.」 그러고는 방문으로 걸어갔다.

오팔은 아무 말도 하지 않은 채 침대에 앉아 있었다.

네드 보몬트는 방에서 나와 계단을 내려갔다.

아래층에서 외투를 걸치고 있던 폴 매드빅이 말했다. 「사무실에 가서 하수도 건설 계약 건을 확인해야겠어. 원하면 파 검사 사무실에 내려 줄게.」

네드 보몬트가 말했다. 「응, 그렇게 해줘.」 바로 그때, 위층에서 오팔이 네드 보몬트를 부르는 소리가 들렸다.

네드 보몬트는 오팔에게 짧게 대답하고는 매드빅에게 말했다. 「바쁘면 먼저 가.」

매드빅이 손목시계를 확인했다. 「그만 가볼게. 오늘 밤 클럽에서 볼까?」

네드 보몬트는 그러겠다고 말하고는 위층으로 올라갔다.

오팔은 쟁반을 침대 발치에 옮겨 두었다. 「문 닫고 들어와.」 네드 보몬트가 문을 닫고 들어오자 그녀는 그가 옆에 앉을 수 있도록 몸을 약간 움직였다. 「도대체 왜 그러는 거야?」

「나한테 거짓말했으니까.」 그는 침대에 걸터앉으며 진지하게 말했다.

「하지만!」 그녀의 파란 눈동자가 그의 갈색 눈동자를 찬찬히 살폈다.

그가 물었다. 「테일러를 마지막으로 본 게 언제야?」

「직접 만난 거?」 그녀의 표정과 눈빛은 솔직해 보였다. 「몇 주 전이었는데—」

네드 보몬트는 자리에서 불쑥 일어났다. 「그렇군.」 그러고 나서 그는 방문으로 향했다.

네드 보몬트가 방문을 나서기 직전, 그녀가 그를 불러 세웠다. 「그러지 마. 나도 너무 힘들어.」

뒤돌아선 네드 보몬트의 얼굴에는 아무 표정도 없었다.

「우리 서로 친구 아니야?」 그녀가 물었다.

「물론 그렇지.」 그는 무덤덤하게 대꾸했다. 「하지만 서로에게 거짓말하면 친구 사이라 할 수 없지.」

오팔은 몸을 돌려 맨 위쪽에 놓인 베개에 뺨을 갖다 대고는 소리 없이 흐느껴 울기 시작했다. 베개에 묻은 눈물이 서서히 번져 잿빛 얼룩으로 변했다.

네드 보몬트는 침대로 가서 그녀 옆에 앉고는, 울고 있는 그녀의 얼굴을 들어 어깨에 기대게 했다.

그녀는 몇 분 동안 더 흐느껴 울었다. 그러고는 그의 외투에 얼굴을 묻은 채 잠긴 목소리로 말했다. 「내가 그와 만나는 걸 알고 있었어?」

「응.」

그녀는 깜짝 놀라 앉으며 물었다. 「아빠도 아셔?」

「아마 모르실걸. 그건 나도 모르겠어.」

그녀는 다시 그의 어깨에 얼굴을 묻고 잠긴 목소리로 말했다. 「어제 오후에도 그와 함께 있었어. 오후 내내.」

네드 보몬트는 그녀의 어깨를 감싼 채 더 꼭 껴안아 줄 뿐 아무 대꾸도 하지 않았다.

다시 말을 꺼낸 건 그녀였다. 「누가, 도대체 누가 그랬을까?」

네드 보몬트는 주춤거렸다.

그녀는 고개를 홱 들었고, 아픈 기색은 더 이상 찾아볼 수 없었다. 「혹시 알고 있어?」

네드 보몬트는 머뭇거리며 입술을 깨물었다. 「응, 아마도.」

「누구야?」그녀는 다급하게 물었다.

네드 보몬트는 다시 머뭇거렸고 그녀의 시선을 회피하며 나지막이 말했다. 「때가 될 때까지 비밀로 하겠다고 약속할 수 있어?」

「응.」그녀는 곧바로 대답했지만, 그가 말하려는 순간 그의 어깨를 움켜잡으며 말을 막았다. 「그 전에 약속해 줘. 범인을 붙잡아 죗값을 치르게 하겠다고.」

「그건 약속해 줄 수 없어. 어떻게 될지 아무도 모르니까.」

그녀는 입술을 깨문 채 그를 쳐다보았다. 「알았어. 그럼 약속할게. 누가 그랬어?」

「버니 디스페인이라는 도박꾼에게 거액의 빚을 졌다는 말을 테일러한테 들은 적 있어?」

「그, 그럼 디스페인이라는 자가?」

「그런 것 같아. 빚지고 있다는 얘기 테일러한테 들은 적 없어?」

「힘들다고는 했지만 구체적인 얘긴 하지 않았어. 돈 문제로 아버지와 갈등이 있는데 시간이 촉박하다고 했어.」

「디스페인 얘기는 안 했어?」

「응, 들은 적 없어. 그런데 왜 디스페인을 범인이라고 생각해?」

「1천 달러가 넘는 테일러의 약식 차용 증서를 갖고 있었는데, 돈을 못 받았다는군. 어젯밤 황급히 여길 떠났고, 경찰이 뒤쫓고 있어.」그는 목소리를 낮추며 그녀를 넌지시 쳐다보았다. 「경찰이 범인을 잡아 유죄를 입증하도록 도와줄 거지?」

**43**

「물론이지. 어떻게 하면 돼?」

「그게…… 다소 비정상적인 방식일 거야. 범행을 입증하는 게 쉽지 않을 텐데, 그를 확실히 잡아넣도록 다소 비정상적인 방법으로 도와줄 수 있어?」

「뭐든 할게.」 그녀가 대답했다.

네드 보몬트는 숨을 내쉬고는 입술을 오므렸다.

「도대체 어떻게 하면 돼?」 그녀가 다급하게 물었다.

「모자를 가져다줘.」

「뭐라고?」

「테일러의 모자가 필요해.」 네드 보몬트의 얼굴이 불그레해졌다. 「하나 가져다줄 수 있겠어?」

그녀는 당혹스러워하며 되물었다. 「모자는 도대체 왜?」

「디스페인의 유죄를 못 박으려고. 지금은 더 이상 말해 줄 수 없어. 모자 가져다줄 수 있어 없어?」

「가져다줄 수는 있지만—」

「언제?」

「오늘 오후엔 가능하지만—」

네드 보몬트는 재차 그녀의 말을 가로막았다. 「지금은 모르는 게 나아. 아는 사람이 적을수록 좋을 테니까. 모자를 가져오는 것도 마찬가지고.」 그는 그녀의 어깨를 감싸 안아 가까이 당기며 물었다. 「말썽쟁이 아가씨, 그를 정말 사랑한 거야, 아니면 아버지 성화에 못 이겨—」

「정말 사랑했어.」 그녀가 흐느껴 울며 말했다. 「정말이야. 정말 사랑했어.」

제2장

모자 속임수

**1**

머리에 꼭 맞지 않은 모자를 쓴 네드 보몬트는 42번가로 향하는 그랜드 센트럴 역의 출구로 향했다. 그는 택시 있는 곳까지 여행 가방을 옮겨 준 짐꾼에게 팁을 건네고 택시에 올라탔다. 오프브로드웨이에 있는 호텔 이름을 택시 운전사에게 말하고는 등을 기대고 시가에 불을 붙였다. 그가 시가를 피운다기보다는 잘근잘근 씹는 동안, 택시는 꽉 막힌 도로를 기듯이 천천히 움직이며 브로드웨이로 향했다.

매디슨가에 이르렀을 무렵, 신호를 무시한 채 달리던 초록색 택시가 네드 보몬트가 타고 있던 갈색 택시를 들이받고는 길가에 서 있는 차와 부딪쳤다. 그는 택시 구석에 처박혔고, 부서진 유리가 쏟아져 내렸다.

그는 몸을 추슬러 택시 밖으로 나왔다. 어느새 사람들이 몰려들었다. 그는 다친 곳은 없다고 말했고, 경찰이 묻는 질문에 대답했다. 그리고 머리에 잘 맞지 않는 모자를 찾아 다시 썼다. 그는 짐 가방을 다른 택시에 옮기고 행선지를 말한 후 구석 자리에 몸을 웅크렸다. 택시가 달리는 내내 그의 얼굴엔 핏기라곤 없었고 몸이 계속 떨렸다.

호텔 프런트에서 이름을 기재한 후 우편물을 확인하자, 전화 메모 두 장과 인지(印紙) 없는 편지 봉투 두 통이 와 있었다.

네드 보몬트는 짐 가방을 옮겨 준 벨보이에게 1파인트짜리 라이 위스키를 가져다 달라고 부탁했다. 벨보이가 멀어져 가자, 그는 방문을 열고 들어가 전화 메모를 확인했다. 모두 그날 걸려 온 것으로, 하나는 오후 4시 50분, 다른 하나는 저녁 8시 5분이라고 적혀 있었다. 손목시계를 확인하자 저녁 8시 45분이었다.

첫 번째 메모는 〈가고일에서〉, 두 번째는 〈톰과 제리에서. 다시 전화하겠음〉이라는 글씨가 적혀 있었다. 모두 잭의 서명이 있었다.

그는 편지 봉투 하나를 열었다. 남성적인 필체의 편지지 두 장에 바로 전날 날짜가 적혀 있었다.

그녀의 투숙 장소는 마틴 호텔 1211호, 호텔 명부에 적은 이름은 아일린 데일, 주소지는 시카고. 정류장에서 서너 차례 전화를 걸었고, 이스트 30번가에 사는 남녀와 통화했음. 그들은 여러 곳을 돌아다녔는데, 대부분 무허가 술집이었음. 그를 뒤쫓는 것 같지만 운이 따르지 않은 것으로 보임. 내 객실 번호는 734호. 남녀의 성은 브룩.

다른 편지 역시 같은 필체였고, 그날 당일 날짜가 적혀 있었다.

오늘 아침 드워드를 만났지만 버니가 이곳에 있는지는 모른다고 함. 다시 전화하겠음.

두 통 모두 잭의 서명이 있었다.

네드 보몬트는 샤워를 하고 가방에 든 린넨 옷을 입고 시가에 불을 붙였다. 바로 그때 벨보이가 위스키를 가져왔고, 그는 돈을 지불하고 욕실에 놓인 텀블러를 가져와 침실 창가 의자에 앉았다. 위스키를 마시며 길 건너편을 내려다보는데, 전화벨이 울렸다.

「여보세요?」 그는 수화기에 대고 말했다. 「응, 잭······ 방금······ 어디라고? ······알았어. ······바로 갈게.」

그는 위스키 한 잔을 더 마신 후 잘 맞지 않는 모자를 쓰고는, 의자 등받이에 걸쳐 둔 외투를 입고 한쪽 주머니를 툭 가볍게 만져 확인한 후 불을 끄고 방을 나갔다.

시계는 9시 10분을 가리키고 있었다.

## 2

브로드웨이가 보이는 어느 건물 입구, 네드 보몬트는 〈톰과 제리〉 전광 간판 아래 안팎으로 열리는 유리문을 지나 좁은 복도로 들어섰다. 복도 왼쪽의 자동문을 지나자 작은 레스토랑이 나왔다.

구석 자리에 앉아 있던 한 남자가 자리에서 일어서며 집게손가락을 들어 보였다. 중간 키에 날렵해 보이는 체격과 까무잡잡한 미남형 얼굴의 청년이었다.

네드 보몬트는 그에게 다가가 악수를 했다.

「위층에 있어요. 그 여자와 브룩이라는 남녀요.」 잭이 말했다. 「계단을 등진 채 여기 앉아 있는 게 좋겠어요. 저들이 나가거나 그가 들어오면 내가 여기서 알아볼 수 있을 거고. 사람들이 많아서 당신을 알아채지 못할 겁니다.」

네드 보몬트는 잭과 마주 앉으며 물었다. 「저들은 그자가 오기를 기다리는 거야?」

잭은 어깨를 으쓱했다. 「그건 잘 모르겠지만 뭔가 술수가 있을 거예요. 뭐 좀 먹을래요? 여기 아래층에선 술은 안 팔아요.」

네드 보몬트가 말했다. 「한잔하고 싶은데, 위층엔 눈에 띄지 않을 자리 없어?」

「워낙 작은 곳이어서요.」 잭이 말했다. 「저들에게 안 보이는 자리가 두어 군데 있긴 하지만, 그가 들어오면 우릴 알아볼 거예요.」

「거기 있어 보지 뭐. 한잔하고 싶기도 하고, 혹시라도 그가 나타나면 얼굴 보고 얘기하는 편이 나을 거야.」

잭은 이상하다는 듯 네드 보몬트를 쳐다보고는 주변을 둘러보았다. 「당신이 보스니 나야 따라야죠. 위층에 빈자리가 있는지 보고 올게요.」 잭은 잠시 머뭇거리더니 어깨를 으쓱하고 자리를 떴다.

　네드 보몬트는 몸을 돌리고는, 날렵하게 계단을 올라가는 잭을 쳐다보았다. 그의 시선은 잭이 내려올 때까지 계단에 고정되어 있었다. 두 번째 계단에서 잭이 손짓하자 네드 보몬트는 그곳으로 갔다. 「제일 좋은 자리가 마침 비어 있고, 그녀가 등진 채 앉아 있어요. 지나가면서 브룩을 곁눈으로 슬쩍 볼 수 있을 겁니다.」

　그들은 위층으로 올라갔다. 위층 계단 오른쪽에는 가슴 높이의 나무 칸막이로 가려진 부스 자리가 있었고, 부스 안에는 테이블과 긴 의자가 놓여 있었다. 몸을 돌려 커다란 아치 너머 바 아래쪽을 보면 2층 테이블 자리가 보였다.

　네드 보몬트의 시선은 황갈색 민소매 원피스에 갈색 모자를 쓴 리 윌셔에게 고정되었다. 갈색 모피 코트는 의자 등받이에 걸쳐 두고 있었다. 네드 보몬트는 그녀와 동석한 사람들을 둘러보았다. 왼쪽에 앉은 매부리코에 턱이 긴 40대 남자는 포식 동물처럼 사나운 인상이었다. 그녀 맞은편에 앉아서 소리 내어 웃는 빨강 머리 여자는 살결이 부드럽고 미간이 넓었다.

　네드 보몬트는 잭을 따라 부스로 갔다. 두 사람은 테이블을 사이에 두고 마주 앉았다. 테이블 자리를 등진 채 긴 의자 가장자리에 앉은 네드 보몬트는 시선을 가려 주는 칸막이를 최대한 이용할 작정이었다. 외투는 벗었지만 모자는 그대로 쓰고 있었다.

　웨이터가 왔다. 네드 보몬트는 라이 위스키를, 잭은 리키를 주문했다.

잭은 담뱃갑을 열어 한 개비 빼내어 빤히 내려다보며 말했다. 「당신이 보스고 나야 돈을 받고 일하는 것뿐이지만, 패거리들과 함께 있는 그와 여기서 맞붙는 건 무리일 겁니다.」

「패거리들이 있어?」

「저들이 그를 기다리고 있는 게 맞다면, 여기가 그의 소굴 중 한 곳이겠죠.」 잭이 말하자 입 가장자리에 물고 있던 담배가 빙그르르 함께 움직였다.

웨이터가 음료를 갖고 왔다. 네드 보몬트는 단숨에 잔을 비우고는 중얼거렸다. 「술인지 물인지 모르겠군.」

「그럴 겁니다.」 잭은 음료를 한 모금 마시고 담뱃불을 붙이고는 다시 한 모금 입을 축였다.

「그가 나타나자마자 맞붙을 거야.」 네드 보몬트가 말했다.

「그러시든가요.」 잘생긴 잭의 얼굴에 어린 표정은 수수께끼처럼 모호했다. 「난 어떻게 할까요?」

「나한테 맡겨.」 그는 그렇게 말하고는 웨이터를 불렀다.

네드 보몬트는 더블 스카치를, 잭은 리키를 한 잔 더 주문했다. 네드 보몬트는 스카치가 도착하자마자 곧바로 잔을 비웠다. 잭은 반도 비우지 않은 첫 잔을 치우고는 두 번째 잔에 입을 갖다 댔다. 잭이 한 잔도 비우지 못한 사이, 네드 보몬트는 더블 스카치를 두 잔 더 들이켰다.

바로 그때, 버니 디스페인이 위층으로 올라왔다.

버니를 알아본 네드 보몬트는 테이블 아래로 잭의 발을 툭쳤다. 빈 잔을 내려다보던 그의 표정이 순간 굳었고 눈빛은 차가워졌다. 그는 테이블에 손을 짚고서 자리에서 일어섰고, 부스에서 나와 디스페인과 맞닥뜨렸다. 「버니, 내 돈 내놔.」

디스페인을 따라 위층으로 올라온 남자가 앞으로 나서더니 왼 주먹으로 네드 보몬트를 힘껏 쳤다. 키는 크지 않았지만 어깨가 떡 벌어진 체격에 주먹은 투박한 장갑 같았다.

네드 보몬트는 비틀거리며 부스 칸막이에 부딪혔다. 상체가 고꾸라지고 무릎이 꺾였지만 쓰러지지는 않았다. 그는 잠시 그대로 꼼짝도 하지 못했다. 눈빛은 흐리멍덩했고 안색은 핏기가 사라져 푸르죽죽해졌다. 그는 아무도 알아들을 수 없는 말을 중얼거리고는 계단으로 향했다.

그는 창백한 얼굴로 다리에 힘이 풀린 채 모자도 쓰지 않고 아래층으로 내려갔다. 서둘러 밖으로 나와 모퉁이로 가서 구토를 했다. 속에 든 것을 비워 내고 근처에 있던 택시를 잡아탄 그는 택시 운전사에게 그리니치빌리지의 주소를 말하며 그곳으로 가달라고 했다.


## 3


택시에서 내린 네드 보몬트는 지하로 향하는 갈색 계단을 내려갔다. 지하 내부의 소음과 빛이 열린 출입문 사이를 지나 어두운 길거리로 쏟아져 나오고 있었다. 출입문을 지나자 흰색 양복 상의 차림의 바텐더 둘이 6미터 남짓 길게 이어진 바에 앉은 손님 여남은 명을 상대하고 있었고, 다른 바텐더

둘은 테이블에 앉은 손님들에게 음료를 가져다주고 있었다.

「이게 누구야, 네드!」 머리가 벗겨진 바텐더는 기다란 분홍색 유리 셰이커를 흔들다 내려놓고 젖은 손을 내밀었다.

「어이, 맥.」 네드 보몬트가 젖은 손을 잡고 악수했다.

다른 웨이터가 네드 보몬트에게 다가와 악수를 했고, 토니라는 이름의 혈색 좋고 통통한 이탈리아 바텐더와도 인사했다. 네드 보몬트는 그들과 인사를 나누고는 자기가 한잔 사겠다고 말했다.

「흰소리 하고 있군!」 토니는 몸을 돌리고는 빈 칵테일 잔으로 바를 가볍게 쳤다. 「이 친구 물 한잔도 못 사. 공짜 술만 바라지.」 그가 말하자 바텐더들이 모두 쳐다보았다.

네드 보몬트가 말했다. 「그러면 나야 좋지. 더블 스카치로 줘.」

반대편 구석 테이블에 앉아 있던 여자 둘이 자리에서 일어서며 그를 불렀다.

네드 보몬트는 토니에게 양해를 구하고 여자들에게 갔다. 그들은 그를 껴안고 이것저것 물어보고는 동석한 사람들에게 소개하고서 자리를 권했다.

네드 보몬트는 자리에 앉아, 뉴욕에 잠시 온 것뿐 오래 있지는 않을 거라고 답했고, 더블 스카치를 마시겠다고 했다.

새벽 3시 무렵, 그들은 토니의 술집에서 나와 세 블록 떨어진 술집으로 자리를 옮겼고, 토니의 술집과 구분하기조차 어려울 만큼 비슷한 자리에 앉아 아까 마시던 술을 주문했다.

그들 가운데 남자 한 명이 3시 반쯤 자리를 떴다. 그는 먼

저 가겠다는 인사도 하지 않았고, 다른 사람들도 마찬가지였
다. 10분 후 네드 보몬트와 다른 남자 한 명과 여자 둘도 그곳
을 나왔다. 그들은 길모퉁이에 서 있던 택시에 올라타 워싱
턴스퀘어 근처 호텔로 향했고, 거기서 남자 한 명과 여자 한
명이 먼저 내렸다.

택시에 남은 페딩크라는 여자는 73번가에 있는 아파트로
네드 보몬트를 데려갔다. 아파트는 따뜻했다. 문을 열자 온
화한 공기가 그들을 따뜻하게 맞아 주었다. 여자는 거실에
들어서자마자 숨을 내쉬고는 바닥에 쓰러져 버렸다.

네드 보몬트는 문을 닫고 그녀를 흔들어 깨워 보았지만 꿈
쩍도 하지 않았다. 힘겹게 그녀를 옆방으로 끌고 가서 사라사
무명천을 씌운 데이베드에 눕혔다. 외투를 벗기고 담요를 덮
어 준 다음 창문을 열었다. 그러고는 속이 메슥거려 욕실로 갔
다. 그는 거실로 돌아와 옷을 입은 채 소파에 누워 잠이 들었다.


# 4


머리맡에서 울리는 전화벨 소리에 네드 보몬트는 잠에서
깼다. 눈을 뜨고 소파에서 몸을 뒤척이며 주위를 둘러보았다.
수화기를 내려다본 그는 다시 눈을 감고 안도의 한숨을 내쉬
었다.

전화벨은 계속 울렸다. 그는 투덜거리며 다시 눈을 떴고,
몸을 움직여 가슴 아래에 눌린 왼쪽 팔을 빼내어 눈을 가늘

게 뜨고 손목시계를 확인했다. 크리스털 시계 뚜껑은 온데간데없었고, 시곗바늘은 12시 12분에 멈춰 있었다.

네드 보몬트는 다시 몸을 뒤척이고는 왼쪽 팔을 베개 삼아 머리를 괴었다. 전화벨은 여전히 울리고 있었다. 그는 불쌍할 정도로 퀭한 눈빛으로 거실을 둘러보았다. 눈부신 햇살이 비쳐 들고 있었다. 열린 문틈 사이로, 담요를 덮은 채 데이베드에 누워 있는 페딩크의 발끝이 보였다.

네드 보몬트는 힘겹게 한숨을 내쉬며 몸을 일으키고는, 헝클어진 머리를 매만지고 손바닥 아랫부분으로 관자놀이를 지그시 눌렀다. 바짝 마른 입술에 갈변한 부스러기가 묻어 있었다. 그는 부스러기를 혀로 핥고는 불쾌한 듯 얼굴을 찌푸렸다. 잔기침을 하며 자리에서 일어난 그는 장갑과 외투를 벗어 소파에 놓고 욕실로 갔다.

욕실에서 나온 후, 그는 데이베드로 가서 페딩크를 내려다보았다. 그녀는 팔을 베고 엎드린 채 깊이 잠들어 있었고, 파란색 소맷자락이 머리 위로 비죽 나와 있었다. 계속 울리던 전화벨이 마침내 멈추었다. 그는 넥타이를 고쳐 매고 거실로 갔다.

의자 사이에 놓인 낮은 테이블에 무라드 담배 세 개비가 든 함이 열린 채 놓여 있었다. 그는 담배 한 개비를 집어 〈태연하게〉[1]라고 중얼거리곤 성냥을 찾아 불을 붙이고 부엌으로 갔다. 오렌지 네 개를 주스로 짜서 기다란 유리잔에 따라 마셨고, 커피 두 잔을 마셨다.

1  무라드 담배 광고에 나왔던 문구. 이하 모든 주는 옮긴이의 주이다.

부엌에서 나오자 페딩크가 축 처진 목소리로 물었다. 「테드 어딨어?」 그녀는 한쪽 눈만 겨우 뜬 채였다.

네드 보몬트가 그녀에게 다가가 물었다. 「테드가 누군데?」

「함께 있던 애.」

「누구랑 함께 있었는지 내가 어떻게 알아?」

그녀는 입을 벌려 못마땅한 듯 혀를 차고는 이내 입을 다 물었다. 「지금 몇 시야?」

「잘 모르겠는데, 대낮이겠지.」

그녀는 쿠션에 얼굴을 비비며 말했다. 「나 정말 엄청난 여자네. 어제 결혼하겠다고 약속한 남자와 헤어지자마자 처음 만난 남자를 집으로 데려오다니.」 그녀가 머리에 올린 손을 폈다가 다시 오므렸다. 「여기 집 맞지?」

「아무튼 열쇠 열고 들어왔어. 오렌지주스랑 커피 마실래?」 네드 보몬트가 말했다.

「죽고 싶어. 네드, 얼른 꺼지고 다신 오지 마.」

「힘들겠지만 노력해 볼게.」 그가 심술궂게 말했다.

네드 보몬트는 외투를 걸치고 장갑을 끼고는, 주머니에 든 주름진 검은 캡 모자를 꺼내 쓰고 집을 나섰다.

## 5

30분 후, 네드 보몬트는 자기가 묵고 있는 호텔의 734호 문을 두드렸다. 문 건너편에서 잭의 졸린 목소리가 들렸다.

「누구세요?」

「보몬트.」

「아, 알았어요.」잭이 시큰둥하게 말했다.

그는 문을 열어 주고 나서 불을 켰다. 초록 도트 무늬 파자마 차림이었다. 맨발이었고, 눈빛은 흐릿했고, 얼굴은 잠에 취해 불그스름했다. 그는 하품을 하고 고개를 끄덕이고는, 침대에 누워 기지개를 켜고 천장을 올려다보았다. 그가 무심하게 물었다.「몸은 좀 어때요?」

네드 보몬트는 문을 닫고서 침대에 누운 그를 멍하니 쳐다보며 물었다.「내가 나가고 나서 어떻게 됐어?」

「아무 일도 없었어요.」잭이 다시 하품을 했다.「내가 어떻게 했느냐고요?」잭은 그에게 대답할 틈도 주지 않고 곧장 자문자답했다.「밖으로 나가 나무 뒤에 몸을 숨기고서 저들이 나오기를 기다렸어요. 디스페인과 그 여자, 그리고 당신에게 한 방 먹인 남자요. 그들은 48번가에 있는 벅맨 아파트로 갔는데, 디스페인은 바턴 듀이라는 가명으로 938호에 머물고 있어요. 새벽 3시까지 망을 보다가 돌아왔어요. 내가 속은 게 아니라면, 그들은 아직 거기 있을 거예요.」그는 객실 한쪽 구석으로 고개를 돌리며 말했다.「모자는 저기 의자에 뒀어요. 챙겨야 할 것 같아서요.」

네드 보몬트는 의자로 가서 사이즈가 잘 맞지 않는 모자를 챙겼다. 주름진 검은 캡 모자를 외투 주머니에 구겨 넣곤 그 모자를 썼다.

잭이 말했다.「한잔하고 싶으면 테이블에 진 있어요.」

「술은 됐고, 혹시 총 있어?」네드 보몬트가 물었다.

천장을 올려다보던 잭은 상체를 일으켜 침대에 앉더니, 기지개를 힘껏 켜고 세 번째로 하품을 하며 물었다. 「총은 뭣하려요?」그의 목소리에는 순수한 호기심뿐이었다.

「디스페인을 만날 거야.」

잭은 무릎을 당겨 양팔로 감싸고는 상체를 숙여 침대 발치를 응시했다. 「지금은 안 돼요.」그는 느릿하게 말했다.

「지금 당장 만나야 해.」네드 보몬트가 말했다.

잭은 네드 보몬트의 목소리에 깜짝 놀라 그를 쳐다보았다. 얼굴은 누르스름했고 핏기라곤 없었다. 주변이 벌겋게 충혈된 눈은 흐리멍덩했고, 가늘게 뜨고 있어 흰자위가 거의 보이지 않았다. 메마른 입술은 평소보다 부은 것 같았다.

「한숨도 못 잤어요?」잭이 물었다.

「좀 잤어.」

「취했어요?」

「응. 총 있느냐니까?」

잭은 침대 커버를 젖히고는 침대에서 내려왔다. 「우선 눈좀 붙이는 게 어때요? 그러고 나서 뒤쫓아 가도 되잖아요. 지금 꼴이 말이 아니에요.」

네드 보몬트가 말했다. 「지금 가야겠어.」

잭이 말했다. 「잘못 생각하는 겁니다. 저들은 떨리는 손으로 감당할 수 있는 상대들이 아니에요. 괜히 협박하는 게 아니라 진심이라고요.」

「총 어딨어?」네드 보몬트가 물었다.

잭은 침대에서 몸을 일으켜 파자마 단추를 풀기 시작했다.

네드 보몬트가 말했다. 「총 주고 나서 자. 난 갈게.」

잭은 단추를 다시 잠그고 침대에 누웠다. 「책상 맨 위 서랍에 있어요. 탄약통도 함께 들어 있으니 필요하면 가져가고요.」 잭은 모로 누워 눈을 감았다.

네드 보몬트는 권총을 찾아 바지 뒷주머니에 챙겨 넣었다. 「나중에 보자고.」 그는 그렇게 말하고는 불을 끄고 객실을 나갔다.

# 6

벅맨 아파트는 한 블록을 거의 다 차지할 정도로 큰 규모의 노란색 건물이었다. 건물 안에 들어선 네드 보몬트는 듀이를 찾아왔다고 했다. 관리인이 이름을 묻자 네드 보몬트라고 답했다.

5분 후, 엘리베이터에서 내린 그는 긴 복도를 걸어갔고, 열린 문 너머로 버니 디스페인이 서 있었다.

디스페인은 작은 키에 체격이 탄탄했고, 체구에 비해 머리가 컸다. 긴 곱슬머리 탓에 머리가 기형으로 보일 정도로 커 보였다. 피부색은 가무잡잡했고, 얼굴 생김새가 시원시원했지만 눈은 자그마했다. 이마부터 인중을 지나 입가까지 굵은 선이 패어 있었다. 한쪽 뺨에는 희미한 붉은 흉터가 있었다. 잘 다림질한 푸른색 양복 차림이었고, 귀금속은 하고 있지 않았다.

디스페인은 문간에 서서 빈정대는 어투로 말했다. 「어서 와, 네드.」

네드 보몬트가 말했다. 「너랑 할 얘기가 있는데, 버니.」

「그럴 줄 알았지. 전화로 네 이름을 듣자마자 나랑 할 얘기가 있을 줄 알았어.」

네드 보몬트는 아무 대꾸도 하지 않았다. 입을 꼭 다문 얼굴은 생기 없이 누르스름했다.

디스페인의 얼굴에 웃음기가 서서히 가셨다. 그는 옆으로 비켜서며 말했다. 「자, 그렇게 서 있지 말고 안으로 들어와.」

문을 열자 좁은 현관이 나왔다. 문 너머로 리 윌셔와 네드 보몬트에게 주먹을 날렸던 사내가 보였다. 둘은 여행 가방 두 개를 꾸리다 말고 네드 보몬트를 쳐다보았다.

네드 보몬트는 현관으로 들어섰다.

뒤따라오던 디스페인이 현관문을 닫으며 말했다. 「쟤는 성질이 급해서, 네가 그런 식으로 나한테 다가오자 소란을 피울 거라고 생각했나 봐. 내가 혼쭐을 낼 거고, 네가 말하면 너한테 사과할 거야.」

사내는 리 윌셔에게 나지막이 무언가 중얼거렸다. 네드 보몬트를 노려보던 여자는 악의에 찬 웃음을 터뜨리며 말했다. 「맞아, 뼛속까지 스포츠맨이지.」

버니 디스페인이 말했다. 「친구, 얼른 들어가. 서로 구면이지?」

네드 보몬트는 리와 사내가 있는 곳으로 갔다.

사내가 물었다. 「배는 좀 어때?」

네드 보몬트는 아무 대꾸도 하지 않았다.

「맙소사.」 버니 디스페인이 큰 소리로 말했다. 「할 얘기가 있어 찾아왔다더니 꿀 먹은 벙어리가 따로 없군.」

「나는 너랑 할 얘기가 있어서 온 거야.」 네드 보몬트가 말했다. 「이 사람들 계속 옆에 있을 건가?」

「난 괜찮아.」 디스페인이 말했다. 「그런데 넌 아닌가 보군. 싫으면 나가서 네 볼일이나 보시든가.」

「볼일은 여기에 있어.」

「맞아, 돈이 뭐 어쩌고 했었지.」 디스페인이 사내를 보며 씩 웃었다. 「무슨 돈 문제가 있지 않았던가?」

사내는 방금 네드 보몬트가 지나온 문가로 가 버티어 서서 거친 목소리로 말했다. 「있었는데 뭔지 기억 안 납니다.」

네드 보몬트는 외투를 벗어 갈색 의자 등받이에 걸치고는, 의자에 앉아 모자를 뒤에 두었다. 「이번엔 돈 문제로 온 게 아니야. 이번 일은 ―」 그는 외투 안주머니에서 꺼낸 종이를 잠시 펼쳐 슬쩍 내려다보며 말을 이었다. 「이곳 지방 검찰의 특별 수사관 자격으로 온 거야.」

디스페인의 눈빛이 잠시 반짝였다가 이내 흐릿해졌다. 「이런, 몰라보게 출세하셨군. 지난번엔 폴 똘마니 짓이나 하더니.」

네드 보몬트는 종이를 접어 다시 안주머니에 넣었다.

디스페인이 말했다. 「그렇다면 뭐든 조사해 봐. 어떻게 하는지 우리도 구경 좀 하게.」 네드 보몬트와 마주 앉은 디스페인은 기괴할 정도로 커다란 머리를 흔들며 말했다. 「설마 테일러 헨리를 죽였는지 물어보려고 여기 뉴욕까지 온 건 아니겠지?」

「맞아.」

「저런, 먼 곳까지 헛걸음했군.」 그는 바닥에 놓인 여행 가방을 과장된 손짓으로 만지며 말했다. 「리한테 자초지종을 듣고 나서 짐 꾸리던 참이야. 돌아가서 네가 꾸민 계략을 비웃어 주려고.」

네드 보몬트는 의자에 앉아 몸을 편안하게 기댔다. 한쪽 손은 뒤편으로 향했다. 「계략은 내가 아니라 리가 세웠지. 그녀가 경찰에 정보를 흘린 거야.」

「맞아.」 리가 버럭 화를 냈다. 「당신이 경찰을 보냈으니 그럴 수밖에. 나쁜 놈!」

디스페인이 말했다. 「리가 멍청한 계집인 건 사실이지만 그 종잇조각은 아무것도 아냐. 그건 그냥──」

「멍청한 계집이라고?」 리는 불같이 성을 내며 소리쳤다. 「몽땅 챙겨서 도망간 인간한테 이곳까지 찾아와 기껏 경고해 줬더니──」

「맞아.」 디스페인은 능글맞게 웃으며 고개를 끄덕였다. 「여기까지 온 것도 정말 멍청한 짓이야. 그래서 저놈이 날 찾아낸 거고.」

「정말 그렇게 생각한다면 경찰에 약식 차용 증서를 건네주길 백번 잘했네. 그건 어떻게 생각해?」

디스페인이 말했다. 「내가 어떻게 생각하는지는 손님들 떠난 후 단둘이 남았을 때 정확히 말해 주지.」그는 네드 보몬트를 쳐다보며 물었다.「그러니까 정직한 폴 매드빅이 내게 덮어씌우라고 한 거군, 그렇지?」

네드 보몬트는 씩 웃었다.「버니, 너에게 덮어씌우는 게 아니라는 건 너도 알 텐데. 리가 먼저 우리에게 단서를 제공했고, 단서들이 착착 맞아떨어졌던 거야.」

「리에게 받은 것 말고도 더 있어?」

「많이 있지.」

「뭐?」

네드 보몬트는 다시 웃음을 띠었다.「하고 싶은 이야기는 많지만, 다른 사람들 앞에서 떠벌이고 싶지는 않은데.」

디스페인이 소리쳤다.「헛소리!」

입구에 서 있던 사내가 거친 목소리로 디스페인에게 말했다.「이 멍청이 놈 찌그러뜨려 버리지 않고 뭐 해요?」

「잠깐.」디스페인은 얼굴을 찌푸리며 네드 보몬트에게 물었다.「영장 갖고 왔어?」

「글쎄, 그건──」

「있어, 없어?」디스페인의 얼굴에서 웃음기는 더 이상 찾을 수 없었다.

네드 보몬트가 천천히 말을 뱉었다.「내가 알기론 없어.」

디스페인은 자리에서 일어나 의자를 뒤로 젖혔다.「그렇다면 당장 여기서 꺼져. 그렇지 않으면 저놈한테 뜨거운 맛을 볼 테니.」

네드 보몬트는 자리에서 일어나 외투를 집어 들었다. 한 손으로는 외투를 들고 다른 한 손으로는 외투 주머니에 든 모자를 꺼내고는 진지한 어투로 말했다. 「나중에 후회할 텐데.」 네드 보몬트는 여유 있는 태도로 걸어 나왔고, 사내의 거친 웃음소리와 리의 날카로운 야유 소리가 등 뒤에서 울렸다.

# 7

벅맨 아파트에서 나온 네드 보몬트는 서둘러 발걸음을 옮겼다. 지친 표정이었지만 눈빛은 빛났고, 검은 콧수염이 살짝 치켜 올라가며 입가에 웃음이 번졌다.

첫 번째 길모퉁이에서 그는 잭과 마주쳤다. 「여긴 어쩐 일이야?」

잭이 말했다. 「아직 당신에게 고용된 처지니, 뭔가 할 일이 있나 해서 따라왔어요.」

「훌륭해! 저들이 곧 나올 테니 얼른 택시 잡아.」

잭은 알겠다고 말하고 길가로 갔다.

네드 보몬트는 길모퉁이에 그대로 있었다. 벅맨 아파트의 출입구 정면과 측면이 거기에서 보였다.

잠시 후 잭이 택시를 잡아타고 도착했다. 네드 보몬트는 택시에 올라타서 택시 운전사에게 주차할 지점을 알려 주었다.

「저들에게 어떻게 했어요?」 두 사람이 택시에 가만히 앉아 있을 때 잭이 물었다.

「여러 가지 했지.」

잭은 가볍게 감탄사를 내뱉었다.

약 10분 후, 잭은 벽맨 아파트 측면 출입구에 다가오는 택시를 가리켰다.

사내가 여행 가방 두 개를 들고 먼저 건물에서 나와 택시에 올라탔고, 이윽고 디스페인과 리가 서둘러 합류했다. 택시는 이내 멀어져 갔다.

잭은 상체를 숙여 택시 운전사에게 무언가 지시했다. 그들은 앞의 택시를 뒤쫓아 갔다. 아침 햇살이 밝게 비치는 거리를 지나 구불구불한 길을 돌자, 마침내 웨스트 49번가에 위치한 낡은 사암 건물 앞에 도착했다.

디스페인이 탄 택시가 건물 앞에 멈추어 섰고, 이번에도 사내가 셋 가운데 가장 먼저 택시에서 내렸다. 그는 두리번거리며 길가를 둘러보고는 건물 입구로 가서 열쇠로 문을 열었다. 그가 택시로 되돌아가자 디스페인과 리가 택시에서 내려 서둘러 건물 안으로 들어갔다. 사내는 여행 가방을 들고 뒤따라갔다.

「넌 여기 택시에 있어.」 네드 보몬트가 잭에게 말했다.

「어쩔 생각이에요?」

「운을 시험해 볼까 해.」

잭은 고개를 가로저으며 말했다. 「여기도 말썽을 피우기엔 좋지 않은 동네인데.」

네드 보몬트가 말했다. 「내가 디스페인과 함께 나오면 넌

급히 여길 떠나. 다른 택시를 잡아타고 벽맨 아파트로 가. 나 타나지 않으면 네가 알아서 판단하고.」

네드 보몬트는 택시 문을 열고 내렸다. 몸이 떨렸고, 눈빛은 빛났다. 잭이 차창 밖으로 몸을 내밀며 뭐라 했지만, 그는 무시하고 서둘러 길을 가로질러 두 남자와 여자가 들어갔던 건물로 향했다.

그는 곧장 계단을 올라가 문손잡이를 잡았다. 손잡이를 돌리자 문이 열렸다. 문은 잠겨 있지 않았다. 그는 문을 열고 어둑어둑한 복도를 살피고는 안으로 들어갔다.

순간 뒤에서 문이 쾅 닫히는 소리가 나며 사내의 주먹이 그의 머리를 힘껏 내리쳤다. 모자가 벗겨져 바닥에 떨어졌고, 그는 벽에 처박혔다. 그가 머리가 아찔해져 한쪽 무릎을 꿇고 주저앉을 뻔했을 때, 사내는 다른 한쪽 주먹으로 그의 머리 위쪽 벽을 쳤다.

네드 보몬트는 이를 악물고 사내의 사타구니에 힘껏 주먹을 날렸다. 사내가 외마디 비명을 지르며 고꾸라지자, 네드는 그 틈을 타 얼른 몸을 일으켰다.

약간 떨어진 지점에 버니 디스페인이 벽에 기대어 서 있었다. 그는 이를 악물고 눈빛을 어느 어두운 지점에 향한 채 나지막이 중얼거렸다. 「갈겨…… 갈겨 버려.」 리 윌셔는 보이지 않았다.

사내가 다시 가슴팍에 주먹을 날렸고, 네드 보몬트는 벽에 처박히며 기침을 내뱉었다. 사내가 얼굴을 가격하려 하자, 네드 보몬트는 얼른 몸을 피해 팔뚝으로 그의 목을 누르고

배를 걷어찼다. 사내는 화가 나 소리치며 주먹을 휘두르려 했지만, 네드 보몬트의 팔뚝과 발에 가로막혀 소용이 없었다. 네드 보몬트는 그 틈을 타 뒷주머니에 든 잭의 권총을 꺼냈다. 총을 겨눌 겨를이 없던 그는 총을 아래로 향한 채 방아쇠를 당겼고, 사내의 오른쪽 허벅지에 총알이 박혔다. 비명을 지르며 복도 바닥에 쓰러진 사내는 겁에 질린 충혈된 눈으로 그를 올려다보았다.

네드 보몬트는 뒤로 물러서서 왼손을 바지 주머니에 찔러 넣고 디스페인에게 말했다. 「할 얘기 있으니 나와.」 그는 무표정하고 단호해 보였다.

위층에서 발자국 소리가 들리고 건물 뒤편 어딘가에서 문이 열리며 복도 아래쪽에서 상기된 목소리가 들려왔지만, 눈앞에 보이는 사람은 아무도 없었다.

디스페인은 넋이 나간 듯 네드 보몬트를 한동안 멍하니 바라보았다. 그는 바닥에 쓰러진 사내를 아무 말 없이 지나 네드 보몬트를 따라서 건물 밖으로 나갔다. 네드 보몬트는 권총을 외투 주머니에 넣고 계단을 내려왔지만, 권총에서 손을 떼지는 않았다.

「얼른 타.」 그는 잭이 내리고 있는 택시를 가리키며 디스페인에게 말했다. 택시에 올라탄 그는 운전사에게 목적지를 말해 줄 때까지 그냥 달리라고만 했다.

택시가 움직이자 디스페인이 힘겹게 말문을 열었다. 「이건 불법 억류야. 죽고 싶진 않으니 원하는 건 뭐든 해줄게. 그래도 이건 불법이라고.」

네드 보몬트가 고개를 가로저으며 말도 안 된다는 듯 웃었다. 「내가 이곳 지방 검찰에서 한자리 꿰찼다는 사실을 잊었나 보군.」

「하지만 난 기소당하지 않았어. 지명 수배자도 아니고. 너도 그렇게 말했잖아.」

「여러 이유로 널 속였던 거야. 넌 수배 중이야.」

「무슨 혐의로?」

「테일러 헨리 살해 혐의.」

「뭐라고? 그거라면 직접 가서 조사받도록 하지. 도대체 무슨 증거가 있어? 그자의 차용 증서를 갖고 있고, 그가 살해된 날 그곳을 떠난 것도 사실이야. 그자가 약속을 지키지 않아 혼내 준 것도 사실이고. 1급 변호사가 끼어들 사건도 아니야. 리 말로는 내가 9시 30분 이전에 차용 증서를 금고에 뒀다는데, 그렇다면 내가 그날 밤 차용 증서를 되찾을 생각이 없었다는 것 아니겠어?」

「아니. 우리가 갖고 있는 증거는 그것뿐이 아니야.」

「그거 말고 있을 리가 없어.」 디스페인이 다급하게 말했다.

「틀렸어, 버니. 오늘 아침 널 찾아갔을 때 내가 모자 쓰고 있던 것 기억나?」

「음, 그랬던 것 같은데.」

「나올 때 외투 주머니에서 모자를 꺼내 썼던 것도 기억나?」

디스페인의 작은 눈에 당혹감과 두려움이 드리웠다. 「젠장! 도대체 무슨 말을 하려는 거야?」

「사건의 증거를 말하는 거지. 모자가 나한테 맞지 않았던 것도 기억나?」

버니 디스페인은 목이 잠겼는지 목소리가 거칠어졌다. 「네드, 그걸 내가 어떻게 알아? 도대체 무슨 말을 하는 거야?」

「내 모자가 아니기 때문에 맞지 않았던 거지. 테일러가 피살 당시 쓰고 있던 모자가 발견되지 않았다는 거 기억해?」

「몰라. 그자에 관해선 아무것도 모른다고.」

「내가 오늘 아침에 쓰고 있던 모자가 테일러의 것이고, 지금 그 모자는 네가 사는 벅맨 아파트의 갈색 안락의자 쿠션 뒤에 숨겨져 있어. 그 증거까지 추가되면 사형에 처해지겠지?」

디스페인이 겁에 질려 소리 지르려 하자, 네드 보몬트는 그의 입을 틀어막고 귀에 대고 말했다. 「닥쳐!」

디스페인의 까무잡잡한 얼굴에 땀방울이 흘러내렸다. 그는 네드 보몬트의 멱살을 잡고 더듬거리며 말했다. 「네드, 이러지 마. 빚진 건 모두 갚을게. 이자까지 쳐서 갚을 테니 제발 이러지 마. 맹세컨대 네 돈을 슬쩍할 생각은 추호도 없었어. 돈이 달려서 대출한 셈 친 거였다고. 정말 하늘에 대고 맹세해. 지금은 돈이 없지만, 리의 보석을 팔면 네 몫은 줄 수 있을 거야. 한 푼도 남기지 않고 모두 줄게. 얼마였지, 네드? 오늘 오전 중에 모두 갚을게.」

네드 보몬트는 디스페인을 택시 구석 자리로 밀며 말했다. 「3,250달러.」

「3,250달러. 오늘 오전에 한 푼도 남김없이 줄게.」 디스페인은 손목시계를 확인했다. 「좋아. 저기 도착하자마자 줄게. 올드 스타인이 벌써 준비하고 있을 거야. 그러니 옛정을 생각해서라도 날 풀어 줘.」

　네드 보몬트는 생각에 잠긴 듯 양손을 문질렀다. 「지금 당장은 풀어 줄 수 없어. 난 지금 지방 검찰과 연관돼 있고, 넌 심문을 받아야 해. 그러니 우리가 거래할 수 있는 건 모자뿐이야. 내가 제안하지. 내 돈을 돌려주면 아무도 모르게 모자를 없애 주지. 그러지 않으면 뉴욕 경찰 절반이 내 편에 서게 될 거야. 자, 제안을 받아들이든 거절하든 네가 선택해.」

　「젠장,」 디스페인은 한숨을 내쉬었다. 「택시 운전사에게 올드 스타인 집으로 가자고 해. 주소는……」

제3장
# 사이클론 탄환

# 1

뉴욕발 기차에서 내린 네드 보몬트는 눈빛이 맑고 상체가 꼿꼿한 키 큰 청년의 모습으로 되돌아와 있었다. 다만 가슴팍이 밋밋해서 체격이 건장해 보이지는 않았다. 안색과 얼굴선은 강건했고, 길게 내딛는 걸음걸이도 힘차 보였다. 역과 길거리를 잇는 콘크리트 계단을 재빠르게 오른 그는, 대합실을 지나 안내소에 있는 아는 사람에게 손을 흔들고는 역 밖으로 나갔다.

짐꾼이 가방을 갖고 오기를 기다리는 동안 그는 신문을 한 부 샀다. 랜덜가로 향하는 택시 안에서 신문을 펼치자, 1면에 다음과 같은 사설이 실려 있었다.

### 둘째도 피살

프랜시스 F. 웨스트, 형이 목숨을 잃은 지점 근처에서 살해되다

N. 애슐랜드가 1342번지에 거주하는 웨스트 가족에게 2주도 지나지 않아 또다시 비극적인 사건이 발생했다. 어젯밤 프랜시스 F. 웨스트(31세)는 지난달 친형인 노먼이 이른바 해적판 차량에 쫓기다 피살된 것을 목격한 지점에서 한 블록도 떨어지지 않은 지점에서 총격을 받고 사망했다.

록어웨이 카페에서 웨이터로 일하던 피해자는 자정 직후 퇴근하던 길이었다. 목격자들의 증언에 따르면, 과속으로 애슐랜드가를 질주하던 장거리 운행용 검은색 자동차가 웨스트를 보도로 밀어붙이고는 총을 스무 발 넘게 난사했다. 웨스트는 여덟 군데 총상을 입었고, 목격자가 나타나기 전 현장에서 목숨을 잃었다. 범행 차량은 멈추지 않고 곧장 속도를 높여 보먼가 모퉁이로 사라졌다고 했다. 차량에 대한 목격자들의 진술이 저마다 달라 경찰이 수사에 난항을 겪고 있고, 차량에 탄 사람을 목격했다는 증인은 아무도 없다.

3형제 가운데 유일한 생존자이자 2주 전 첫째 형의 죽음을 목격한 셋째 보이드 웨스트는 둘째 형이 살해된 이유를 전혀 모르겠다고 했다. 주변에 원한을 살 만한 인물도 없다고 했다. 다음 주 프랜시스 웨스트와 결혼 예정이었고 베이커가 1917번지에 거주 중인 마리 셰퍼드 양도 약혼자에게 원한을 살 만한 사람이 없다고 말했다.

지난달 노먼 웨스트를 살해한 범인의 차량을 운전한 혐의로 시립 교도소에 수감 중인 티모시 아이번스는 진술을 거부 중이다. 그는 보석을 신청하지 않은 상태이며, 살인 혐의로 재판에 넘겨질 예정이다.

네드 보몬트는 조심스럽게 신문을 접어 외투 주머니에 넣었다. 입술은 꼭 다문 채였고, 눈빛은 생각에 잠긴 듯 밝게 빛났다. 표정은 침착했다. 그는 택시 구석 자리에 몸을 기대고는 불을 붙이지 않은 시가를 만지작거렸다.

방에 들어온 그는 모자와 외투도 벗지 않은 채 곧장 수화기를 들어 네 곳에 전화를 걸었고, 폴 매드빅이 있는지, 없다면 어디에 있는지 아느냐고 재차 물었다. 네 번째 통화 후에는 폴 매드빅을 찾는 걸 포기했다.

수화기를 내려놓은 그는 테이블에 놓인 시가를 집어 불을 붙이고 다시 테이블 모서리에 두었다. 수화기를 들어 시청에 전화를 걸어 지방 검사 사무실을 연결해 달라고 했다. 전화 연결을 기다리는 동안 한쪽 발로 의자를 당겨 자리에 앉고는 시가를 입에 물었다.

그는 수화기에 대고 말했다. 「파 검사님 있나요? ……네드 보몬트라고 합니다. ……네, 감사합니다.」 그는 담배 연기를 천천히 들이마신 후 다시 내쉬었다. 「파 검사님? ……방금 전에 들어왔어요. ……지금 만날 수 있을까요? ……좋습니다. 폴이 웨스트 살해 사건에 관해 아무 말 않던가요? ……어디 있는지 모르는데, 혹시 알아요? 사건에 관해 말할 게 있습니다. ……네, 30분쯤 후에…… 네.」

그는 수화기를 내려놓고 출입문 근처 테이블에 놓인 우편물을 확인했다. 잡지 서너 권과 편지 아홉 통이 있었다. 재빨

리 봉투를 확인한 후, 그는 한 통도 열어 보지 않고 제자리에
두고는 침실로 가서 옷을 벗었다. 그리고 욕실로 가서 면도
를 하고 따뜻한 물에 몸을 담갔다.


# 2


지방 검사 마이클 조지프 파는 마흔이었고 살집 있는 체격
이었다. 호전적인 인상에 낯빛이 불그스레했고, 짧게 자른
머리칼은 너저분했다. 월넛 소재 책상 위에는 전화기 한 대
와 초록색 마노 소재의 큼직한 사무 용품만 덩그러니 놓여
있었다. 사무 용품 위로는, 비행기를 높이 든 채 한 발로 서
있는 금속 나신상이 비스듬한 각도로 놓인 만년필 두 개 사
이에 서 있었다.

그는 양손을 맞잡아 네드 보몬트와 악수를 했고, 그에게
가죽 의자를 권하고 자기 자리에 앉았다. 그리고 의자에 몸
을 기대며 물었다. 「그래, 뉴욕은 잘 다녀왔고?」 파 검사의 눈
빛은 호의적이었지만 꼬치꼬치 캐묻는 듯한 어투였다.

「네, 잘 다녀왔습니다.」 네드 보몬트가 대답했다. 「프랜시
스 웨스트가 살해된 게 티모시 아이번스에게 어떻게 작용할
까요?」

파 검사는 말을 하려다 움찔했고, 약간 놀란 듯 짐짓 좀 더
편안 자세로 고쳐 앉았다.

「크게 달라지지는 않을 거야.」 파 검사가 말했다. 「그게 그

러니까, 아이번스에게 불리한 증언을 할 형제가 아직 한 명 남아 있으니까. 그런데 그건 왜? 무슨 생각이라도 있는 거야?」 그는 의도적으로 네드 보몬트의 얼굴을 쳐다보지 않은 채 월넛 책상 모서리로 시선을 향했다.

네드 보몬트는 시선을 회피하는 파 검사를 사뭇 진지한 표정으로 쳐다보았다. 「문득 생각이 나서요. 남은 형제가 티모시를 알아볼 수 있다 해도 별문제 없을 겁니다.」

「물론이지.」 파 검사는 여전히 그를 쳐다보지 않은 채 말했다. 그가 의자를 앞뒤로 가볍게 흔들자, 턱 근육을 감싼 볼살이 가볍게 흔들렸다. 그는 헛기침을 하며 자리에서 일어서더니, 다정한 눈빛으로 네드 보몬트를 쳐다보았다. 「볼일이 있으니 잠시만 기다려 주게. 재촉하지 않으면 모두들 손 놓고 있어서 말이지. 가지 말고 있어. 디스페인에 관해 할 얘기가 있으니까.」

네드 보몬트가 나지막이 말했다. 「천천히 해요.」 파 검사는 방을 나갔고, 파 검사가 자리를 비운 15분 내내 그는 담배를 피웠다.

파 검사는 얼굴을 찌푸린 채 돌아와 자리에 앉았다. 「이렇게 자리 비워 미안하네만 업무량이 숨이 막힐 지경이야. 이렇게 계속 일하다가는 —」 그는 자기도 어쩔 수 없다는 듯 양손을 내밀며 어깨를 으쓱했다.

「음, 테일러 헨리 사건에 관해 새로운 소식 있어요?」

「아무것도. 내가 물어보고 싶은 건 디스페인이야.」 파 검사는 또다시 네드 보몬트의 시선을 의도적으로 피했다.

상대방은 알아차릴 수 없는 희미한 조소가 잠시 네드 보몬 트의 입가에 번졌다가 이내 사라졌다. 「자세히 들여다보면 그에게 불리한 정황이 별로 없어요.」

책상 모서리를 내려다보던 파 검사가 천천히 고개를 끄덕 였다. 「그럴지도 모르지. 하지만 헨리가 살해된 바로 그날 밤 그자가 급하게 이곳을 뜬 건 불리한 정황이지.」

「그가 그렇게 한 이유가 있는데, 꽤 신빙성 있어요.」네드 보몬트의 입가에 희미한 웃음이 나타났다가 이내 사라졌다.

파 검사는 확신하고 싶은 듯한 표정으로 재차 고개를 끄덕 였다. 「그가 살해했을 가능성은 전혀 없다고 보는 거야?」

네드 보몬트는 무심한 듯 대답했다. 「그자가 죽였을 거라 고 생각하지는 않아요. 하지만 가능성이야 늘 있는 법이고 당분간 그를 붙잡아 둘 증거는 많아요.」

파 검사는 고개를 들어 네드 보몬트를 쳐다보았다. 그의 웃음에는 망설임과 호의가 뒤섞여 있었다. 「내가 상관할 바 아니라면 욕해도 좋지만, 도대체 폴은 왜 자네에게 버니 디 스페인을 잡으러 뉴욕에 가라고 한 거야?」

네드 보몬트는 대답을 잠시 보류하고 생각에 잠기더니 이 내 어깨를 으쓱했다. 「나한테 가라고 시킨 건 아니고, 내가 가겠다고 하자 그러라고 했을 뿐입니다.」

파 검사는 아무 대꾸도 하지 않았다.

네드 보몬트는 시가 연기를 폐 속 깊숙이 들이마셨다가 내 뱉으며 말했다. 「디스페인이 내게 갚지 않은 도박 빚이 있었 어요. 그래서 도망친 거죠. 하필 테일러 헨리가 살해된 날, 내가 1천5백 달러를 건 페기 오툴이 1등으로 들어왔거든요.」

파 검사가 곧바로 대꾸했다. 「네드, 자네와 폴 일은 내가 상관할 바 아니야. 다만 디스페인이 길거리에서 우연히 테일러 헨리를 만나 그를 공격했을 가능성도 완전히 배제할 수는 없어. 만일의 가능성에 대비해 그를 붙잡아 두는 게 좋을 것 같아.」 아래턱이 튀어나온 파 검사의 입가에 상대방의 비위를 맞추는 듯한 웃음이 스쳤다. 「폴이나 자네 일에 간섭하려는 건 아니지만—」 벌겋게 부어오른 그의 얼굴이 번들거렸다. 그는 갑자기 몸을 숙이더니 책상 서랍을 열었고, 종이가 바스락거리는 소리가 들렸다. 그는 서랍에서 무언가를 꺼내어 책상 맞은편에 앉은 네드 보몬트를 향해 내밀었다. 그가 손에 쥔 것은 모서리가 찢긴 자그마한 흰색 편지 봉투였다. 「이거 한번 읽어 봐. 말도 안 되는 헛소리일까?」

편지 봉투를 건네받은 네드 보몬트는 곧장 확인하지 않고 벌개진 파 검사의 얼굴을 차가운 눈빛으로 쳐다보았다.

안색이 좋지 않던 파 검사는 네드 보몬트의 시선을 의식하고는 그를 달래는 듯한 몸짓으로 살집 좋은 손을 들어 올렸다. 그는 달래듯이 말했다. 「별로 중요한 건 아니지만, 매 사건마다 이런 쓸데없는 것들이 있으니 한번 읽어나 보게.」

네드 보몬트는 잠시 시간을 끌더니, 파 검사에게 향하던 시선을 거두고 편지 봉투를 내려다보았다. 타이핑된 주소는 다음과 같았다.

시청 소속 지방 검찰

M. J. 파 검사 귀하
개인 서신

소인은 지난 토요일 날짜였다. 봉투 안에 든 종이 한 장에는 세 문장이 적혀 있었고, 인사나 서명은 없었다.

폴 매드빅은 테일러 헨리가 살해당한 직후 왜 그의 모자를 훔쳤는가?

테일러 헨리가 살해당할 당시 쓰고 있던 모자는 어떻게 되었는가?

테일러 헨리의 시신을 최초로 목격했다고 주장하는 사람이 왜 당신의 직속 부하 직원이 되었는가?

네드 보몬트는 편지지를 접어 봉투에 넣어 책상에 내려놓고는, 엄지손톱으로 콧수염을 만지작거리며 파 검사의 눈높이에 맞춰 빤히 쳐다보며 담담한 어조로 물었다. 「그래서요?」

파 검사의 턱 주변 살이 처지며 주름졌다. 그는 찌푸린 얼굴과 애원하는 듯한 눈빛으로 네드 보몬트를 쳐다보며 진지한 어투로 말했다. 「맙소사, 네드. 내가 이걸 심각하게 여긴다고 생각하는 건 아니겠지? 사건이 일어날 때마다 엉터리 증거는 차고 넘쳐. 그냥 보여 주고 싶었던 것뿐이라고.」

네드 보몬트가 말했다. 「그렇게 생각한다면 상관없어요. 혹시 폴에게도 얘기했나요?」 그는 파 검사를 향한 시선과 목소리를 여전히 유지하며 물었다.

「편지 말이야? 아니. 오늘 아침 편지가 도착하고 나서 만난 적 없으니까.」

네드 보몬트는 책상에서 편지 봉투를 집어 외투 안주머니에 넣었다. 파 검사는 못마땅한 표정이었지만 아무 말도 하지 않았다.

네드 보몬트는 편지를 집어넣고는 다른 주머니에서 얇고 얼룩진 시가를 꺼냈다. 「내가 검사님이라면 폴에게 아무 말 하지 않겠어요. 그렇잖아도 생각할 게 많은 사람인데―」

「물론이지.」 파 검사는 네드 보몬트의 말을 자르며 말했다.

그러고 나서 두 사람은 잠시 아무 말이 없었다. 파 검사는 책상 모서리를 내려다보았고, 네드 보몬트는 골똘한 표정으로 상대방을 응시할 뿐이었다. 책상에 놓인 전화기가 나지막이 울리며 침묵이 깨졌다.

파 검사는 수화기를 집어 들었다. 아래로 축 처진 입술이 살짝 위로 올라갔고 얼굴은 더 벌겋게 번들거렸다. 그가 수화기에 대고 소리쳤다. 「젠장! 그놈을 당장 잡아들여 증언하게 해. 안 되면 되게 하고. 그래…… 당장 해.」 그는 수화기를 거칠게 내려놓고는 네드 보몬트를 노려보았다.

네드 보몬트는 담뱃불을 붙이다 말고 잠시 멈추었다. 한 손에는 시가를, 다른 한 손에는 불 켜진 라이터를 쥐고 있었다. 얼굴은 앞으로 내민 채였고, 눈빛은 번득였다. 입술을 축이고 입가에 웃음을 지었지만, 유쾌함과는 거리가 먼 웃음이었다. 「무슨 소식이라도?」 그가 목소리를 낮추며 침착하게 물었다. 파 검사는 성마른 목소리로 말했다. 「아이번스를 지목했던 보이드 웨스트 말이야. 아까 얘기하다 문득 생각나서 그가 지금도 아이번스를 알아보는지 확인해 보라고 했는데, 잘 모르겠다고 했다는군.」

네드 보몬트는 예상치 못한 소식은 아니라는 듯 고개를 끄덕였다. 「그럼 상황이 어떻게 될까요?」

「진술을 번복할 순 없을 거야.」 파 검사는 못마땅하게 말했다. 「아이번스를 지목했으니 배심원들 앞에서도 그렇게 진술하겠지. 불러들여 잘 구슬리면 순한 양이 될 거야.」

네드 보몬트가 물었다. 「그래요? 그렇지 않으면요?」

파 검사는 책상이 흔들릴 정도로 힘껏 주먹으로 내리쳤다. 「분명히 그럴 거야.」

네드 보몬트는 시큰둥했다. 시가에 불을 붙이고 나서 라이터를 주머니에 넣은 다음, 담배 연기를 내뿜으며 다소 여유 있는 어조로 물었다. 「물론 그럴 테지만, 혹시 그렇지 않으면요? 티모시를 보고 그가 맞는지 잘 모르겠다고 진술하면요?」

파 검사는 다시 한번 책상을 내리쳤다. 「내가 구슬리면 문제없어. 배심원들 앞에서 그가 분명하다고 진술할 거야.」

네드 보몬트의 얼굴에서 유쾌함이 사라졌고 목소리도 지친 듯했다. 「그가 진술을 번복할 거라는 건 검사님도 알잖아요. 그렇게 나오면 어쩔 생각입니까? 아무 방법이 없잖아요. 그럼 티모시 아이번스를 잡아넣겠다는 계획은 수포로 돌아가겠죠. 그가 버려둔 차에서 술이 잔뜩 발견되었지만, 노먼 웨스트를 치었던 당시 그가 차를 운전하고 있었다는 증거는 두 형제의 진술뿐이니까요. 프랜시스는 죽었으니 보이드가 무서워서 진술을 못한다면 사건은 성립되지 않을 겁니다.」

파 검사가 격노한 듯 소리쳤다. 「내가 가만히 앉아서 당할 거라 생각한다면—」

하지만 네드 보몬트는 담배를 쥔 손을 성급하게 들어 올리며 그의 말을 가로막았다. 「앉든 서든 자전거를 타시든, 검사님이 당한 거라고요.」

「내가 당했다고? 난 이 도시와 나라를 위해 일하는 검사고—」파 검사는 갑자기 고함을 멈추고는 헛기침을 하고 침을 삼켰다. 호전적인 눈빛이 사라지고 혼란스러워하더니 이내 두려움 비슷한 감정이 드는 것 같았다. 그는 책상에 기대었고, 벌개진 얼굴엔 걱정하는 기색이 역력했다. 「물론 자네가…… 폴이…… 그러니까 그럴 만한 이유가 있다면, 이 사건은 그냥 넘겨야겠지.」

유쾌함과는 거리가 먼 웃음이 다시 네드 보몬트의 입가에 어렸고, 눈빛은 흐릿한 담배 연기 사이로 밝게 빛났다. 그는 천천히 고개를 가로젓더니 심술궂으면서도 다정한 어투로 말했다. 「아니요, 파 검사님, 그럴 만한 이유 같은 건 없어요. 폴이 선거 이후에 아이번스를 석방시키겠다고 약속하긴 했지만, 믿든 말든 폴은 누군가를 살해하라고 지시한 적 없어요. 설령 그랬다고 해도 아이번스는 그럴 만큼 중요한 인물도 아니고요. 파 검사님, 그럴 만한 이유는 없으니 그렇게 생각하지 않길 바랍니다.」

「네드, 솔직히 말해서,」파 검사는 맞받아쳤다. 「폴과 자네를 위해 나보다 더 충성하는 사람 없다는 건 알잖아. 그건 알잖아. 내가 이런 말 하는 건, 어떤 경우라도 날 믿어도 된다는 것일 뿐 다른 뜻은 없네.」

「네.」 네드 보몬트는 별다른 감흥 없는 표정으로 자리에서 일어났다.

파 검사는 자리에서 일어나 책상을 돌아 벌개진 손을 내밀었다. 「왜 이렇게 서둘러 떠나는 거야? 좀 있다가 웨스트를 불러들여 그자가 어떻게 나오는지 지켜보면 좋을 텐데. 혹시—」 그는 손목시계를 확인하며 말을 이었다. 「오늘 밤 시간 어때? 저녁 식사 같이 할까?」

「그럴 수 없을 것 같네요. 갈 데가 있어서요.」 네드 보몬트가 대답했다.

파 검사는 네드 보몬트의 손을 힘껏 잡고 악수했다. 파 검사가 고집을 부리자 네드 보몬트는 알겠다고, 다음에 들러서 같이 식사하자고 나지막이 대답하고는 사무실을 나섰다.


# 3


월터 아이번스는 박스 공장에서 인부를 감독하는 책임자로 일하고 있었다. 죽 늘어서서 못 박는 기계를 작동 중인 인부들 옆에 서 있던 그는, 공장 안으로 들어오는 네드 보몬트를 곧장 알아보고는 손을 들어 인사하고 중앙 통로로 걸어갔다. 애써 웃음을 지었지만 회색이 감도는 푸른 눈동자와 얼굴 표정은 좋아 보이지 않았다.

월터 아이번스와 짧은 인사를 나눈 네드 보몬트는 상대방이 내민 손을 잡지도, 그렇다고 대놓고 무시하지도 않을 요량으로 곧장 몸을 약간 돌려 문 쪽으로 향했다. 「여긴 시끄러우니 밖으로 나가지.」

아이번스가 뭐라 말했지만 금속과 목재가 맞물리는 소리 때문에 잘 들리지 않았고, 두 사람은 방금 네드 보몬트가 들어온 문 밖으로 나갔다. 바깥에는 목재가 높이 쌓여 있었다. 6미터 높이로 쌓인 목재와 지면은 나무 계단으로 이어져 있었다.

그들은 목재가 쌓인 곳으로 올라갔고, 네드 보몬트가 물었다. 「네 형을 지목한 목격자 가운데 한 명이 어젯밤 죽은 거 알아?」

「응. 시, 신문에서 봤어.」

「남은 형제가 네 형인지 확실하지 않다고 진술한 것도 알아?」

「아, 아니. 그건 모, 몰랐어.」

「그럼 네 형은 석방될 거야.」

「으, 응.」

「별로 기뻐하지 않는 것 같군.」

아이번스는 셔츠 자락으로 이마를 훔쳤다. 「아, 아니야. 맹세코 기, 기뻐.」

「살해된 웨스트와는 알던 사이야?」

「아니. 찾아가서 우리 형 잘 부탁한다고 한 적은 있지만—」

「그가 뭐랬어?」

「아무 말도.」

「그게 언제였어?」

아이번스는 발을 옮기고는 다시 소맷자락으로 얼굴을 닦았다. 「2, 3일 됐어.」

네드 보몬트가 목소리를 낮추며 물었다. 「누가 그를 죽였을지, 짐작 가는 사람이라도 있어?」

아이번스는 힘껏 고개를 가로저었다.

「혹시 살인을 교사했을 사람이라도?」

아이번스는 재차 고개를 가로저었다.

네드 보몬트는 생각에 잠긴 듯 아이번스의 어깨 너머를 잠시 바라보았다. 3미터 남짓 떨어진 문에서 못 박는 기계가 덜거덕거리는 소리가 들렸고, 다른 층에서는 톱이 윙 울리는 소리가 났다. 아이번스는 숨을 길게 들이마셨다가 내쉬었다.

네드 보몬트는 회색이 감도는 아이번스의 푸른 눈동자를 바라보고 있자니 그가 측은하다는 생각이 들었다. 그는 상체를 약간 숙이며 물었다. 「월터, 괜찮은 거야? 네가 형을 구하려고 웨스트를 죽였을 거라고 생각하는 사람들도 있을 거야. 혹시 알리바이―」

「어, 어젯밤 내내 클럽에 있었어. 8시부터 새벽 2시까지.」 말더듬이인 월터 아이번스가 최대한 빨리 말했다. 「해, 해리 슬로스와 벤 페리스, 브래거가 증, 증인이고.」

네드 보몬트는 소리 내어 웃고는 기분 좋게 말했다. 「정말 다행이네, 월터.」

네드 보몬트는 월터 아이번스의 다정한 인사를 듣는 둥 마는 둥 곧장 몸을 돌려 나무 계단을 내려와 길거리로 향했다.

# 4

박스 공장에서 나온 네드 보몬트는 네 블록 떨어진 레스토랑으로 걸어가서 전화를 걸었다. 아까 전화했던 네 곳에 다시 전화해서 폴 매드빅을 찾았고, 그가 없다고 하자 전화해 달라는 메모를 남겼다. 그러고는 택시를 타고 집으로 향했다.

문가 테이블에는 우편물이 추가로 놓여 있었다. 그는 모자와 외투를 걸고 우편물을 챙긴 후 플러시 천을 댄 큼지막한 의자에 앉았다. 네 번째로 열어 본 편지 봉투에는 파 검사가 보여 준 것과 흡사한 편지가 들어 있었다. 봉투 안에 든 종이 한 장에 세 문장이 적혀 있었고, 인사나 서명은 없었다.

당신은 테일러 헨리가 죽은 후 시신을 발견했는가 아니면 살해될 당시 그 자리에 있었는가?

당신은 왜 경찰이 그의 시신을 발견한 이후에 신고했는가?

당신은 증거를 조작해 무고한 사람에게 죄를 씌우고 죄인을 구할 수 있다고 생각하는가?

편지를 읽은 네드 보몬트는 눈을 치뜨며 이마를 찌푸리고는 담배 연기를 깊게 들이마셨다. 그러고는 파 검사에게 받은 편지와 찬찬히 비교해 보았다. 편지지와 타이핑이 똑같았고, 각 문장을 배열한 순서와 소인 날짜도 똑같았다.

네드 보몬트는 얼굴을 찌푸리며 편지 봉투를 주머니에 넣다 말고 다시 꺼내어 읽고 찬찬히 살폈다. 시가를 서둘러 피운 탓에, 시가의 한쪽 모서리만 불규칙하게 타들어 가고 있었다. 그는 못마땅한 표정으로 시가를 테이블 한쪽에 내려놓고 불안한 손끝으로 콧수염을 만지작거렸다. 그리고 편지를 치우고 의자에 몸을 기대고는 천장을 올려다보며 손톱을 물어뜯었다. 손으로 머리를 빗어 넘겼다. 셔츠 칼라와 목 사이에 손끝을 갖다 댔다. 이내 상체를 세우고 편지를 다시 꺼냈지만, 읽지 않고 도로 넣고 아랫입술을 깨물었다. 잠시 후 그는 조바심을 내며 몸을 뒤척이고는 나머지 우편물을 읽기 시작했다. 바로 그때 전화벨이 울렸다.

그는 수화기를 집어 들었다. 「여보세요. ……형, 지금 어디야? ……거기엔 얼마나 있을 건데? ……응, 가는 길에 들러. ……응, 난 여기 있을게.」

그는 다시 우편물을 읽기 시작했다.


# 5

폴 매드빅이 네드 보몬트의 방에 도착하자, 길 건너편 회색 교회 건물에서 삼종 기도[2] 종이 울려 퍼졌다. 「네드, 언제 돌아온 거야?」 폴은 상기된 모습이었고 회색 트위드 정장을 입고 있었다.

2  성모 마리아의 수태 고지를 기념하는 기도로, 아침과 정오와 저녁에 종이 울린다.

「오늘 오전 늦게.」네드 보몬트는 그렇게 대답하며 그와 악수를 나누었다.

「일은 잘됐어?」

네드 보몬트는 치아를 약간 드러내며 만족스러운 듯 웃었다.「원하던 건 얻었어.」

「잘됐네.」매드빅은 모자를 의자에 던지고는 벽난로 근처 의자에 앉았다.

네드 보몬트는 자기 자리에 앉았다.「내가 없는 동안 무슨 일 있었어?」그는 근처 테이블에 놓인 은색 셰이커 옆의 절반 정도 차 있는 칵테일 잔을 집어 들었다.

「지리멸렬하던 하수도 건설 계약 건 해결했어.」

네드 보몬트는 칵테일을 한 모금 마시고 물었다.「많이 손해 본 거야?」

「응, 이득이랄 게 거의 없지만, 선거가 코앞인 마당에 괜히 긁어 부스럼 만드는 것보단 낫지. 내년에 세일럼과 체스트넛 지역 확장 건이 통과되면 도로 건설로 보완해야지.」

네드 보몬트는 고개를 끄덕이고는, 다리를 꼰 채 쭉 뻗은 매드빅의 발목을 내려다보았다.「트위드에 실크 양말을 신어서는 안 되지.」

매드빅은 다리를 쭉 뻗어 발목을 내려다보았다.「그런가? 실크 촉감이 좋아서.」

「그렇다면 트위드를 입지 말아야지. 테일러 헨리 장례식은 치렀어?」

「금요일에.」

「갔어?」

「응.」 매드빅은 다소 꺼리듯 말했다. 「상원 의원이 그러라고 해서.」

네드 보몬트는 칵테일 잔을 내려놓고 외투 가슴 주머니에서 흰 손수건을 꺼내어 입에 살짝 갖다 댔다. 「상원 의원은 어때?」 그는 금발의 매드빅을 흘끗 쳐다보았지만 눈가에 어린 장난기는 감출 수 없었다.

매드빅은 여전히 꺼리는 듯한 표정이었다. 「괜찮아. 오후 내내 함께 있었어.」

「그의 집에서?」

「응.」

「골치 아픈 금발 여자도 있었어?」

매드빅은 얼굴을 찌푸리지 않고서 대답했다. 「재닛도 함께 있었어.」

네드 보몬트는 손수건을 집어넣고 잔기침을 내뱉었다. 「음, 이젠 재닛이라고 부르는군. 진도는 좀 나갔어?」

매드빅은 다시 차분해진 모습이었고, 어투는 담담했다. 「여전히 그녀와 결혼할 생각이야.」

「그녀도 알아? 형이 순수한 마음으로 결혼하고 싶어 한다는 걸?」

「그만해, 네드.」 매드빅이 그의 말을 막았다. 「날 얼마 동안이나 증인석에 세워 둘 작정이야?」

네드 보몬트는 웃음을 터뜨렸고, 셰이커를 흔들어 칵테일을 한 잔 더 따랐다. 「프랜시스 웨스트 살해 사건은 어떻게 생각해?」그는 칵테일 잔을 들고 의자에 기대며 물었다.

매드빅은 잠시 당혹스러워하더니 이내 표정을 가다듬고 말했다. 「어젯밤 애슐랜드가에서 살해당한 피해자 말이군.」

「응, 그자.」

매드빅의 푸른 눈동자에 당혹감이 잠시 스쳤다. 「글쎄, 모르는 사람이라서.」

네드 보몬트가 말했다. 「월터 아이번스의 형을 지목했던 증인 가운데 한 명이었어. 유일한 증인인 보이드 웨스트가 겁을 먹고 증언하지 않으면 티모시가 혐의를 벗게 되겠지.」

「잘됐네.」매드빅은 그렇게 말했지만, 눈빛에 어린 의구심을 감출 수는 없었다. 그는 뻗었던 다리를 앞으로 당기고는 상체를 숙이며 물었다. 「겁을 먹는다고?」

「응, 무서워한다고 할 수도 있고.」

매드빅은 긴장한 듯 얼굴 표정이 굳었고 눈빛도 차가워졌다. 「네드, 무슨 말을 하려는 거야?」그는 갈라지는 목소리로 물었다.

네드 보몬트는 칵테일 잔을 비우고 내려놓고는 교훈을 암송하듯 짐짓 단조로운 어투로 말했다. 「형이 선거가 끝날 때까진 티모시를 꺼내줄 수 없다고 하자, 월터 아이번스는 섀드 오로리에게 간 거야. 섀드가 하수인들을 시켜 웨스트 형제에게 티모시를 지목하지 말라고 겁을 줬는데, 그 가운데 한 명이 겁을 먹지 않자 차로 쳐버린 거고.」

매드빅이 얼굴을 찌푸리며 반박했다. 「망할, 섀드가 티모시 아이번스와 무슨 상관이라고?」

그러자 네드 보몬트는 칵테일 셰이커를 집으며 짜증스럽게 말했다. 「맞아, 그냥 내 추측이니 신경 쓰지 마.」

「네드, 네 추측만으로도 나한텐 충분하다는 거 알잖아. 생각하는 거 있으면 툭 터놓고 얘기해 줘.」

네드 보몬트는 칵테일을 따르지 않고 셰이커를 내려놓았다. 「형, 그냥 추측이지만 적어도 내가 보기엔 그래. 월터 아이번스가 3지구에서 형 밑에서 일하고 있고, 클럽의 회원이고, 그가 요청하면 형이 어떻게든 티모시를 빼내 줄 거라는 건 모두가 아는 사실이야. 형이 티모시 목격자를 쏘라고 했는지, 그들을 협박해서 입을 막았는지, 모두는 아니지만 많은 사람들이 의심하기 시작했어. 외부인들, 그러니까 형이 요즘 두려워하는 여성 클럽과 존경하는 시민들도 그렇게 생각하고 있다고. 내부인들은 형이 그렇게 했든 말든 상관하지 않겠지만 이제 곧 진짜 뉴스를 듣게 되겠지. 형 똘마니가 일을 해결하려고 섀드에게 갔고, 섀드가 곧바로 해결해 줬다는 뉴스. 이게 바로 섀드가 파놓은 구렁텅이야. 섀드가 그렇게까지 하지 않을 놈이라 생각해?」

매드빅은 이를 악물며 말했다. 「더 하고도 남을 놈이지.」 그는 발치에 놓인 러그의 나뭇잎 무늬를 내려다보았다.

네드 보몬트는 금발의 매드빅을 빤히 쳐다보았다. 「또 다른 시각도 있어. 실제로 그럴 가능성은 거의 없지만 섀드가 어떻게 나올지는 아무도 모르지.」

매드빅이 고개를 들며 물었다. 「무슨 얘기야?」

「월터 아이번스가 어제 새벽 2시까지 클럽에 있었어. 선거

일이나 연회 말고는 밤 11시만 되면 가버리는 녀석인데 세 시간이나 더 있었던 거잖아. 우리 클럽에서 알리바이를 만든 거지.」네드 보몬트는 목소리를 최대한 낮추었고, 눈빛은 사뭇 진지했다. 「혹시 섀드가 월터에게 웨스트를 죽였다는 죄를 뒤집어씌우면 어떻게 될까? 여성 클럽 회원들과 남의 일에 간섭하기 좋아하는 사람들은 월터의 알리바이가 거짓이고 우리가 월터를 감싼다고 생각할 거야.」

매드빅은 자리에서 일어나 바지 주머니에 손을 찔러 넣었다. 「야비한 놈. 선거가 끝났거나 한참 남았으면 좋을 텐데.」

「그럼 이런 일도 일어나지 않았겠지.」

매드빅은 두어 걸음 앞으로 나오더니 욕설을 내뱉었고, 문가에 놓인 수화기를 보며 얼굴을 찌푸렸다. 숨을 들이마시자 떡 벌어진 가슴이 들썩였다. 그는 네드 보몬트를 쳐다보지 않고 입을 거의 벌리지 않은 채 말했다. 「막을 방법을 찾아봐.」 수화기로 한 걸음 다가가던 그는 발걸음을 멈추고 네드 보몬트에게 말했다. 「섀드를 이곳에서 내쫓아 버려야겠어. 그놈이 근처에 얼쩡거리는 것도 지겨워. 오늘 밤에라도 당장 내쫓아야겠어.」

네드 보몬트가 물었다. 「어떻게?」

매드빅이 소리 없이 씩 웃었다. 「음, 섀드와 그 일당들이 관심 있어 하는 도그 하우스, 파라다이스, 그 외 여러 술집들을 레이니를 시켜 문 닫게 하는 거지. 레이니한테 말하면 오늘 밤 당장 그놈들을 줄줄이 엮어 족칠 수 있을 거야.」

네드 보몬트는 머뭇거렸다. 「그럼 레이니가 곤란해질 텐데. 이곳 경찰은 금주법 위반은 건드리지 않으니 탐탁해하지 않을 거야.」

「내 말이라면 한 번쯤 해줄 거다.」 매드빅이 말했다. 「그 정도로 빚을 다 갚았다고 생각하지는 않을 테니.」

네드 보몬트는 여전히 미심쩍은 표정이었고, 목소리에도 의구심이 묻어 있었다. 「그럴지도 모르지. 하지만 이건 금고 문을 열려고 사이클론 탄환을 쏘는 것과 마찬가지야. 꼭 맞는 도구만 있으면 소란 피우지 않고 쉽게 해결할 수 있을 텐데.」

「무슨 묘수라도 있는 거야, 네드?」

네드 보몬트는 고개를 가로저었다. 「그런 건 아니지만 하루 이틀 두고 본다고 해서 큰일이 나는 건─」

이번엔 매드빅이 고개를 가로저었다. 「내가 원하는 건 행동이야. 금고 여는 방법 따윈 모르지만, 양손을 휘두르는 싸움이라면 잘 알지. 난 복싱 같은 섬세한 운동은 배우지도 못했고, 몇 번 해봤을 때도 당하기만 했어. 섀드 오로리에게 사이클론 탄환을 날리고 말 거야.」

# 6

뿔테 안경을 낀 건장한 체격의 남자가 만족스러운듯 의자에 몸을 기대며 말했다. 「그 일은 걱정 붙들어 매도 돼.」

왼쪽에 앉은 깡마른 남자는 갈색 콧수염은 숱이 풍성했지만 머리숱은 별로 없었다. 「내가 보기엔 그렇지 않은 것 같은데.」

「그래?」 건장한 체격의 남자는 안경 너머로 깡마른 남자를 쳐다보았다. 「폴이 직접 내 구역까지 올 필요는 없는데 —」

깡마른 남자가 말했다. 「헛소리!」

매드빅이 깡마른 남자에게 물었다. 「브린, 파커 만났어?」

브린이 말했다. 「응. 만났는데 다섯 주겠다고 하더군. 내 생각엔 둘 정도 더 받아 낼 수 있을 것 같아.」

안경 긴 남자가 경멸하는 어투로 내뱉었다. 「맙소사, 그렇게 나올 줄 알았어.」

브린이 그를 비웃으며 슬쩍 쳐다보았다. 「나 말고 누가 그만큼이라도 받아 낼 수 있겠어?」

널찍한 오크 문을 노크하는 소리가 났다.

다리를 벌린 채 앉아 있던 네드 보몬트가 자리에서 일어나 문으로 가서 한 뼘 정도 문을 비죽 열었다.

문 너머에는 눈썹이 짧고 얼굴이 가무잡잡하고 구겨진 푸른색 옷을 입은 남자가 서 있었다. 그는 문밖에서 목소리를 최대한 낮추어 말하려 했지만, 너무 흥분한 탓에 방 안에 있는 사람들에게 다 들렸다. 「섀드 오로리가 아래층에 왔는데, 폴을 만나고 싶답니다.」

네드 보몬트는 문을 닫고 몸을 돌려 폴 매드빅을 쳐다보았다. 방 안에 있던 열 사람 가운데 짧은 눈썹 남자의 말에 아무렇지 않은 듯 보이는 사람은 이 둘뿐이었다. 나머지 사람들은 놀란 모습을 솔직하게 드러내지는 않았는데, 몇몇은 갑자기 표정이 굳었다. 호흡이 이전처럼 고른 사람은 아무도 없었다.

네드 보몬트는 굳이 두 번 말할 필요 없다는 걸 모르는 척 다소 흥미로운 어투로 말했다. 「오로리가 만나고 싶다는군. 아래층에 있대.」

매드빅은 손목시계를 확인했다. 「지금은 바빠서 안 되고, 잠시 기다리면 가겠다고 전해.」

네드 보몬트는 고개를 끄덕이고는 문을 열어 남자에게 말했다. 「지금은 바쁘다고 해. 잠시 기다리면 만날 수 있을 거라 전하고.」

폴 매드빅은 얼굴이 누르스름하고 각진 남자에게 체스트넛가의 다른 편에서 표를 더 끌어낼 수 있는 방법에 대해 물었다. 남자는 지난번보다는 훨씬 더 많은 표를 얻겠지만 상대 후보에게 타격을 주기엔 역부족이라고 했다. 그는 말하는 내내 곁눈으로 문 쪽을 흘긋거렸다.

네드 보몬트는 창가에 놓인 의자에 다리를 벌리고 앉아 시가를 피웠다.

매드빅은 하트윅이라는 인물에게서 선거 자금을 얼마나 더 받아 낼 수 있을지 다른 남자에게 물었다. 남자는 문을 흘긋거리며 쳐다보지는 않았지만 대답을 조리 있게 하지 못했다.

매드빅과 네드 보몬트가 차분한 태도를 유지하며 선거에 관한 사무적인 대화를 나누었음에도, 그곳의 긴장감은 커져만 갔다.

15분 후 매드빅이 자리에서 일어나 말했다. 「지금은 탄탄

대로가 아니지만, 곧 그렇게 될 거야. 계속 열심히 하다 보면 목표를 이루게 될 거다.」 그는 문으로 갔고, 다소 서둘러 나가는 사람들과 일일이 악수를 나누었다.

자리를 지키고 있던 네드 보몬트는 단둘만 남자 매드빅에게 물었다. 「나 여기 있을까, 아님 꺼져 줄까?」

「있어.」 매드빅은 창가로 가서 햇살이 비치는 차이나가를 내려다보았다.

「양손 다 쓸 거야?」 네드 보몬트가 잠시 뜸을 들이다 물었다.

매드빅은 몸을 돌리며 고개를 끄덕였다. 「잘 모르겠지만, 어쩌면 양발을 쓸지도.」 그는 다리를 쩍 벌리고 앉아 있는 네드 보몬트에게 순진하게 씩 웃어 보였다.

네드 보몬트가 뭔가 말하려는 순간, 문손잡이가 돌아가는 소리가 들렸다.

한 남자가 문을 열고 들어왔다. 중키보다 약간 큰 키였고, 군살이라곤 전혀 없어서 비현실적일 정도로 약해 보였다. 머리칼은 윤기 있는 백발이었지만 나이는 서른다섯이 조금 넘은 것 같았다. 눈동자는 회색이 감도는 푸른색이었고, 얼굴 모양은 좁고 길쭉했지만 이목구비는 섬세하게 도드라졌다. 짙은 감색 양복에 같은 색 외투 차림이었고, 검정색 장갑을 낀 손에 같은 색 중산모를 쥐고 있었다.

뒤따라온 불량배 같은 남자는 안짱다리에 키가 엇비슷했는데, 어깨가 떡 벌어지고 팔이 두껍고 길고 얼굴은 까무잡잡하고 밋밋해서 어딘지 원숭이 같은 느낌이었다. 사내는 회색 페도라를 쓰고 있었다. 그는 문을 닫고 들어와 기대고는 체크무늬 외투 주머니에 손을 찔러 넣었다.

앞서 들어온 남자는 너덧 걸음 안으로 들어와 모자를 의자에 두고 장갑을 벗었다.

매드빅이 바지 주머니에 손을 넣은 채 반가운 웃음을 지었다. 「섀드, 잘 지냈어?」

「나야 잘 지내는데, 그쪽은 어떠신지?」 백발의 섀드의 목소리는 바리톤 가수 같았고 억양도 전혀 없었다.

매드빅은 턱을 가볍게 들어 의자를 가리켰다. 「보몬트 알지?」

오로리가 말했다. 「압니다.」

네드 보몬트가 말했다. 「응, 알지.」

두 사람 모두 가벼운 눈인사조차 나누지 않았고, 네드 보몬트는 자리에서 일어나지도 않았다.

섀드 오로리는 벗은 장갑을 외투 주머니에 넣으며 말했다. 「정치는 정치고 사업은 사업이죠. 지금껏 대가를 치렀고 앞으로도 그럴 작정이지만, 치른 만큼은 분명히 받아야겠습니다.」 나지막하게 조율한 듯한 그의 목소리는 듣기 좋을 만큼 진지했다.

「무슨 뜻이지?」 매드빅은 별로 신경 쓰지 않는 것처럼 말했다.

「이곳 경찰들 절반은 나와 내 부하들이 주는 돈으로 빵과 맥주를 산다는 말입니다.」

「그래서?」 매드빅은 테이블 옆에 앉으며 여전히 무심한 어투로 말했다.

「치른 만큼 받고 싶단 말입니다. 날 건드리지 말라고 돈 내는 겁니다. 그러니 건드리지 말고 그냥 두라고요.」

매드빅이 키득거리며 웃었다. 「섀드, 지금 경찰들을 매수할 수 없다고 나한테 투덜거리는 건 아니겠지?」

「어젯밤 둘런에게 들었는데, 내 가게들을 닫으라고 지시한 게 바로 당신이더군요.」

매드빅은 다시 웃으며 네드 보몬트에게 말했다. 「네드, 어떻게 생각해?」

네드 보몬트는 희미하게 웃을 뿐 아무 대꾸도 하지 않았다.

매드빅이 말했다. 「내 생각을 말해 줄까? 내 생각엔 둘런이 일을 지나치게 열심히 하는 것 같으니 장기 휴가라도 보내 줘야 할 것 같아.」

오로리가 말했다. 「폴, 난 대가를 치르고 경찰의 비호를 받아 왔고, 지금도 그러길 바랍니다. 사업은 사업이고 정치는 정치이니, 따로 떼어서 생각해 줘요.」

매드빅이 대꾸했다. 「안 돼.」

섀드 오로리의 눈빛이 어렴풋이 어딘가 먼 곳을 응시하는 듯했다. 그는 서글픈 웃음을 짓고는 아일랜드 억양이 약간 묻어나는 바리톤 음성으로 말했다. 「그럼 서로 죽여야 할 텐데요.」

매드빅의 푸른 눈빛은 모호했고, 목소리도 눈빛만큼이나 헤아리기 힘들었다. 그가 말했다. 「네가 그럴 생각이라면 그렇게 되겠지.」

백발의 섀드는 고개를 끄덕이며 여전히 구슬픈 목소리로 말했다. 「그럴 수밖에요. 나도 이제 덩치가 너무 커져서 당신이 함부로 걷어차 버리지는 못할 겁니다.」

매드빅은 의자에 몸을 기대어 다리를 꼬고 여전히 무심한 어투로 말했다. 「덩치가 커져서 쉽게 당하지는 않겠지만, 결국 당하게 될 거야.」 그는 입을 꼭 다물었다가 생각을 곱씹듯 덧붙였다. 「그렇고말고.」

슬프고 몽롱해 보이던 섀드 오로리의 눈빛이 일순간 사라졌다. 그는 모자를 쓰고 외투 깃을 매만지고는 기다란 손가락으로 매드빅을 가리키며 말했다. 「오늘 밤 도그 하우스를 다시 열 테니 건드리지 말아요. 건드리면 나도 응수할 테니.」

매드빅은 다리를 풀고 테이블에 놓인 수화기를 집어 들었다. 경찰서에 전화를 걸어 경찰서장을 바꿔 달라고 한 뒤 잠시 후 수화기에 대고 말했다. 「레이니 서장님…… 네, 괜찮습니다. 그쪽 사람들은 어때요? ……그렇군요. 그런데 섀드가 오늘 밤 다시 가게를 연다는군요. ……네. ……완전히 부숴 버려요. ……네. ……그렇죠 ……그럼.」 그는 수화기를 내려놓고 섀드에게 말했다. 「이제 네 처지를 알겠어? 섀드, 넌 끝장이야. 이 바닥에서 영원히 끝장이라고.」

「알겠습니다.」 오로리는 나지막이 말하고는 뒤돌아서서 밖으로 나갔다.

안짱다리 사내는 작정한 듯 러그에 침을 뱉고는, 매드빅과 보몬트를 대담하게 노려보고 방을 나갔다.

네드 보몬트는 손수건으로 손바닥을 닦았다. 무언가 물어

보는듯 쳐다보는 매드빅에게 아무 말도 하지 않았고, 눈빛은 우울해 보였다.

잠시 후 매드빅이 물었다. 「왜 그래?」

네드 보몬트가 말했다. 「형, 이건 잘못됐어.」

매드빅은 창가로 가더니 어깨를 으쓱하며 투덜거렸다. 「젠 장, 넌 뭐든 마음에 들지 않지.」

네드 보몬트는 자리에서 일어나 문으로 갔다.

매드빅이 뒤돌아서서 화를 내며 소리쳤다. 「그렇게 멍청이 짓만 골라서 할래?」

네드 보몬트는 그러겠다고 대답하며 방을 나섰고, 아래층 으로 내려와 모자를 쓰고는 로그 캐빈 클럽을 나왔다. 일곱 블록을 걸어 기차역으로 가서 뉴욕행 야간열차 표를 예약한 후 그는 택시를 타고 집으로 향했다.

# 7

회색 옷차림의 살집 좋은 여자와 토실토실한 사내아이는 네드 보몬트의 지시에 따라 트렁크와 가죽 가방 세 개에 짐 을 꾸리고 있었다. 바로 그때 초인종이 울렸다.

쭈그려 앉아 있던 여자가 투덜대며 일어나 문을 활짝 열어 주었다. 「어머, 매드빅 씨. 얼른 오세요.」

매드빅이 방에 들어오며 말했다. 「잘 지냈어요, 듀빈 부 인? 볼 때마다 젊어지는 것 같군요.」 트렁크와 가방을 둘러보던 그의 시선이 소년에게 향했다. 「찰리, 이젠 시멘트 섞는 기계 다룰 수 있겠지?」

소년은 당혹스러운 표정으로 웃었다. 「안녕하세요, 매드빅 씨.」

매드빅은 웃음 띤 얼굴로 네드 보몬트를 쳐다보았다. 「너 어디 가는 거야?」

네드 보몬트는 애써 예의를 갖추며 웃어 보였다. 「응.」

금발의 매드빅은 방 안을 둘러보았다. 바닥에는 트렁크와 가방이 놓여 있었고, 의자에는 옷가지들이 쌓여 있었고, 서랍은 모두 열려 있었다. 여자와 소년은 다시 짐을 꾸리고 있었다. 네드 보몬트는 의자에 놓인 색 바랜 셔츠 두 장을 옆으로 빼냈다.

매드빅이 물었다. 「30분 정도 시간 돼, 네드?」

「시간 많아.」

매드빅이 말했다. 「모자 챙겨.」

네드 보몬트는 모자와 외투를 챙기고 여자에게 말했다. 「최대한 많이 넣어 줘요. 남은 건 다른 것들과 우편으로 부치면 될 테고.」

네드 보몬트와 매드빅은 아래층으로 내려와 길거리로 나섰다. 남쪽으로 한 블록 걸어갔을 때 매드빅이 물었다. 「네드, 어디로 가는 거야?」

「뉴욕.」

그들은 좁은 골목으로 들어갔다.

「아주 떠나는 거야?」

네드 보몬트는 어깨를 으쓱했다. 「여길 뜰 거야.」

그들은 붉은 벽돌 건물 뒤쪽에 난 초록색 나무문을 열고 안으로 들어갔다. 통로를 지나 다른 문을 열자 대여섯 명이 술을 마시고 있는 술집이 나왔다. 두 사람은 바텐더와 손님 세 명과 인사를 나누고는 테이블 네 개가 놓인 작은 공간으로 갔다. 그곳엔 아무도 없었고, 둘은 한 테이블로 가서 자리를 잡았다.

바텐더가 고개를 들이밀며 물었다. 「평소처럼 맥주 드릴까요?」

매드빅은 그러라고 했고, 바텐더가 멀어지자 네드 보몬트에게 물었다. 「여길 뜨는 이유는?」

「시골뜨기 동네 진절머리 나서.」

「나한테 진절머리 난 거야?」

네드 보몬트는 아무 대꾸도 하지 않았다.

매드빅 역시 아무 말 없이 잠시 있더니 한숨을 내쉬었다. 「정말 절묘한 타이밍에 날 버리는구나.」

바텐더가 연한 색 맥주 두 잔과 프레첼 한 접시를 들고 왔다. 바텐더가 문을 닫고 나가자마자 매드빅이 소리쳤다. 「네드, 너 정말 함께하기 힘든 놈이야!」

네드 보몬트는 어깨를 으쓱했다. 「나도 아니라고 한 적 없어.」 그러고는 잔을 들고 맥주를 마셨다.

매드빅은 프레첼을 잘게 부수며 물었다. 「정말 떠나고 싶은 거야?」

「떠날 거야.」

매드빅은 프레첼 조각을 테이블에 두고는 주머니에서 수표책을 꺼냈다. 수표를 한 장 찢고 다른 주머니에서 만년필을 꺼내어 수표에 금액을 적었다. 그러고는 수표를 흔들어 잉크 자국을 말리고는 네드 보몬트 앞에 내려놓았다.

네드 보몬트는 테이블에 놓인 수표를 보더니 고개를 가로저었다. 「돈은 필요 없어. 형이 나한테 빚진 것도 없고.」

「아니야, 이보다 더 많이 빚졌어. 챙겨 넣어, 네드.」

네드 보몬트는 고맙다고 말하고는 수표를 주머니에 넣었다.

매드빅은 맥주를 마시고 프레첼을 집어 먹었다. 그는 또다시 맥주를 마신 후 맥주잔을 테이블에 놓고서 물었다. 「오늘 오후 클럽에서 말한 거 말고, 혹시라도 떠오르는 생각 있어? 어떤 헛소리여도 괜찮아.」

그러자 네드 보몬트는 고개를 가로저었다. 「그런 식으로 말하지 마. 누구든 용납 못 하니까.」

「네드, 내가 무슨 말을 했다고!」

네드 보몬트는 아무 대꾸도 하지 않았다.

매드빅이 다시 맥주를 한 모금 마셨다. 「내가 오로리를 대한 방식이 왜 틀렸다고 생각하는지 말해 봐.」

「말해 봐야 소용없어.」

「그래도 말해 줘.」

네드 보몬트가 말했다. 「말할게. 하지만 말해 봐야 아무 소용없을 거야.」 그는 한 손에는 맥주잔을 다른 한 손에는 프레첼을 들고서 비스듬히 의자에 기대어 있었다. 「섀드는 싸울 거야. 그럴 수밖에 없어. 형이 구석으로 몰아넣었으니까. 섀드에게 이 바닥에서 영원히 끝장이라고 말했잖아. 그에겐 모험을 건 도박을 하는 것 말고 선택의 여지가 없어. 이번 선거를 방해할 수만 있다면 물불 안 가리고 뛰어들 거야. 형이 선거에서 이기면 그자는 오갈 데 없이 당하고 말 테니까. 형은 그자를 상대로 경찰을 동원하고 있어. 그는 경찰과 맞서 싸워야 하고, 실제로 그럴 거야. 그럼 범죄가 급증하는 상황이 연출되겠지. 형이 원하는 건 이 도시 행정부 전체가 재임하는 거잖아. 범죄가 급증하면 행정부가 잘 대처하지 못할 게 뻔한데, 선거 직전에 유리할 게 없지. 저들은—」

「내가 그놈한테 숙이고 들어가야 했단 말이야?」 매드빅은 네드 보몬트를 노려보며 물었다.

「그건 아니야. 도망칠 구멍은 남겨 줬어야지. 꼼짝도 못하게 몰아붙이기만 했잖아.」

네드 보몬트를 노려보던 매드빅의 눈빛이 더 매서워졌다. 「네가 싸우는 방식은 도무지 이해할 수 없어. 그가 먼저 싸움을 걸었고, 누군가를 구석에 몰아넣으면 끝장내 버리는 게 내 방식이야. 지금까지 그런 방식으로 잘해 왔고.」 그의 얼굴이 약간 벌개졌다. 「난 나폴레옹 같은 대단한 인물은 아니지만, 예전에 5번가에서 패키 플러드 밑에서 심부름이나 하다 지금 이 자리까지 왔어.」

네드 보몬트는 잔을 비우고 의자 앞다리를 당겼다. 「말해 봐야 소용없을 거라 했잖아. 형 방식대로 해. 5번가에서 통하던 방식이 아직도 통할 거라 생각하라고.」

매드빅의 목소리에는 분노와 굴욕 같은 감정이 느껴졌다.

「넌 날 대단한 정치가라고 생각하지 않는 거지, 그렇지?」

이번엔 네드 보몬트가 얼굴을 붉혔다.「그런 말 한 적 없어.」

「하지만 결국 그런 뜻 아니겠어?」매드빅은 생각을 굽히지 않았다.

「아니, 하지만 형이 이번에 당한 건 분명해. 우선 헨리 가문의 감언이설에 넘어가서 헨리 의원을 후원했어. 구석에 몰린 적을 끝장낼 기회가 있었지만, 적의 딸과 사회적 지위에 눈이 멀어서—」

「네드, 그만해.」매드빅이 투덜거렸다.

네드 보몬트는 무표정한 얼굴로 일어나 말했다.「그만 가볼게.」그러고 나서 그는 문으로 향했다.

매드빅은 곧바로 따라나서며 네드 보몬트의 어깨에 손을 올렸다.「네드, 잠깐만.」

「이 손 치워.」네드 보몬트는 고개도 돌리지 않은 채 말했다.

매드빅은 다른 손으로 네드 보몬트의 팔을 잡아 돌려 세웠다.「이러지 마.」

네드 보몬트가 말했다.「놔줘.」그의 꼭 다문 입술엔 핏기라곤 없었다.

매드빅은 그를 잡아 흔들며 말했다.「멍청한 짓 하지 마. 너와 난—」

그 순간, 네드 보몬트가 왼 주먹으로 매드빅의 입을 가격했다.

매드빅은 잡고 있던 손을 놓고서 두어 걸음 물러섰다. 심장 박동 소리가 두어 번 선명하게 울리는 동안, 그는 놀라 입을 다물지 못했다. 낯빛은 분노로 어두워졌고, 입을 굳게 다물자 턱 근육이 단단해졌다. 그는 주먹을 움켜쥐고 어깨를 구부리고는 몸을 앞으로 기울였다.

네드 보몬트는 손을 뻗어 테이블에 놓인 묵직한 맥주잔을 움켜잡았지만 집어 들지는 않았다. 잔을 움켜잡느라 몸이 다소 기울었을 뿐, 그는 매드빅을 정면으로 응시했다. 야윈 얼굴은 굳어 있었고, 긴장한 탓에 입가에 선명한 주름이 졌고, 짙은 눈동자는 매드빅의 푸른 눈동자를 매섭게 노려보았다.

그렇게 두 사람은 서로 맞붙어 있었다. 한쪽은 금발에 큰 키, 떡 벌어진 어깨와 건장한 체격에 주먹을 움켜쥐고 있었고, 다른 한쪽은 짙은 머리칼과 짙은 눈동자에 키가 크고 호리호리한 체격으로 한 손을 뻗고 몸을 기울여 맥주잔을 움켜쥐고 있었다. 두 사람의 숨소리 이외엔 아무 소리도 들리지 않았다. 얇은 문 너머 바에서도 유리잔이 달그락거리는 소리, 사람들의 웅성거림, 물 튀는 소리도 들리지 않았다.

약 2분이 지나고 나서야 네드 보몬트는 맥주잔에서 손을 떼고 매드빅에게 등을 돌렸다. 더 이상 매드빅을 보고 있지 않자, 분노로 이글거리던 네드 보몬트의 눈빛이 차갑게 굳어 버렸다. 그는 문을 향해 천천히 발걸음을 옮겼다.

매드빅은 가슴 저 깊은 곳에서 목소리를 끌어내듯이 힘겹게 그를 불렀다. 「네드.」

네드 보몬트의 얼굴은 더 창백해졌다. 그는 발걸음을 멈추었지만 뒤돌아보지는 않았다.

매드빅이 욕설을 내뱉었다. 「미친 새끼.」

네드 보몬트는 그제야 천천히 몸을 돌렸다.

매드빅이 손을 뻗어 그의 얼굴을 밀치자, 균형을 잃은 네드 보몬트는 재빨리 한쪽 발을 움직이며 한 손으로 테이블을 짚었다.

매드빅이 말했다. 「흠씬 두들겨 패줘야겠어.」

네드 보몬트는 멋쩍은 듯 씩 웃고는 비틀거리며 붙잡았던 의자에 앉았다. 매드빅은 그의 맞은편 자리에 앉아 술잔으로 테이블을 툭 쳤다.

바텐더가 문을 열고 고개를 비죽 들이밀었다.

「맥주 더 가져와.」 매드빅이 말했다.

열린 문 너머 바에서는 사람들이 떠드는 소리, 유리잔이 서로 부딪는 소리, 그리고 유리잔이 탁자와 부딪치는 소리가 들려왔다.

# 제4장
## 도그 하우스

## 1

네드 보몬트는 침대에서 아침 식사를 하고 있었다. 초인종이 울리자 들어오라고 말했고, 곧 출입문이 열렸다가 닫혔다.「네드, 어디 있어요?」남자의 목소리는 귀에 거슬리는 저음이었다. 거실에 있던 그는 네드 보몬트가 대답하기도 전에 침실로 들어서며 말했다.「꽤 안락해 보이는군요.」건장한 청년의 각진 얼굴은 혈색이 좋지 않았다. 두꺼운 입술 언저리에 담배를 물고 있었고, 유쾌해 보이는 짙은 눈을 가늘게 뜨고 있었다.

「어이, 위스키. 편한 데 앉아.」네드 보몬트가 자리를 권했다.

위스키는 방 안을 둘러보았다.「여기저기 짐이 많군요.」담배를 빼문 그는 고개를 돌리지 않은 채 담배로 어깨 너머 거실을 가리키며 물었다.「저 가방은 다 뭐예요? 이사라도 가는 겁니까?」

네드 보몬트는 스크램블드에그를 꼭꼭 씹어 삼키고 나서 대답했다. 「생각 중이야.」

「그래요?」 위스키는 침대 맞은편에 놓인 의자로 다가가며 말했다. 「어디로요?」

「아마 뉴욕으로 가겠지.」

「아마라니요?」

네드 보몬트가 말했다. 「뉴욕행 티켓을 예약해 뒀으니까.」

위스키는 담뱃재를 바닥에 털고는 왼쪽 입가에 담배를 물었다. 「가서 얼마나 있으려고요?」

네드 보몬트는 쟁반에 놓인 커피 잔을 가져오다 말고 곰곰이 생각에 잠겨 청년의 얼굴을 바라보더니 잠시 후 말을 이었다. 「편도 티켓이야.」

네드 보몬트를 바라보는 위스키의 한쪽 눈은 이제 거의 감겨서 보이지 않았고, 다른 한쪽 눈은 검은 빛이 새어 나올 듯 가늘게 떴다. 그는 담배를 빼내어 재를 바닥에 털었다. 「떠나기 전에 섀드를 만나 보는 게 어때요?」 그의 목소리는 귀에 거슬렸지만 상대방을 설득하는 힘이 있었다.

네드 보몬트는 찻잔을 내려놓으며 웃음 지었다. 「섀드와 친한 친구 사이는 아니니, 인사 없이 떠나도 상처받진 않을 거야.」

위스키가 반박했다. 「내 말은 그게 아니잖아요.」

네드 보몬트는 무릎에 놓인 쟁반을 침대 협탁으로 옮기고는, 몸을 돌려 베개에 한쪽 팔꿈치를 올리고 침대 커버를 가슴으로 당겼다. 「그럼 무슨 말인데?」

「당신이 섀드와 함께 사업을 할 수 있을 거란 말입니다.」

네드 보몬트는 고개를 가로저었다. 「내 생각은 달라.」

「당신 생각이 틀릴 수도 있잖아요.」 위스키가 반박했다.

「맞아.」 침대에 앉은 네드 보몬트는 고백하듯 나지막이 말했다. 「1912년에도 그런 적이 있었지. 무슨 일인지는 잊어버렸지만.」

위스키는 자리에서 일어나 쟁반에 놓인 접시에 담배를 비벼 껐다. 그는 침대 옆 협탁 근처에 서서 물었다. 「한번 해볼래요, 네드?」

네드 보몬트는 얼굴을 찌푸렸다. 「시간 낭비일 거야. 섀드와 잘 지낼 수 있을 것 같지도 않고.」

위스키는 입을 벌려 치아 사이로 공기를 빨아들이며 요란한 소리를 냈다. 두꺼운 아랫입술이 밑으로 처진 탓에 소리가 더 지저분하게 들렸다. 「섀드는 그럴 수 있다고 생각해요.」

네드 보몬트가 눈을 크게 뜨며 물었다. 「그래? 그럼 그가 널 여기로 보냈단 말이야?」

「맞아요.」 위스키가 말했다. 「그가 시키지 않았다면 여기서 이런 얘길 하고 있지 않겠죠.」

네드 보몬트는 다시 눈을 가늘게 뜨고 물었다. 「왜 보낸 거야?」

「그야 당신과 함께 사업을 할 수 있다고 생각하기 때문이죠.」

「그러니까 내 말은, 그는 왜 내가 사업을 함께 하고 싶어

한다고 생각하느냐니까?」

위스키는 넌더리가 난 표정이었다. 「지금 나 놀리는 겁니까?」

「그럴 리가.」

「어젯밤 핍 카슨 술집에서 당신과 폴이 끝장났다는 거 모르는 사람 있을 것 같아요?」

네드 보몬트는 스스로에게 말하듯 고개를 끄덕이며 나지막이 중얼거렸다. 「그렇게 된 거로군.」

「그렇죠. 그리고 새드는 폴이 자기 술집을 건드린 걸 당신이 좋게 생각하지 않는다는 걸 우연히 알게 됐고요. 그러니 머리가 있으면 생각해 봐요. 이제 당신은 새드와 좋은 관계가 될 수 있는 거죠.」

네드 보몬트는 곰곰이 생각에 잠겨 말했다. 「난 잘 모르겠어. 여기를 떠나 대도시로 돌아가고 싶어.」

「머리 좀 써요.」 위스키가 다그쳤다. 「대도시는 선거 후에 가도 늦지 않아요. 새드는 돈줄이 넉넉하고, 매드빅과 맞붙으려고 돈줄을 풀고 있어요. 옆에 붙어 있다가 한몫 챙겨요.」

「음,」 네드 보몬트가 느릿하게 말했다. 「그와 얘기해 봐도 손해 볼 건 없겠군.」

「지당한 말씀이죠. 얼른 옷 챙겨 입고 나갑시다.」 위스키는 한껏 들뜬 모습이었다.

네드 보몬트는 그렇게 하자면서 침대에서 일어났다.

# 2

섀드 오로리가 자리에서 일어서더니 고개를 숙이며 인사했다. 「만나서 반갑습니다, 보몬트. 모자와 외투는 편한 데 놓으시고.」 섀드는 따로 악수를 청하지는 않았다.

네드 보몬트는 짧게 인사를 하고 외투를 벗었다.

위스키가 문가에서 말했다. 「그럼 저는 나중에 뵙겠습니다.」

오로리는 그러라고 했고, 위스키가 문을 닫고 나가자 단둘만 남았다.

네드 보몬트는 소파 팔걸이에 외투를 걸치고 그 위에 모자를 얹고 그 옆에 앉았다. 오로리를 바라보는 눈빛에 호기심은 없었다.

오로리는 솜을 두툼하게 댄, 칙칙한 와인색과 금색이 어우러진 1인용 소파에 앉았다. 다리를 꼬고는 무릎 위에 손을 내려 손가락 끝이 서로 닿도록 했다. 그러고는 이목구비가 섬세한 얼굴을 약간 숙인 채 청회색 눈동자로 네드 보몬트를 올려다보았다. 「폴에게 그만두라고 말해 주었다니, 내가 신세를 졌군요.」

그는 듣기 좋게 조율한 듯한, 아일랜드 억양의 저음으로 말했다.

「신세는 아니죠.」 네드 보몬트가 말했다.

오로리가 되물었다. 「아니라고요?」

「그렇습니다. 그땐 그와 한편이었으니까요. 그가 악수를 두고 있다는 생각에 조언한 것뿐입니다.」

**111**

잠시 침묵이 흘렀다. 오로리는 의자에 몸을 깊게 묻은 채 웃음 띤 얼굴로 상대방을 쳐다보았고, 네드 보몬트는 무슨 생각을 하는지 도무지 알 수 없는 눈빛으로 앉아 있었다.

침묵을 깬 건 오로리였다. 「위스키가 어디까지 말하던가요?」

「별말 없었어요. 당신이 날 만나고 싶어 한다고만 했죠.」

「거기까지라면 맞는 말이지.」 오로리가 말했다. 그는 양쪽 손끝을 서로 떼고는 앙상한 손바닥으로 반대편 손등을 어루만졌다. 「폴과 영영 갈라섰다는 게 사실인가요?」

「이미 알고 있을 텐데요. 그래서 날 불렀을 테고.」 네드 보몬트가 대답했다.

「소문은 들었지만 상황이야 늘 변하는 법. 이제 어쩔 생각입니까?」

「주머니에 뉴욕행 티켓이 있고, 짐도 모두 꾸렸습니다.」

오로리는 윤기 나는 백발을 한 손으로 쓸어 내렸다. 「원래 뉴욕 출신이라던데, 그런가요?」

「내가 어디 출신인지는 아무한테도 말한 적 없습니다만.」

오로리는 머리에서 손을 내리고는 항변하는 듯한 제스처를 취했다. 「누가 어디 출신인지, 내가 그런 것 따위엔 신경 쓰는 사람 아니라는 건 잘 알죠?」 그가 물었다.

네드 보몬트는 아무 대꾸도 하지 않았다.

「하지만 당신이 어디로 갈지는 신경 쓰입니다. 내 뜻대로만 할 수 있다면, 당분간 뉴욕으로 떠나지 않았으면 좋겠습니다만. 여기서 한몫 단단히 챙길 수 있을 거란 생각, 안 해봤어요?」

「안 해봤어요. 적어도 위스키가 오기 전까지는.」네드 보몬트가 말했다.

「지금은?」

「전혀 모르겠습니다. 당신 말을 먼저 들어 봐야겠죠.」

오로리는 다시 머리를 매만졌다. 그의 청회색 눈빛은 다정하면서도 예리했다.「여긴 얼마나 있었죠?」

「15개월.」

「폴과 형제처럼 가깝게 지낸 건?」

「1년.」

「그렇다면 폴에 관해 많은 걸 알겠군.」오로리가 고개를 끄덕이며 말했다.

「그렇죠.」

「내가 이용할 수 있는 것도 많이 알 테고.」

「제안해 보시죠.」네드의 목소리는 담담했다.

소파에 몸을 깊숙이 묻고 있던 오로리는 자리에서 일어나 네드 보몬트가 들어온 문 맞은편에 있는 문으로 갔다. 문을 열자 몸집이 큰 잉글리시 불독이 뒤뚱거리며 나왔다. 불독은 칙칙한 와인색 소파 앞 러그에 앉아 뚱한 눈으로 주인을 쳐다보았다.

오로리가 말했다.「우선 폴에게 확실하게 되갚아 줄 기회를 드리지요.」

네드 보몬트가 말했다.「그건 나한테 아무런 의미도 없습니다.」

「그래요?」

「내가 보기엔, 우린 서로 계산이 끝난 사이입니다.」

「그를 해칠 생각이 없단 말인가요?」 오로리가 고개를 들며 나지막이 물었다.

「그런 말은 아닙니다.」 네드 보몬트는 짜증 섞인 어투로 말했다. 「그를 해치는 건 상관없지만, 그건 원하면 나 혼자서도 언제든지 할 수 있어요. 나한테 그럴 기회를 제공하고 뭔가 해준다고 생색낼 생각은 아니겠죠?」

오로리는 유쾌하게 고개를 끄덕였다. 「그런 걱정은 말아요. 그럼 폴이 다치겠군. 그런데 그가 테일러 헨리를 제거한 이유는 뭐죠?」

네드 보몬트는 웃음을 터뜨렸다. 「진정해요. 아직 나한테 제안도 하지 않았잖아요. 멋진 견공인데, 몇 살인가요?」

「일곱 살이니 살 만큼 살았죠.」 오로리가 발을 뻗어 발끝으로 개의 코를 문질렀고, 개는 꼬리를 느긋하게 흔들었다. 「이건 어때요? 선거 이후에 지금껏 선보인 적 없는 멋진 도박장을 일임할 테니, 원하는 대로 운영해 봐요. 뒤는 최대한 봐줄 테니 걱정 말고.」

「조건이 있는 제안이군요.」 네드 보몬트는 다소 시들해진 듯 말했다. 「선거에서 이긴다는 조건. 어쨌건 난 선거가 끝난 이후에, 아니 그 전까지도 여기에 있고 싶은지 모르겠습니다.」

오로리는 개의 코끝을 문지르다 그만두었다. 그는 어렴풋이 웃음 지으며 네드 보몬트를 올려다보았다. 「우리 편이 선거에서 이길 거라 생각하지 않는 건가요?」

네드 보몬트는 웃음 띤 얼굴로 말했다. 「돈을 걸라고 하면 당신도 마찬가지일 텐데요.」

오로리는 여전히 어렴풋한 웃음을 띤 채 또 다른 질문을 했다. 「보몬트, 나와 한 배를 타는 게 그리 달갑지 않은 모양 이군, 그렇죠?」

「맞아요.」 네드 보몬트는 자리에서 일어나 모자를 챙겼다. 「어차피 내 생각도 아니었고.」 그의 목소리와 표정은 무심했 다. 「위스키에게도 시간 낭비일 거라고 했고요.」 그는 외투를 집어 들었다.

백발의 오로리가 말했다. 「앉으시죠. 얘기는 더 나눌 수 있 을 텐데, 안 그래요? 얘기가 끝나기 전에 뭔가 결론을 얻을 수도 있고.」

잠시 망설이던 네드 보몬트는 어깨를 으쓱하고는 모자를 벗어 외투와 함께 소파에 걸치고 자리에 앉았다.

오로리가 말했다. 「우리 편으로 오면 당장 현금 1만 달러 를 주고, 우리가 선거에서 폴을 이기면 추가로 1만 달러를 주 겠습니다. 도박장 운영도 당신 원하는 대로 하고.」

네드 보몬트는 입을 꼭 다물고 미간을 찌푸리며 음울한 눈 빛으로 오로리를 응시했다. 「당신은 내가 폴을 배신하길 바 라겠죠.」

「그가 연루된 모든 사건들을 『업저버』지에 제보해 진상을 밝혀 줘요. 하수도 계약 건, 테일러 헨리를 왜 어떻게 살해했 는지, 작년 겨울 슈메이커 마약 건, 그리고 그가 공직자로 일 하면서 저지른 비리까지.」

「하수도 계약 건은 별것 없어요.」네드 보몬트는 다른 생각에 정신이 팔린 듯 무덤덤하게 말했다.「사람들이 눈치 못 채도록 이윤을 조금만 챙겼으니까.」

「하지만 테일러 헨리 사건에는 뭔가 있겠지.」오로리는 침착하면서도 자신감이 넘쳤다.

「맞아요.」네드 보몬트는 인상을 쓰며 말했다.「하지만 슈메이커 건은 터뜨릴 수 있을지 모르겠군요.」그는 잠시 머뭇거리다가 말을 이었다.「나도 연루돼 있어서.」

「그럼 안 되지.」오로리가 재빨리 응수했다.「그 건은 빼도록 합시다. 다른 건은 뭐 없어요?」

「시내 전차 확장 건과 작년 카운티 서기 사무실 건이 있어요. 우선 파헤치는 것부터 시작해야겠지만요.」

「우리 둘 모두에게 유용할 거요.」오로리가 말했다.「『업저버』에서 일하는 힝클에게 그럴듯하게 만들라고 하면 돼요. 당신이 정보를 주면 그 친구가 알아서 쓸 겁니다. 먼저 테일러 헨리 건부터 갑시다. 지금 당장 써먹을 수 있고.」

네드 보몬트는 엄지손톱으로 콧수염을 매만지며 혼잣말처럼 중얼거렸다.「그럴지도.」

「우선 1만 달러부터 달라는 건가요? 뼈 있는 말이로군.」오로리는 호탕하게 웃으며 자리에서 일어나더니, 아까 개가 나왔던 문을 열고 안으로 들어갔다. 불독은 자리에 가만히 앉아 있었다.

네드 보몬트가 시가에 불을 붙이자, 불독이 고개를 들어 그를 주시했다.

오로리는 1백 달러 지폐 다발을 들고 왔다. 초록색 지폐 다발을 묶은 갈색 띠에는 파란색 잉크로 〈1만 달러〉라고 적혀 있었다. 그는 돈다발을 툭 치며 말했다. 「힝클이 저기 있는데, 내가 들어오라고 했습니다.」

네드 보몬트는 얼굴을 찌푸렸다. 「생각을 정리하려면 시간이 필요한데.」

「그냥 떠오르는 대로 말하면 힝클이 알아서 쓸 겁니다.」

네드 보몬트는 고개를 끄덕이고 시가 연기를 길게 내뿜으며 말했다. 「그럼 그렇게 하죠.」

오로리는 돈다발을 내밀었다.

네드 보몬트는 고맙다고 말하며 돈다발을 외투 주머니에 넣었다. 밋밋하던 가슴 부분이 불룩하게 튀어나왔다.

「고마운 건 나도 마찬가지지.」오로리는 그렇게 말하며 자기 자리에 가 앉았다.

네드 보몬트는 시가를 입에서 빼내고 말했다. 「먼저 말해 줄 게 있어요. 웨스트 형제 살해 사건에서 월터 아이번스를 범인으로 몰아간다 해도 폴에게는 별로 타격이 되지 않을 겁니다.」

오로리는 호기심 어린 눈빛으로 잠시 상대방을 쳐다보았다. 「그건 왜죠?」

「폴은 월터가 클럽에 있었다는 알리바이를 그냥 두지 않을 거예요.」

「똘마니들에게 월터가 그곳에 있었다는 진술을 번복하도록 시킨단 말인가요?」

「그렇죠.」

오로리는 혀를 찼다.「폴은 내가 월터를 속일 거라는 걸 어떻게 알아냈죠?」

「우리가 이리저리 생각해 봤죠.」

오로리가 웃음 띤 얼굴로 말했다.「그렇다면 당신이 알아냈군요. 폴은 그만큼 머리 회전이 빠르지 않으니.」

네드 보몬트는 가볍게 얼굴을 찌푸리며 물었다.「월터에겐 무슨 수를 쓴 거죠?」

오로리는 키득거렸다.「그 어릿광대 놈에게 브레이우드에 가서 중고 총을 사라고 시켰어요.」일순간 그의 청회색 눈빛이 날카롭게 빛났다.「음, 그건 별로 중요하지 않지만, 폴은 한바탕 소동을 일으킬 게 분명하죠. 그 때문에 그가 날 건드리기 시작한 거죠?」

「맞아요.」네드 보몬트가 말했다.「어차피 언젠가는 일어날 일이었지만. 폴은 당신이 자기 밑에서 일을 시작했으니 자기와 상대할 만큼 커지면 안 된다고 생각하니까.」

오로리의 입가에 온화한 웃음이 번졌다.「자기 밑에서 일을 배우게 한 걸 후회하도록 만들 겁니다. 그자는―」

바로 그때, 문이 열리면서 젊은 남자가 들어왔다. 헐렁한 회색 옷차림에 귀와 코가 유난히 컸다. 애매한 갈색 머리는 손질해야 할 것 같았고, 우중충한 얼굴은 나이에 비해 주름이 꽤 있었다.

「들어와, 힝클.」오로리가 말했다.「여긴 정보를 줄 보몬트 씨. 기사 작성하면 나한테 보여 주고, 내일 조간에 첫 발을 터뜨리자고.」

힝클은 비뚤비뚤한 치아를 드러내며 웃었고, 비굴해 보일 정도로 공손한 태도로 네드 보몬트에게 무언가 중얼거렸다.

네드 보몬트는 자리에서 일어서며 말했다. 「좋습니다. 우리 집에 가서 일을 시작하도록 하죠.」

오로리가 고개를 가로저으며 말했다. 「여기가 나을 거요.」

네드 보몬트는 웃음 띤 얼굴로 모자와 외투를 챙겨 일어서며 말했다. 「미안하지만 기다리는 전화도 있고 할 일도 있어서요. 모자 챙겨요, 힝클.」

힝클은 겁에 질린 듯 멍하니 서 있었다.

오로리가 말했다. 「보몬트, 여기 있어야 해요. 밖에 나가면 무슨 일이 일어날지 모르지만, 우리가 보호해 주는 여긴 안전해요.」

네드 보몬트는 최대한 기분 좋은 척 가장하며 웃음 지었다. 「돈 때문에 그러는 거라면, 내가 결과를 보여 줄 때까지 갖고 있어요.」 네드 보몬트는 외투 안주머니에 든 돈다발을 꺼내어 내밀었다.

「돈 문제가 아닙니다.」 오로리가 침착하게 말했다. 「당신이 여기 왔다는 걸 폴이 알게 되면 가만히 있지 않을 겁니다. 난 그런 위험을 최대한 막고 싶은 거고.」

「위험을 무릅써야 할 겁니다. 그럼 가겠습니다.」 네드 보몬트가 말했다.

오로리가 만류했다. 「안 돼요.」

네드 보몬트가 말했다. 「갈 겁니다.」

힝클은 재빨리 몸을 돌려 방에서 나갔다.

네드 보몬트는 몸을 돌리고는 아까 들어왔던 문으로 향했고, 서두르지 않고 몸을 꼿꼿이 세운 채였다.

오로리가 무언가 말하자 발치에 있던 불독은 성가신 듯 몸을 뒤뚱거리며 일어서더니, 다리를 벌리고 문 앞에 서서 뚱하게 네드 보몬트를 올려다보았다.

네드 보몬트는 입을 다문 채 웃어 보이고는 몸을 돌려 오로리와 마주 섰다. 지폐 다발은 여전히 네드 보몬트의 손에 있었다. 「이걸로 뭐나 닦으시든가.」 그는 돈다발을 오로리에게 내던졌다.

바로 그때 불독이 어설프게 뛰어올라 네드 보몬트의 팔을 덥석 물었다. 불독의 턱 관절에 팔목이 낚아채이자 네드 보몬트의 몸이 왼쪽으로 돌아갔고, 불독의 무게에 짓눌려 한쪽 무릎을 굽히고 팔을 바닥으로 내렸다.

섀드 오로리는 자리에서 일어나 힝클이 빠져나간 문으로 가서 외쳤다. 「당장 돌아와.」 네드 보몬트는 불독에 물린 팔을 내밀고서 여전히 한쪽 무릎을 굽힌 채 바닥에 주저앉아 있었다. 불독은 네 발을 버팀대 삼아 거의 바닥에 드러누운 채 그의 팔을 물고 있었다.

위스키와 남자 둘이 방으로 들어왔다. 그 가운데 한 명은 섀드 오로리를 따라 로그 캐빈 클럽에 왔던 원숭이처럼 생긴 안짱다리 남자였다. 다른 남자는 스물 남짓의 청년으로, 연갈색 머리칼에 볼이 불그스레했고, 다부진 몸집에 얼굴은 부루퉁해 보였다. 부루퉁이 청년이 네드 보몬트 뒤로 갔다. 안짱다리 남자는 불독이 물고 있지 않은 네드 보몬트의 왼팔을 잡았다. 위스키는 네드 보몬트 앞에 멈추어 섰다.

바로 그때, 오로리가 〈패티〉라고 개의 이름을 불렀다.

불독은 물고 있던 네드 보몬트의 팔을 놓고는 뒤뚱거리며 주인에게 갔다.

네드 보몬트는 자리에서 일어섰다. 창백한 얼굴이 식은땀으로 얼룩졌다. 외투 소매가 너덜너덜해졌고 손목에서 피가 흘러내리고 있었다. 손은 부들부들 떨렸다.

오로리가 아일랜드 억양의 바리톤 음성으로 말했다. 「그 돈 가져가야 할 거야.」

자신의 손목을 내려다보던 네드 보몬트는 고개를 들어 백발의 오로리를 올려다보았다. 「그러죠. 대신 날 여기에서 내보내지 않으려면 그걸로는 부족할 겁니다.」


# 3


네드 보몬트는 눈을 떴고, 입가에서 신음이 새어 나왔다.

연갈색 머리에 뺨이 불그스름한 청년이 고개를 돌려 어깨 너머로 외쳤다. 「입 닥쳐.」

그러자 원숭이 남자가 끼어들었다. 「러스티, 그냥 내버려 둬. 또 도망치려 하면 우리도 몸 좀 푸는 거지. 얼른 카드나 돌려.」그는 부어오른 주먹을 내려다보며 씩 웃었다.

네드 보몬트는 페딩크에 관해 무언가 중얼거리고는 몸을

일으켜 앉았다. 그는 침구라곤 전혀 없는 좁다란 침대에 앉아 있었다. 커버를 씌우지 않은 매트리스 위에 여기저기 핏자국이 묻어 있었다. 멍이 들고 부어오른 얼굴에도 핏자국이 묻어 있었다. 불독에게 물린 손목엔 피가 말라붙은 소맷자락이 달라붙어 있었고, 손에도 마른 피가 묻어 있었다. 그가 있는 방은 흰색과 노란색으로 장식한 자그마한 공간이었다. 의자 두 개와 탁자, 서랍장이 놓여 있었고, 침대 옆에는 프랑스 그림이 든 흰 액자 세 개가 걸려 있었다. 침대 발치 건너편의 열린 문틈으로는 흰색 타일로 장식한 욕실 내부가 보였다. 다른 쪽에 있는 문은 닫혀 있었고, 창문은 없었다.

원숭이 남자와 연갈색 머리 남자가 테이블에 앉아 카드놀이를 하고 있었다. 테이블에는 20달러 정도의 지폐와 동전이 놓여 있었다.

네드 보몬트는 증오심이 마음 깊은 곳에서 스멀스멀 올라오는 눈빛으로 남자들을 쳐다보더니, 몸을 움직이기 시작했다. 침대에서 내려오는 게 쉽지 않았다. 오른팔은 힘없이 덜렁거릴 뿐 쓸모가 없었다. 그는 왼팔로 다리를 침대 옆으로 각각 옮기고 두 차례 옆으로 몸을 눕히고는 왼팔을 짚고 자리에서 일어났다.

원숭이 남자가 카드에서 눈을 들어 그를 쳐다보고 익살스럽게 물었다. 「어이, 좀 어때?」 하지만 이내 두 사람은 그를 내버려 두고 카드놀이를 했다.

마침내 네드 보몬트는 두 발을 디디고 침대 옆에 섰다. 몸이 부들부들 떨렸지만 왼손으로 침대를 잡고서 침대 발치로 갔다. 그러고는 상체를 꼿꼿이 세우고 목표 지점인 닫힌 문을 똑바로 쳐다보며 발걸음을 내디뎠다. 문에 닿기 이전에 비틀거리며 무릎을 꿇었지만, 왼손을 필사적으로 뻗어 문손잡이를 잡고서 다시 몸을 일으켰다.

그러자 원숭이 남자가 카드를 테이블에 조심스레 내려놓았다. 그가 씩 웃자 어색할 정도로 새하얀 치아가 드러났다. 치아 크기를 보니 원래 자기 것이 아닌 게 분명했다. 그는 네드 보몬트 옆으로 다가갔다.

네드 보몬트는 문손잡이를 힘껏 당기고 있었다.

원숭이 남자가 말했다. 「후디니[3] 납셨군.」 그는 오른손에 체중을 실어 네드 보몬트의 얼굴에 주먹을 날렸다.

네드 보몬트는 뒤로 밀려 벽에 부딪쳤다. 뒤통수가 벽에 부딪고는 몸이 충돌하더니 벽을 타고 바닥으로 미끄러져 내렸다.

카드를 들고서 테이블에 앉아 있던 볼이 불그레한 러스티는 별다른 감정 없이 무뚝뚝하게 말했다. 「제프, 그러다 사람 잡겠어요.」

제프가 말했다. 「이놈 말이야?」 그는 발끝으로 네드 보몬트를 가리키고는 허벅지를 툭 걷어찼다. 「이놈은 안 죽어. 질기거든. 엄청 질긴 놈이라 이런 상황도 즐길걸.」 그는 몸을 숙이고는, 의식을 잃고 쓰러진 네드 보몬트의 멱살을 잡고서 무릎을 꿇렸다. 「그렇지? 즐기는 거지?」 그는 한 손으로 네드

___
3  Harry Houdini(1874~1926). 밧줄에서 빠져나오는 마술에 능했던 미국의 마술사.

보몬트를 세워 두고 다른 한 손으로 얼굴을 가격했다.

바깥에서 문손잡이를 잡아 여는 소리가 났다.

제프가 큰 소리로 물었다. 「누구야?」

섀드 오로리의 유쾌한 목소리가 들렸다. 「나야.」

제프는 문을 열 수 있을 만큼 네드 보몬트를 당기고는 주머니에서 열쇠를 꺼내 문을 열었다.

오로리와 위스키가 들어왔다. 오로리는 바닥에 쓰러진 네드 보몬트와 제프, 러스티를 차례대로 쳐다보았다. 청회색 눈동자에 못마땅한 눈빛이 역력한 그는 러스티에게 물었다. 「제프가 재미 삼아 놈을 두들긴 거야?」

러스티는 고개를 힘껏 가로저었다. 「보몬트가 미친놈이에요. 정신이 들 때마다 일어나 헛짓거리를 한다니까요.」

「아직은 죽이면 안 돼. 할 얘기 있는데, 정신 차리게 할 수 있겠어?」 오로리가 네드 보몬트를 내려다보며 말했다.

러스티가 자리에서 일어나 말했다. 「잘 모르겠습니다. 워낙 맛이 가서.」

제프는 더 낙관적이었다. 「정신 차리게 할 수 있어요. 러스티, 발 좀 들어 봐.」 그는 네드 보몬트의 겨드랑이에 손을 넣으며 말했다.

그들은 의식을 잃은 네드 보몬트를 욕실로 옮겨 욕조에 눕혔다. 제프는 욕조 마개를 끼우고 샤워기와 수도꼭지 양쪽에서 찬물이 나오게 한 다음 호언장담했다. 「이러면 금방 일어나 노래도 부를 겁니다.」

5분 후에 꺼내자, 네드 보몬트는 물을 뚝뚝 흘리며 서 있을 수 있었다. 그들은 그를 방으로 데려갔다. 오로리는 의자에 앉아 담배를 피우고 있었고, 위스키는 떠나고 없었다.

「침대에 앉혀.」 오로리가 지시했다.

제프와 러스티는 네드 보몬트를 침대에 내려놓았다. 그들이 손을 떼자 네드 보몬트는 곧바로 침대에 쓰러졌다. 제프는 네드 보몬트를 앉은 자세로 바꾸고 나서 흠씬 두들겨 맞은 그의 얼굴을 툭 쳤다. 「일어나, 립 밴 윙클.[4] 정신 차려!」

「정신 차리긴 글렀어요.」 부루퉁이 러스티가 궁시렁거렸다.

「못 깨어날 것 같다고?」 제프는 들뜬 목소리로 말하고 네드 보몬트의 뺨을 다시 툭 쳤다.

네드 보몬트는 덜 부은 한쪽 눈을 겨우 떴다.

오로리가 그를 불렀다. 「보몬트.」

네드 보몬트는 고개를 들어 주변을 둘러보았지만, 섀드 오로리를 알아보지는 못하는 것 같았다.

의자에서 일어난 오로리는 네드 보몬트에게 다가가 그와 마주 보도록 얼굴을 가까이 댔다. 「보몬트, 내 말 들려?」

오로리를 향한 네드 보몬트의 흐릿한 눈빛에 증오가 묻어 있었다.

오로리가 말했다. 「나 오로리야. 보몬트, 내 말 들리는 거야?」

네드 보몬트는 부은 입술을 힘겹게 움직였고, 쉰 목소리가

4  미국 소설가 워싱턴 어빙의 단편소설 주인공으로, 20년 동안 잠을 자다 깨어나는 인물이다.

새어 나왔다. 「들려.」

「좋아, 이제부터 내 말 잘 들어. 넌 내게 폴에 관한 정보를 넘겨주면 돼.」 그는 언성을 높이지 않고서 분명하게 말했고, 목소리는 여전히 바리톤 가수처럼 듣기 좋았다. 「넘기지 않을 생각이겠지만, 결국 그렇게 될 거야. 그렇게 될 때까지 내가 손봐 줄 거고. 무슨 말인지 알지?」

네드 보몬트가 웃음 지었다. 얼굴이 부은 탓에 웃는 모습이 오싹해 보였다. 「안 넘겨.」

오로리가 물러서며 지시했다. 「손 좀 봐줘.」

러스티가 머뭇거리는 반면, 원숭이 제프는 들어 올린 네드 보몬트의 손을 내리치고는 그를 침대에 밀쳤다. 「시험해 볼 게 있어.」 그는 네드 보몬트의 다리를 들어 침대 위에 떨어뜨리더니, 상체를 숙여 몸 여기저기를 정신없이 내리쳤다.

네드 보몬트의 사지가 발작을 일으키듯이 뒤틀렸고, 신음 소리가 세 번 흘러나왔다. 그러고는 잠잠해졌다.

제프는 몸을 일으키고 네드 보몬트에게서 손을 뗐다. 그는 원숭이 같은 입으로 거친 숨을 내쉬고는 불평과 아쉬움이 뒤섞인 어투로 투덜거렸다. 「이젠 소용없군. 완전히 맛이 가버렸어.」


# 4


네드 보몬트가 의식을 되찾았을 때, 방에는 아무도 없었다. 불은 켜져 있었다. 그는 아까처럼 힘겹게 침대에서 몸을 일으켜 반대편 문으로 갔다. 잠긴 문손잡이를 더듬는 순간, 문이 벌컥 열렸고 그는 벽에 처박혔다.

속옷 차림에 맨발인 제프가 들어왔다. 「이거 완전 미친놈이군. 한시도 쉬지 않고 수작을 부리다니. 바닥에 내동댕이쳐지는 게 지겹지도 않아?」 그는 왼손으로 보몬트의 멱살을 잡고 오른손으로 얼굴을 두 번 내리쳤지만, 아까처럼 힘껏 가격하지는 않았다. 그러고는 그를 침대로 밀쳐서 눕히고 으르렁거렸다. 「이번엔 좀 얌전히 있어.」

네드 보몬트는 눈을 감은 채 가만히 누워 있었다.

제프는 문을 잠그고 나갔다.

네드 보몬트는 힘겹게 침대에서 나와 다시 문으로 가서 문손잡이를 열려고 했다. 그런 다음 두어 걸음 물러나 힘껏 돌진하려 했지만 문에 부딪쳐 비틀거릴 뿐이었다. 계속 시도하자 문이 활짝 열리더니 제프가 나타났다.

제프가 말했다. 「이렇게 얻어터지기 좋아하고 이렇게 패고 싶은 놈은 처음이네.」 그는 한쪽으로 몸을 깊숙이 숙이고는 무릎 아래에서 위로 주먹을 휘둘렀다.

앞이 보이지 않는 네드 보몬트는 뺨 한가운데를 정면으로 가격 당했고 바닥에 큰대자로 쓰러졌다. 그는 꼼짝도 하지 않고 그대로 누워 있었다. 두어 시간이 지나자 위스키가 들어왔다.

위스키는 욕실에서 물을 떠 와서 그를 깨우고는 침대까지 부축하며 간청하듯이 말했다. 「머리가 있으면 생각 좀 해요.

이놈들은 당신을 죽일 겁니다. 제정신이 아닌 놈들이라고요.」

네드 보몬트는 핏자국이 묻은 부은 눈으로 위스키를 멍하니 쳐다보며 겨우 말문을 열었다. 「그러든지.」

그러고 나서 네드 보몬트는 잠이 들었고, 오로리와 제프와 러스티가 들어와 그를 깨웠다. 그는 폴 매드빅에 관해 아무것도 말하지 않으려 했고, 침대에서 끌려나와 의식을 잃을 때까지 얻어맞고는 다시 침대에 내팽개쳐졌다.

몇 시간 후 같은 과정이 반복되었고, 먹을 거라곤 아무것도 가져다주지 않았다.

의식을 되찾은 후 기어서 욕실로 간 네드 보몬트는 세면대 기둥 뒤편에서 몇 달 동안 방치되어 녹이 슨 얇은 면도날을 찾아냈다. 기둥 뒤편에서 면도날을 꺼내는 데에만 꼬박 10분이 걸렸고, 손에 감각이 없는 탓에 면도날을 열두어 번 떨어뜨린 후에야 겨우 손으로 집을 수 있었다. 그걸로 목을 그으려 했지만 턱에 상처만 세 군데 내고 떨어뜨리고 말았다. 그는 욕실 바닥에 누운 채 흐느껴 울다 잠이 들었다.

잠에서 깨어나자 몸을 일으켜 세울 수 있었다. 차가운 물을 머리에 끼얹고 물을 넉 잔 마셨다. 그러자 속이 메슥거렸고 몸이 덜덜 떨리기 시작했다. 그는 침대로 가서 핏자국이 묻은 매트리스에 누웠지만, 곧장 몸을 일으켜 비틀거리며 욕실로 가서 무릎을 꿇고 녹슨 면도날을 찾기 시작했다. 면도날을 조끼 주머니에 넣자 주머니에 든 라이터가 만져졌다. 라이터를 내려다보는 한쪽 눈에 사악한 빛이 스쳤다. 제정신인 사람의 눈빛이 아니었다.

몸이 덜덜 떨리고 치아가 서로 부딪칠 정도로 한기가 엄습했다. 그는 욕실 바닥에서 일어나 침대로 갔다. 원숭이 남자와 부루퉁이 청년이 카드놀이를 하던 테이블 아래에 놓인 신문을 보고 그는 거친 웃음을 내뱉었다. 신문을 찢고 구겨서 문으로 가져가 바닥에 두었다. 서랍장 각 칸마다 깔아 둔 포장지도 신문과 함께 구겨 문 앞에 두었다. 면도날로 매트리스 표면을 길게 그어서, 안에 가득 든 거친 회색 솜뭉치도 끄집어내어 문으로 옮겼다. 이제 그는 몸을 떨지도 비틀거리지도 않고 양손을 능숙하게 움직였지만, 매트리스 속을 끄집어내는 데 질려 버려서 남은 것과 베갯잇을 통째로 문으로 끌고 갔다.

그는 킬킬거리며 웃었고, 세 번 시도한 끝에 라이터에 불을 붙였다. 그는 불쏘시개 더미 아래에 불을 놓아 문 쪽으로 불이 타들어 가도록 했다. 처음에는 더미 가까이에서 상체를 숙이고 있었지만, 연기가 피어나자 기침을 내뱉으며 뒤로 물러날 수밖에 없었다. 그는 욕실로 들어가 물에 적신 수건을 얼굴에 둘러 눈과 코와 입을 가렸다. 뿌연 연기가 퍼진 방에서 희끗한 형체로 비틀거리던 그는 침대에 부딪치고는 바로 옆 바닥에 주저앉았다.

잠시 후 제프가 방에 들어왔다.

그는 천으로 코와 입을 막은 채 기침을 하며 들어왔다. 문을 열 때 불타는 더미가 옆으로 약간 밀렸고, 나머지 더미는 발로 걷어찼다. 그는 네드 보몬트에게 가서 목덜미를 움켜잡고 밖으로 끌어냈다.

방 밖으로 나온 제프는 그를 걷어차 일으켜 세우고는, 복도 맨 끝으로 끌고 가더니 열린 문틈으로 밀어 넣었다. 「미친 놈! 돌아오면 한쪽 귀를 잘라 버리겠어.」 그는 고함치며 네드 보몬트를 한 번 더 발로 걷어찬 후, 복도로 나가 문을 쾅 닫고 열쇠를 돌려 문을 잠갔다.

발길에 차여 방 안으로 밀려들어온 네드 보몬트는 테이블을 붙잡아 겨우 넘어지지 않고 버텼다. 그는 몸을 일으키며 주변을 둘러보았다. 두르고 있던 수건은 머플러처럼 목과 어깨를 감싸고 있었다. 방에는 창문이 두 개 있었다. 그는 가까운 창으로 다가가 열어 보았다. 잠겨 있었다. 그는 잠금장치를 풀고 창문을 열었다. 밖은 밤이었다. 그는 양쪽 다리를 차례로 창틀에 올리고 배를 대고는 몸을 아래로 내려 창틀을 붙잡고 매달렸다. 발에 닿는 게 있는지 확인해 보았지만 아무것도 없자, 그는 손을 놓아 버렸다.

# 제5장
# 병원




# 1


간호사가 네드 보몬트의 얼굴을 처치하고 있었다.

「여기가 어디죠?」그가 물었다.

「세인트 루크 병원이요.」키 작은 간호사는 연갈색 눈동자가 유난히 컸고, 숨이 가쁜듯 거친 목소리였고, 미모사 향이 났다.

「요일은?」

「월요일.」

「몇 년 몇 월?」그가 묻자 간호사는 얼굴을 찌푸렸다. 「그럼 그건 됐고, 내가 여기 얼마나 있었나요?」

「3일째요.」

「전화기는?」그는 병상에서 일어나 앉으려 했다.

「전화는 쓸 수 없고, 절대적인 안정을 취해야 해요.」

「그럼 직접 해줘요. 하트포드 6116에 전화해서 매드빅에게 지금 당장 보자고 전해 줘요.」

「매드빅 씨는 오늘 오후에 올 거지만, 테이트 의사 선생님이 면회를 허락하지 않을 거예요. 사실, 지금도 말을 너무 많이 하고 있어요.」

「지금 몇 시예요? 오전 아니면 오후?」

「오전이에요.」

「그럼 한참 기다려야 하니 지금 전화해 줘요.」

「의사 선생님이 곧 올 거예요.」

「내가 만나야 할 사람은 의사가 아니라 폴 매드빅이라고요.」 그는 짜증을 냈다.

「병원 지시에 따라야 해요. 의사 선생님이 올 때까지 가만히 누워 있어야 한다고요.」

그는 간호사를 보았다. 「정말 훌륭한 간호사로군. 이렇게 실랑이 벌이는 게 환자한테 좋을 리 없을 텐데요.」 그가 말했다.

간호사는 못 들은 척했다.

「게다가 말하느라 턱도 아프고.」

간호사가 말했다. 「입 다물면 턱 안 아파요.」

네드 보몬트는 잠시 가만히 있다가 다시 말문을 열었다. 「내가 무슨 일을 당한 것 같아요? 아님 아직 경험이 부족해서 잘 모르는 건가?」

「술 취해서 싸운 거겠죠.」 그녀는 그렇게 말했지만, 그 이후로 얼굴 표정을 감추지는 못했다. 그녀는 소리 내어 웃으며 말했다. 「그렇게 말 많이 하면 안 되고, 의사 허락 없이는 아무도 못 만난다니까요.」

# 2

폴 매드빅은 이른 오후 시간에 도착했다. 「맙소사, 살아서 이렇게 다시 만나 다행이야.」 그는 붕대를 감지 않은 네드 보몬트의 왼팔을 양손으로 덥석 잡았다.

네드 보몬트가 말했다. 「난 괜찮아. 우선 할 일이 있어. 월터 아이번스를 잡아다가 브레이우드에 데려가서 총기 거래상들에게 낯짝을 보여 줘.」

「그 얘긴 이미 했잖아. 벌써 그렇게 조처했고.」

매드빅의 말에 네드 보몬트는 얼굴을 찌푸렸다. 「내가 말했던가?」

「널 데려온 날 아침에. 응급 병원으로 데려왔는데 날 만날 때까지 치료를 거부했잖아. 날 보자마자 아이번스를 브레이우드로 데려가야 한다고 말하고는 기절해 버렸잖아.」

「전혀 기억 안 나. 녀석들은 잡았어?」

「아이번스 형제는 잡았어. 월터는 브래이우드 총기 거래상들이 얼굴을 알아보자 이실직고했고, 대배심이 제프 가드너와 신원 미상의 남자 둘을 기소했지만, 그걸로 섀드를 잡아넣을 순 없을 거야. 가드너가 월터와 거래한 인간이고 그자는 섀드의 지시 없이는 꼼짝도 하지 않는 놈이라는 건 누구나 다 알지만, 그걸 입증하는 건 다른 문제지.」

「제프라면 그 원숭이 같은 놈? 아직 못 잡았어?」

「응, 네가 없어지고 나서 섀드가 숨긴 모양이야. 그놈들 소굴에 있었던 거지?」

「응, 도그 하우스 위층에. 내가 덫을 놓으러 갔는데 그놈이 선수 친 거지. 위스키 바소스랑 같이 갔고, 개한테 물렸고, 제프와 연갈색 머리털 놈한테 두들겨 맞았어. 그러다 불이 났고, 그렇게 됐어. 누가 날 발견했어? 장소는?」

「경찰이 네가 새벽 3시에 피를 흘리며 콜런가를 기어가는 걸 봤어.」

그러자 네드 보몬트가 웃음 띤 얼굴로 말했다. 「재밌는 생각이 떠올랐어.」

### 3

눈이 커다란 키 작은 간호사가 조심스레 문을 열고 고개를 살짝 들이밀었다.

네드 보몬트의 목소리에 지친 기색이 역력했다. 「까꿍이라도 하는 건가? 그러기엔 나이가 너무 많지 않나요?」

간호사는 문을 열고 한 손으로 문손잡이를 잡은 채 문지방에 서 있었다. 「그렇게 말을 거칠게 하니 사람들에게 맞는 거죠. 깨어 있는지 보려고 왔어요. 매드빅 씨와—」 숨 가쁜 그녀의 목소리가 더 또렷해지며 눈빛도 밝게 빛났다. 「어떤 여자분이 찾아왔어요.」

네드 보몬트는 궁금하기도 했고 간호사를 놀리고 싶기도 했다. 「여자라면 어떤 여자?」

「재닛 헨리 양이요.」 간호사는 뜻밖의 유쾌한 비밀을 털어놓는 듯한 어투였다.

네드 보몬트는 간호사를 등진 채 모로 누워 눈을 감았다. 한쪽 입가가 살짝 움직였지만, 목소리에 별다른 느낌은 없었다. 「가서 자고 있다고 해요.」

「그건 안 돼요.」 그녀가 말했다. 「목소리를 못 들었다 해도 잠들었다고 생각하진 않을 거예요. 그랬다면 제가 벌써 돌아갔을 테니까요.」

네드 보몬트는 짐짓 큰 소리로 투덜거리며 팔꿈치를 괴어 몸을 일으켰다. 「나중에 또 찾아올 테니 지금 만나는 게 좋겠군.」 그는 혼잣말처럼 중얼거렸다.

간호사는 못마땅한 표정을 지으며 빈정거렸다. 「당신을 만나러 온 여자들을 내쫓느라 경찰을 불러야 할 지경이라고요.」

「당신에겐 그렇게 보일 수도 있겠군요.」 네드 보몬트가 말했다. 「사람들은 대개 유명 인사인 상원 의원의 딸을 보고 혹할 거고, 나처럼 그들을 피해 다니지도 않을 테니까. 그들과 신문에 나오는 유명인사들은 내 인생을 비참하게 만들었어요. 늘 상원 의원의 딸이 문제죠. 당 대표나 장관이나 시 의원의 딸이 아닌 상원 의원의 딸들 말이예요. 상원 의원들이 보통 사람들보다 자식을 더 많이 낳는 것 같지 않아요?」

「별로 재미없어요. 보몬트 씨가 머리를 쓸어 넘기는 모습 때문에 혹하는가 봐요. 안으로 들어오라고 할게요.」 그러고 나서 간호사는 병실에서 나갔다.

네드 보몬트는 숨을 깊게 들이마셨다. 눈빛이 반짝였고, 입술을 꼭 다물자 입가에 비밀스러운 미소가 번졌다. 하지만 재닛 헨리가 들어오자 그는 애써 무심한 척 예의를 차렸다.

재닛은 곧장 침대로 다가가며 말했다. 「보몬트 씨, 잘 회복하고 있다는 소식을 듣고 이렇게 찾아왔어요.」 그녀는 그의 손을 맞잡고 웃어 보였다. 눈동자는 짙은 갈색은 아니었지만 밝은 금발 때문에 더 짙어 보였다. 「내가 오는 게 싫더라도 폴을 원망하진 말아요. 내가 고집 부렸거든요.」

네드 보몬트 역시 그녀를 보며 웃음 지었다. 「와줘서 얼마나 기쁜데요. 정말 고마워요.」

재닛 헨리를 따라온 폴 매드빅은 침대 맞은편에 자리를 잡고 서 있었다. 그는 재닛 헨리와 네드 보몬트를 번갈아 보며 애정 어린 웃음을 지었다. 「그럴 줄 알았다, 네드. 네가 분명 좋아할 거라고 내가 말해 줬지. 몸은 좀 어때?」

「엄청 좋아. 의자에 앉지 그래.」

「그만 가봐야 해.」 금발의 매드빅이 말했다. 「이따 그랜드 코트에서 머클로플린을 만나기로 했거든.」

「난 안 갈 건데, 여기 좀 더 있어도 돼요?」 그녀는 네드 보몬트를 보고 다시 웃음 지으며 물었다.

「그래도 좋죠.」 매드빅은 침대를 돌아 그녀에게 의자를 가져다주고는 두 사람을 향해 환하게 웃으며 말했다. 「좋아요.」 재닛은 침대 옆에 앉고 검정색 외투를 의자 등받이에 걸쳤다. 「그만 가봐야겠어. 필요한 거 없어?」 손목시계를 확인한 매드빅은 아쉬워하며 네드 보몬트와 악수를 했다.

「아무것도 없어.」

「그럼 몸조심해.」 매드빅은 재닛 헨리에게 몸을 돌리다 말고 다시 네드 보몬트에게 말했다. 「이번이 첫 만남인데, 그를 어떻게 상대해야 할까?」

네드 보몬트는 어깨를 으쓱했다. 「원하는 만큼만 하고, 너무 드러내놓고 말하지 말고. 곧이곧대로 말하면 지레 겁먹을 테고, 에둘러서 말하면 살인 청부라도 할 수 있을 거야. 이를테면 이렇게 빙빙 돌려서 말하는 거지. 〈모처에 사는 스미스라는 남자가 병에 걸려 낫지 않았는데 그때 어쩌다 당신이 찾아왔고, 나는 때마침 당신 앞으로 온 편지를 보관하고 있었는데, 그 편지 안에 5백 달러가 든 걸 내가 도대체 어떻게 안단 말이오?〉 이렇게 말이지.」

매드빅은 찡그린 얼굴로 고개를 끄덕였다. 「살인은 원치 않지만, 철로 건은 통과시켜야 해. 네드, 네가 얼른 기운을 차려야 할 텐데.」

「하루 이틀이면 좋아질 거야. 오늘 아침 『업저버』 봤어?」

「아니.」

네드 보몬트가 병실을 둘러보며 나지막이 말했다. 「누군가 기사를 터뜨렸어. 1면 중앙에 〈우리 시 공무원들은 어떻게 대처할까?〉라는 제목으로 문제의 사설이 실렸어. 6주 동안 범죄가 급증했다는 자료와 실제로 검거된 범인은 소수에 불과하다는 자료를 함께 제시하면서 경찰의 무능을 지적했고, 지면을 가장 많이 할애해 열을 올린 사건은 테일러 헨리 사건이었어.」

오빠 이름이 거론되자 재닛 헨리는 움찔했고, 살짝 벌어진 입술 사이로 한숨이 새어 나왔다. 그 모습을 본 매드빅은 네드 보몬트에게 그만하라는 듯이 고개를 가볍게 움직였다.

네드 보몬트는 자기 말이 두 사람에게 어떤 영향을 미치는지 개의치 않고 계속 말을 이었다. 「대놓고 까발렸더군. 경찰이 일주일 동안이나 의도적으로 그 사건에서 손을 뗐고, 정계의 한 도박꾼이 다른 도박꾼과의 문제를 해결했다면서. 그건 내가 디스페인을 찾아가 돈을 받아 낸 걸 뜻하지. 헨리 의원은 새로 손잡은 동지가 자기 자식의 살인 사건을 그런 식으로 이용한다는 걸 알면 어떻게 생각할까?」

얼굴이 벌개진 매드빅은 손목시계를 더듬으며 서둘러 말했다. 「이따 구해서 읽어 볼게. 그럼 난 이만—」

하지만 네드 보몬트는 여전히 차분한 모습으로 말을 이었다. 「그리고 몇 년 동안 보호해 주다가 막대한 선거 자금을 내놓지 않는다고 술집을 급습한 경찰을 비난하는 내용도 있었어. 형이 섀드 오로리와 다툰 걸 그런 식으로 본 거지. 그러고는 선거 자금을 내놓은 덕분에 무사히 술집을 운영 중인 곳도 곧 밝히겠다고 했어.」

매드빅은 불편한 기색으로 재닛 헨리와 인사를 나누고는 네드 보몬트에게 나중에 보자고 한 뒤 병실을 나갔다.

재닛 헨리가 상체를 숙이며 네드 보몬트에게 물었다. 「날 좀 좋아해 주면 안 돼요?」

「좋아하는 것 같은데요.」 그가 말했다.

그녀는 고개를 가로저었다. 「그렇지 않은 거 알아요.」

「내 매너를 보고 판단하면 안 돼요. 매너는 늘 꽝이거든요.」

그는 웃어 보였지만 그녀는 그렇지 않았다. 「당신은 날 좋아하지 않아요. 하지만 앞으론 좋아해 줬으면 좋겠어요.」

그는 조심스럽게 물었다. 「왜요?」

「폴과 가장 가까운 친구니까요.」그녀가 대답했다.

「그에게는 친구가 많아요. 정치인이니까요.」그는 곁눈으로 그녀를 슬쩍 쳐다보며 말했다. 그녀는 조급한 듯 고개를 움직였다. 「당신은 그와 가장 가까운 친구예요. 그이는 그렇게 생각해요.」

「당신 생각은요?」네드 보몬트가 아무렇지 않게 물었다.

「그런 것 같아요.」그녀는 진지하게 대답했다. 「아니라면 여기 이렇게 있지도 않을 거고, 그런 일을 하지도 않았겠죠.」

네드 보몬트의 입가에 희미한 웃음이 스쳤다. 그는 아무 말도 하지 않았다.

그가 입을 꾹 다물자 재닛이 진지하게 말했다. 「날 좋아해 줬으면 좋겠어요. 가능하다면 말이죠.」

그는 재차 말했다. 「좋아하는 것 같은데요.」

그녀는 고개를 가로저었다. 「그렇지 않아요.」

네드 보몬트는 그녀를 바라보며 웃었다. 풋풋하고 매력적인 웃음이었다. 눈빛에는 수줍음이 있었고, 목소리엔 젊은이답게 머뭇거리는 순진한 면이 느껴졌다. 「왜 그렇게 생각하는지 말해 볼게요. 폴은 약 1년 전 날 시궁창에서 끄집어내 줬어요. 그래서 난 나와는 완전히 다른 세계, 그러니까 상류층이나 유명 인사인 당신 같은 사람들과 함께 있으면 어색하고 서툴러지는데, 그걸 당신은 적의라고 오해하는 거죠.」

「날 놀리는군요.」그녀는 화를 내지 않고서 자리에서 일어나더니 병실을 나갔다.

　그녀가 떠나자, 네드 보몬트는 베개를 베고 누워 반짝이는 눈빛으로 천장을 응시했다.

　바로 그때 간호사가 들어와 물었다. 「무슨 일이에요?」

　네드 보몬트는 고개를 들어 뚱한 표정으로 그녀를 쳐다볼 뿐 아무 대꾸도 하지 않았다.

　간호사가 말했다. 「울음을 꾹 참고 나가던데요.」

　네드 보몬트는 다시 베개를 베고는 능청스럽게 말했다. 「여자들 다루는 솜씨가 예전만 못해졌어. 내가 울린 상원 의원 딸이 한둘이 아닌데.」


# 4


　한 청년이 병실에 들어왔다. 중키에 말쑥한 인상이었고, 까무잡잡하고 윤기 있는 얼굴은 꽤 미남형이었다.

　네드 보몬트가 침대에 앉아 인사했다. 「어이, 잭.」

　잭은 침대 옆으로 가면서 말했다. 「생각보단 괜찮아 보이네요.」

　「보다시피 사지 멀쩡해. 의자 당겨 앉아.」

　잭은 자리에 앉아 담뱃갑을 꺼냈다.

　「네가 도와줄 일이 있어.」 네드 보몬트는 침대 밑에 손을 넣어 봉투를 꺼냈다.

　잭은 담뱃불을 붙이고 봉투를 건네받았다. 세인트 루크 병원에 있는 네드 보몬트 앞으로 온 흰 편지 봉투였고, 이틀 전 소인이 찍혀 있었다. 잭은 안에 든 편지지를 꺼내어 읽었다.

당신이 매드빅에 관해 알고 있는 사실 가운데 섀드 오로리가 알아내려고 혈안인 것은 무엇인가?
그것은 테일러 헨리 살해 사건과 관련 있는가?
아니라면 왜 그 지경이 될 때까지 함구했는가?

잭은 편지지를 접어 봉투에 다시 넣고는 고개를 들며 물었다. 「이게 말이 되는 소리예요?」
「말이 안 되지. 누가 썼는지 알아봐.」
잭이 고개를 끄덕였다. 「갖고 있어도 돼요?」
「응.」
잭이 편지 봉투를 주머니에 넣으며 물었다. 「짐작 가는 사람도 없어요?」
「전혀.」
잭은 불을 붙인 담배 끝을 가만히 내려다보았다. 「어떤 놈이 꾸민 짓이겠죠.」
「맞아.」 네드 보몬트도 같은 생각이었다. 「지난주부터 이런 편지가 돌고 있어. 내가 받은 건 세 번째고, 파 검사도 한 통 받았어. 또 누가 이런 편지를 받았는지는 모르겠고.」
「다른 것도 볼 수 있어요?」
「지금 갖고 있는 건 그것뿐이야. 거의 비슷한데, 같은 편지지에 같은 타이핑, 질문은 세 개고 모두 같은 주제야.」

잭은 캐묻는 듯한 눈빛으로 쳐다보았다. 「질문이 똑같지는 않고요?」

「똑같지는 않지만 결국 결론은 하나지.」

잭은 고개를 끄덕이며 담배 연기를 들이마셨다.

네드 보몬트가 말했다. 「잘 알겠지만, 이 일은 아무도 모르게 진행해야 해.」

「물론이죠.」 잭은 담배를 빼냈다. 「결론은 매드빅이 살인 사건과 관련이 있다, 이건가요?」

「응.」 네드 보몬트는 까무잡잡하고 윤기 있는 잭의 얼굴을 똑바로 쳐다보았다. 「하지만 어떤 관련도 없지.」

잭의 까무잡잡한 얼굴은 표정을 읽을 수 없었다. 그는 일어서며 덧붙여 말했다. 「관련이 있을 수 없죠.」


# 5


간호사는 커다란 과일 바구니를 들고 들어왔다. 「예쁘죠?」 그녀는 바구니를 침대 옆에 내려놓으며 말했다.

네드 보몬트는 조심스레 고개를 끄덕였다.

간호사는 바구니에서 반듯한 카드를 꺼내어 그에게 건네주며 말했다. 「그녀가 보낸 거라는 데 내기 걸 수 있어요.」

「뭘 걸 건데요?」

「뭐든지..」

네드 보몬트는 은밀한 의구심을 알아냈다는 듯 고개를 끄덕였다. 「이미 봤군.」

「왜 그렇게 생각 —」 그가 웃자 그녀는 말을 잇지 못했고,
여전히 화난 목소리였다.

네드 보몬트는 재닛 헨리가 보낸 카드를 봉투에서 꺼냈다.
카드에 적힌 단어는 한마디였다. 〈제발 부탁해요!〉 그는 엄
지손톱으로 카드를 톡톡 치며 찌푸린 얼굴로 간호사한테 말
했다. 「당신이 이겼군. 과일이나 잔뜩 먹어서 내가 먹은 것처
럼 보이게 해줘요.」

그러고 나서 그는 오후에 재닛 헨리에게 편지를 썼다.


　헨리 양에게

　당신이 베풀어 준 친절함에 어찌할 바를 모르겠군요. 직
접 병원에 찾아와 준 것도 고마운데, 과일 바구니까지 보
내 주다니요. 어떻게 감사의 인사를 해야 할지 모르겠지
만, 언젠가 감사를 표할 날이 오기를 바랍니다.

진심을 담아,
네드 보몬트


그는 편지를 읽고 나서 곧바로 찢어 버리고는 다시 썼다.
내용은 똑같았지만 마지막 문장의 어순만 살짝 바꾸었다.
〈감사함을 표할 날이 언젠가 오기를 바랍니다.〉

# 6

네드 보몬트가 목욕 가운에 슬리퍼 차림으로 병실 창가 테이블에 앉아 아침을 먹으며 『업저버』를 읽고 있는데, 오팔 매드빅이 들어왔다. 그는 신문을 접어 1면이 보이지 않도록 쟁반 옆에 두고 일어서며 말했다. 「어이, 말썽쟁이 아가씨 왔네.」 그의 얼굴은 창백해 보였다.

「뉴욕에서 돌아왔을 때 왜 전화 안 했어?」 그녀는 나무라듯이 물었다. 그녀 역시 창백해 보였다. 얼굴이 핼쑥해 어린아이 같은 피부가 더 도드라져 보였지만, 한편으로 덜 앳돼 보이기도 했다. 크게 뜬 푸른 눈동자에는 짙은 감정이 어려 있었지만, 어떤 감정인지는 쉽게 읽어 낼 수 없었다. 그녀는 발을 디딘 바닥의 안정성보다 자신의 균형 감각을 더 믿는 듯이 곧은 자세로 서 있었다. 그녀는 네드 보몬트가 가져다준 의자에 앉지도 않고서 아까처럼 따지듯 물었다. 「왜 안했느냐니까?」

네드 보몬트는 그녀를 향해 온화하고 너그러운 웃음을 지었다. 「그 갈색 옷 맘에 들어.」

「아, 제발—」

「이제 표정이 좀 나아졌네.」 그가 말했다. 「집으로 갈 생각이었지. 그런데 돌아와 보니 여러 가지 일이 벌어지고 있었고, 내가 자리를 비운 사이 이런저런 일이 엉켜 있었어. 일을 해결할 즈음 섀드 오로리와 맞닥뜨렸고, 여기로 오게 됐지.」

그는 한 손으로 병실을 가리키며 말했다.

그는 아무 일 아닌 듯 가볍게 말했지만, 오팔은 여전히 진지한 모습이었다.

「디스페인은 사형시킨대?」오팔이 다짜고짜 물었다.

네드 보몬트는 웃음을 터뜨리며 말했다. 「이런 식으로 얘기하면 진도가 안 나갈 거야.」

「사형시킬 거냐고?」그녀는 얼굴을 찌푸렸지만 아까보다는 다소 누그러진 태도였다.

「그러진 않을 거야.」그는 고개를 약간 가로저으며 말했다. 「그가 테일러를 죽였을 가능성은 거의 없으니까.」

오팔은 놀란 기색이 없었다. 「그걸 알면서도 나한테 증거를 갖다 달라고, 아니 조작해 달라고 했던 거야?」

그는 그녀를 나무라듯 말했다. 「말도 안 돼, 말썽쟁이 아가씨, 날 뭘로 보는 거야?」

「알고 있었잖아.」그녀의 목소리는 파란 눈동자만큼이나 차갑고 경멸에 가득 차 있었다. 「그가 빚진 돈을 받아 내고 싶었고, 테일러 살인 사건을 이용하는 데 내 도움이 필요했던 거잖아.」

「좋을 대로 생각하든지.」그는 무심하게 대꾸했다.

그녀는 그에게 한 걸음 가까이 다가왔다. 순간 살짝 떨렸지만 이내 단호하고 냉담한 표정을 되찾았다. 그녀는 그의 눈빛을 주시하며 물었다. 「누가 죽였는지 알아?」

네드 보몬트는 천천히 고개를 가로저었다.

「아빠는?」

네드 보몬트는 눈을 깜박였다. 「누가 죽였는지 폴은 아느냐고 묻는 거야?」

그녀는 한쪽 발을 힘껏 구르며 소리쳤다. 「아빠가 죽였느냐고 묻는 거야.」

네드 보몬트는 그녀의 입을 막고는 닫힌 병실 문을 노려보며 나지막이 중얼거렸다. 「입 다물어.」

그녀는 한 걸음 물러서며 그의 손을 밀어냈고, 고집을 꺾지 않으며 재차 물었다. 「아빠가 그랬느냐니까!」

그는 화난 목소리로 나지막이 말했다. 「멍청하게 굴고 싶다면 적어도 확성기는 들고 다니지 말아야지. 혼자 생각하는 거라면 어떤 멍청한 생각이라도 아무도 신경 쓰지 않겠지만, 이렇게 떠들어 대면 안 되지.」

그녀는 눈을 크게 떴고 눈빛은 어두웠다. 「아빠가 죽인 거구나.」 목소리는 나지막했지만 단호하고 확신에 차 있었다.

네드 보몬트는 그녀에게 얼굴을 바짝 갖다 대고는 분노에 찬 감상적인 목소리로 말했다. 「아니야, 폴은 아니야.」 악의에 찬 웃음이 번지면서 그의 얼굴이 일그러졌다.

그녀의 표정과 목소리는 단호했고, 뒤로 물러서지도 않았다. 「아빠가 그런 게 아니라면, 내가 무슨 말을 하든, 큰 소리로 떠들어 대든 무슨 상관이야?」

그는 한쪽 입가를 실룩거리며 그녀를 비웃었다. 「네가 이해하지 못하는 게 얼마나 많은지 알면 놀랄 거다. 그리고 이런 식으로 나오면 앞으로도 알지 못할 테고.」 그는 그녀에게서 한 걸음 크게 물러서며 목욕 가운 주머니에 손을 집어넣었다. 올라간 입꼬리는 내려와 있었고, 얼굴을 찌푸린 탓에 이마에 주름이 패었다. 그는 눈을 가늘게 뜨고 오팔의 발치를 내려다보았다. 「그런 헛소리는 도대체 어디서 들은 거야?」

「헛소리는 아니잖아. 잘 알 텐데.」

그는 조바심이 난 듯 어깨를 으쓱하며 다시 물었다. 「어디서 들었느냐니까?」

이번엔 그녀는 어깨를 으쓱했다. 「어디서 들은 건 아니고, 그냥 어쩌다 알게 됐어.」

「말도 안 돼.」 그는 눈을 치켜뜨고는 날카로운 목소리로 물었다. 「오늘 아침 『업저버』 봤어?」

「아니.」

그는 의심스러운 눈길로 그녀를 노려보았다.

그녀의 얼굴에 짜증이 약간 묻어났다. 「아니라니까. 그런데 그건 왜 물어?」

「아니라고?」 그는 여전히 믿지 않는 어투였지만, 의심스러운 눈빛은 사라졌다. 멍하니 생각에 잠긴 눈빛이 순간 환해지더니, 그는 주머니에서 손을 꺼내 손바닥을 펴 보였다. 「편지 내놔.」

그녀는 눈을 동그랗게 떴다. 「뭐라고?」

「타이핑된 편지 말이야. 질문 세 개가 적혀 있고 서명은 없는.」

그녀는 시선을 회피했지만 당혹스러운 표정이 언뜻 스쳤고, 잠시 머뭇거렸다. 「어떻게 알았어?」 그녀는 갈색 핸드백을 열며 물었다.

「이곳 사람들 모두 한 통씩 받았거든.」 그는 아무렇지 않은 듯 말했다. 「처음 받은 거야?」

「응.」 그녀는 구겨진 편지지를 그에게 건넸다.

그는 건네받은 편지지를 펴서 읽었다.

당신은 아버지가 애인을 죽였다는 걸 모를 정도로 멍청한가?

그걸 모른다면, 그자와 네드 보몬트가 무고한 자에게 죄를 뒤집어씌우는 걸 왜 도와주었는가?

아버지가 법의 심판을 받지 않도록 도와준다면, 당신도 공범이 된다는 걸 모르는가?

네드 보몬트는 고개를 가로저으며 희미한 웃음을 지었다. 「다 비슷비슷하군.」 그는 편지지를 구겨 공처럼 둥그스름하게 만들어 테이블 옆 휴지통에 던져 넣었다. 「이제 너도 발송 명단에 올랐으니 더 받게 될 거야.」

오팔은 아랫입술을 지그시 깨물었다. 그녀는 차가운 푸른 눈동자로 그의 침착한 얼굴을 자세히 살폈다.

네드 보몬트가 말했다. 「오로리는 이 건을 이용해 선거 자금을 마련할 요량이야. 내가 그자와 문제 있었던 건 알 거야. 그자는 내가 너희 아버지와 갈라선 줄 알고 날 매수해서 그에게 살인죄를 뒤집어씌우려 했고, 적어도 선거에서라도 이기려 했어. 그런데 내가 말을 안 들은 거지.」

그녀의 눈빛은 여전했다. 「아빠와는 왜 싸웠어?」

「혹시 우리가 싸웠다 해도 그건 우리 둘만의 문제야.」 그가

148

느긋하게 말했다.

「카슨 술집에서 싸운 거 알아.」그녀는 이를 악물고 거침없이 말했다. 「아빠가 테일러 오빠를 죽인 걸 알고 대든 거잖아.」

그는 웃음을 터뜨리며 그녀를 조롱하듯 비꼬았다. 「아까는 내가 처음부터 알고 있었다더니?」

그의 웃음에도 그녀의 표정은 변하지 않았다. 「『업저버』 봤는지는 왜 물어봤어? 무슨 기사가 났는데?」

「늘 들어오던 헛소리.」그는 아무렇지 않게 말했다. 「테이블 위에 있으니 보고 싶으면 봐. 선거가 끝날 때까지 헛소리가 넘칠 거고, 계속 이런 식이겠지. 네가 그런 헛소리에 걸려들면 네 아버지는 ─」그는 조급한 제스처를 취하며 말을 맺지 못했다. 그녀가 더 이상 귀 기울여 듣지 않았기 때문이다.

그녀는 테이블로 가서, 자기가 들어왔을 때 그가 내려놓은 신문을 집어 들었다.

그는 그녀의 등을 보면서 유쾌한 웃음을 지었다. 「1면에 있어. 기사 제목은 〈시장에게 보내는 공개편지.〉」

기사를 읽기 시작하자 그녀는 온몸을 부들부들 떨었다. 그녀의 양쪽 무릎과 손, 입술마저 바르르 떨리자, 그는 걱정 어린 표정으로 그녀를 쳐다보았다. 하지만 기사를 다 읽고 테이블에 내려놓고 몸을 돌려 그와 마주했을 즈음, 몸을 꼿꼿이 세운 아름다운 그녀의 모습은 조각상처럼 굳건해 보였다. 그녀는 입술을 거의 벌리지 않은 채 나지막이 말했다. 「사실이 아니라면 이렇게 대담하게 기사를 쓰진 않았을 거야.」

「앞으로 쓸 기사에 비하면 아무것도 아니야.」그는 점잔 빼며 느릿하게 말했다. 재밌어하는 표정이었지만, 힘겹게 분노를 억제하는 듯한 눈빛이었다.

오팔은 꽤 오랫동안 그를 쳐다보더니 아무 말 없이 몸을 돌려 문 쪽으로 향했다.

그가 말했다.「잠깐만.」

그녀는 걸음을 멈추고 다시 그와 마주 보았다. 그의 다정한 미소에 마음이 누그러졌고, 조각상처럼 굳어 있던 얼굴이 발그레해졌다.

「말썽쟁이 아가씨, 정치는 거친 게임이고, 지금 일어나는 일도 마찬가지야.『업저버』는 우리 반대편에 섰으니 폴에게 타격을 줄 기사가 진실인지 아닌지 따위 신경 쓰지 않는 거야. 저들은 ―」

「아니, 난 매튜스 씨를 알아. 그의 아내와 학교 선후배 사이로 친하게 지냈고, 사실이 아니라면, 그렇게 생각할 만한 근거가 없다면 아빠에 관해 그런 기사를 쓰지 않았을 거야.」

네드 보몬트는 키득거리며 웃었다.「정말 많이도 아는구나. 매튜스는 빚에 쪼들리고 있어. 스테이트 센트럴 신탁 회사가 그의 회사에 담보 두 건을 갖고 있고, 집도 담보로 잡혀있어. 그 신탁 회사의 소유주인 빌 론은 우리 상대편 상원 의원 후보이고. 매튜스는 그가 시키는 대로 하고, 기사도 시키는 대로 쓰는 거야.」

오팔은 아무 대꾸도 하지 않았다. 그의 말에 마음을 바꾼 듯한 징후는 전혀 찾아볼 수 없었다.

네드 보몬트는 테이블에 놓인 신문을 손으로 툭 건드리며 다정하면서도 설득력 있는 어투로 말했다. 「이건 앞으로 나올 기사에 비하면 아무것도 아니야. 더 고약한 것들을 꾸며내어 폴의 신경을 건드릴 거고, 선거가 끝날 때까지 계속 이런 기사들을 쏟아 낼 거야. 그러니 우리 모두 익숙해지는 게 좋을 거야. 여러 사람들 가운데 특히 넌 신경 쓰지 말아야 하고. 폴도 별로 신경 쓰지 않아. 그는 정치가이고 ―」

「아빠는 살인자야.」 그녀는 나직하지만 분명한 어조로 말했다.

「그 딸은 멍청이고.」 그는 짜증 내며 소리쳤다. 「이제 제발 그 어리석은 짓 그만둘래?」

「우리 아빠 살인자야.」

「제정신이 아니구나. 내 말 잘 들어. 네 아빠는 이번 살인 사건과는 눈곱만큼도 관련 없어.」

「그런 말 안 믿어. 앞으로도 절대 믿지 않을 거고.」

그가 그녀를 노려보았다.

그녀는 몸을 돌려 문으로 갔다.

「잠깐만. 내 말 좀 ―」

그녀는 그의 말이 끝나기도 전에 문을 닫고 나가 버렸다.


# 7


닫힌 문을 바라보던 네드 보몬트의 얼굴이 분노로 일그러지더니, 이윽고 깊은 생각에 잠긴 듯 어두워졌다. 이마에는 깊은 주름이 패었다. 가늘게 뜬 짙은 눈동자는 내면을 응시하는 듯했다. 입술은 꼭 다물었고, 잠시 후 손톱을 물어뜯기 시작했다. 호흡은 규칙적이었지만 평소보다 깊었다.

문 밖에서 발자국 소리가 났다. 그는 진지한 표정을 걷어내고 느긋하게 창가로 향하며 「리틀 로스트 레이디」를 흥얼거렸다. 발자국 소리가 그의 병실 문 앞을 지나쳐 가자, 그는 노래를 그만두고 오팔이 받은, 질문 세 개가 적힌 편지를 집어 들었다. 그는 편지를 확 잡아 폈다가 동그랗게 공처럼 말고는 목욕 가운 주머니에 넣었다.

그는 시가를 찾아 불을 붙여 입에 물었고, 테이블 옆에 서서 피어오르는 담배 연기에 눈을 가늘게 뜨고 『업저버』1면을 내려다보았다.

시장에게 보내는 공개편지

시장님께
저희『업저버』는 최근 일어난 테일러 헨리 살인 사건을 둘러싼 수수께끼를 푸는 데 지극히 중요하다고 간주되는 몇몇 정보를 입수했습니다.

그 정보는 몇몇 진술서와 함께 당사 안전 금고에 보관 중입니다. 진술서 내용은 다음과 같습니다.

1. 폴 매드빅은 몇 달 전 테일러 헨리가 자기 딸에게 관심을 보이자 언쟁을 벌였고, 딸에게도 그와 만나지 못하게 했다.

2. 그럼에도 폴 매드빅의 딸은 테일러 헨리가 그녀를 만날 목적으로 임대한 방에서 그를 계속 만났다.

3. 두 사람은 테일러 헨리가 살해된 당일에도 그곳에 함께 있었다.

4. 폴 매드빅은 그날 저녁 테일러 헨리의 집으로 찾아갔는데, 그 혹은 그의 아버지에게 항의하러 간 것으로 추정된다.

5. 폴 매드빅은 테일러 헨리가 살해당하기 몇 분 전, 화난 모습으로 그의 집을 나섰다.

6. 사건이 일어나기 불과 15분 전에, 현장에서 한 블록도 떨어지지 않은 지점에서 폴 매드빅과 테일러 헨리를 목격한 증인이 있다.

7. 현재 경찰은 테일러 헨리 살인 사건의 범인을 잡는 데 형사를 단 한 명도 투입하지 않고 있다.

저희 『업저버』는 시장님과 유권자들이 이러한 사실을 알아야 한다고 믿습니다. 당사는 정의를 실현해야 한다는 사명감 이외에 다른 어떤 사리사욕도 없습니다. 당사는 시장님 혹은 담당 공무원에게 다른 정보와 함께 이 일체의 진술서를 전달할 의향이 있으며, 정의 실현을 위해서라면 진술서의 상세 내용은 보도하지 않을 것입니다.

하지만 당사는 진술서에 담긴 정보가 무시되도록 방치하지는 않을 것입니다. 이 도시의 법과 질서를 확립하도록 선출된 공직자들이 이 진술서를 중요하게 여기지 않고 조처를 취하지 않는다면, 당사는 이를 고등 재판소, 다시 말해서 이곳 시민들에게 모두 공개하여 알릴 것입니다.

발행인 H. K. 매튜스

네드 보몬트는 조롱하듯 웃으며 신문을 향해 시가 연기를 내뿜었지만, 눈빛은 여전히 어두웠다.

**8**

그날 이른 오후, 폴 매드빅의 어머니가 문병을 왔다.

네드 보몬트가 그녀를 껴안고 양쪽 뺨에 입을 맞추자, 그녀는 짐짓 심각한 표정을 짓고는 그를 밀어냈다. 「그만하거라. 예전에 폴이 기르던 에어데일보다 더 심하구나.」

「에어데일 피가 섞였거든요. 부계 쪽에.」 그는 그녀 뒤로 가서 물개 가죽 코트 벗는 걸 도와주었다.

그녀는 검정 드레스를 매만지고는 병상에 가 앉았다.

네드 보몬트는 의자 등받이에 외투를 걸친 후, 보폭을 넓게 벌리고 목욕 가운 주머니에 양손을 넣은 채 서 있었다.

그녀는 그를 자세히 살펴보았다. 「그렇게 나빠 보이지는 않는구나. 좋지도 않지만. 기분은 좀 어때?」

「아주 좋아요. 간호사들이랑 노닥거리느라 계속 병원에 있는 거고요.」

「어련하겠니. 그런데 거기 그렇게 서서 체셔 고양이처럼 노려보지 마. 불안하니 얼른 자리에 앉으렴.」 그녀는 침대 옆

자리를 손으로 가볍게 쳤다.

네드 보몬트는 그녀 옆에 앉았다.

「네가 무슨 일을 했는지는 잘 모르겠지만, 폴은 아주 대단하고 고귀한 일이라도 한 것 마냥 여기더구나. 하지만 애초부터 네가 신중하게 처신했다면 그런 곤경에 처하진 않았을 거다.」

「잔소리 그만 —」

그녀는 그의 말을 잘랐다. 아들만큼이나 젊어 보이는 그녀의 푸른 눈동자가 네드 보몬트의 짙은 눈동자를 응시했다. 「똑바로 쳐다보고 말해. 폴이 그 애송이를 죽인 건 아니지, 그렇지?」

네드 보몬트는 놀라 눈을 동그랗게 뜨고 입을 다물지 못했다. 「물론 아니죠.」

「나도 그렇게 생각했어. 심성이 착한 아이인데 입에 담기조차 힘든 소문이 돌더구나. 정치판에서 일어나는 일은 하느님만 알 뿐 난 아무것도 모르겠구나.」

그녀의 야윈 얼굴을 바라보는 네드 보몬트의 눈빛에는 유쾌함과 놀라움이 뒤섞여 있었다.

그녀가 말했다. 「뭘 그렇게 눈을 동그랗게 뜨고 보는 거냐? 난 너희들이 무슨 일을 하는지, 무슨 짓을 꾸미고 다니는지 도무지 알 길이 없어. 알아내려는 마음은 애초에 포기했고.」

그는 그녀의 어깨를 두드리며 감탄하듯 말했다. 「어머닌 정말 대단한 분이세요.」

그녀는 그의 팔을 치우고 예의 상대방을 꿰뚫어보는 듯한 진지한 눈빛으로 쳐다보았다. 「폴이 죽였다면 나한텐 사실대로 말해 주겠니?」

그는 고개를 가로저으며 아니라고 했다.

「그럼 폴이 죽이지 않았다는 걸 내가 어떻게 알 수 있어?」

그는 소리 내어 웃으며 자세히 설명하기 시작했다. 「왜냐하면 폴이 죽였다 해도 난 아니라고 하겠지만, 어머니가 그가 죽였다면 사실대로 말해 주겠느냐고 물으시면 예라고 대답할 것이기 때문이죠. 폴은 죽이지 않았어요.」 그의 눈빛과 목소리는 유쾌했다. 그녀를 보며 웃음 지었지만, 입술만 얇게 벌리며 웃을 뿐이었다. 「이 도시에 나 말고도 그렇게 생각하는 사람이 있다니 다행이에요. 게다가 그 사람이 어머니라면 더욱더 그렇고.」


# 9


매드빅 부인이 떠나고 나서 한 시간 뒤, 책 네 권과 카드가 든 소포가 네드 보몬트 앞으로 도착했다. 그가 감사 편지를 적고 있을 때 잭이 들어왔다.

잭이 담배 연기를 내뿜으며 말했다. 「뭔가 잡은 것 같아요. 보스가 어떻게 생각할지는 모르겠지만.」

네드 보몬트는 곰곰이 생각에 잠긴 듯, 매끈한 청년의 얼굴을 쳐다보며 집게손가락으로 콧수염 가장자리를 만지작거렸다. 「내가 원하는 걸 가져왔다면 좋아하겠지.」 그의 어투는 잭과 마찬가지로 사무적이었다. 「거기 앉아서 말해 봐.」

잭은 조심스럽게 자리에 앉아 다리를 꼬고 모자를 바닥에 두고는, 담배로 향해 있던 시선을 네드 보몬트에게로 향했다. 「매드빅의 딸이 쓴 것 같습니다.」

네드 보몬트는 놀라서 잠시 눈을 동그랗게 떴다. 얼굴빛은 창백해졌고 호흡은 불규칙해졌지만, 목소리는 그대로였다. 「그런 것 같은 이유는?」

잭은 크기가 비슷한 종이 두 장을 안주머니에서 꺼내 건네 주었다. 네드 보몬트가 펼쳐 보니 똑같은 질문 세 개가 타이 핑되어 있었다.

「둘 중 하나가 어제 보스한테 받은 건데, 어떤 건지 알아보 겠어요?」 잭이 물었다.

네드 보몬트는 천천히 고개를 가로저었다.

「두 개가 똑같아요. 하나는 내가 차터가의 방에서 쓴 건데, 테일러 헨리가 매드빅의 딸을 만나려고 임대한 곳이에요. 그 곳에 있는 코로나 타자기로 쓴 거고, 종이 역시 그곳에 있던 거예요. 지금까지 알아낸 바로는 그곳 열쇠는 두 개뿐이었어 요. 테일러가 하나, 매드빅의 딸이 하나 갖고 있었죠. 그가 살 해된 이후로 그녀는 그곳에 적어도 두어 번 갔고요.」

네드 보몬트는 손에 쥔 종이에 시선을 떼지 않고서 고개를 끄덕였다.

잭은 피우던 담뱃불을 새 담배에 옮겨 붙이고는 테이블로 가서 담배를 비벼 끄고 다시 자리로 갔다. 자기가 알아낸 것 에 관해 네드 보몬트가 어떤 반응을 보이는지 아무 관심도 없는 듯한 표정과 행동거지였다.

또다시 몇 분 동안 침묵이 흘렀다. 네드 보몬트는 고개를 약간 들며 물었다. 「이건 어떻게 구했어?」

잭이 입 가장자리에 물고 있던 담배가 그가 말할 때마다 함께 움직였다. 「오늘 아침 『업저버』에 실린 기사가 단서가 됐어요. 경찰도 단서를 찾았는지 먼저 그곳에 와 있었고요. 하지만 운이 따랐어요. 현장에 남아 있던 경찰이 친구였거든요. 프레드 헐리라는 친군데, 10달러를 쥐어 줬더니 여기저기 뒤지고 다녀도 가만히 내버려 두더라고요.」

네드 보몬트는 손에 쥔 종이를 흔들며 물었다. 「경찰도 이걸 알아?」

잭은 어깨를 으쓱했다. 「난 아무 말도 안 했어요. 헐리에게 캐물어 봤지만 아무것도 몰랐어요. 어떻게 할지 결정할 때까지 현장을 감시하려고 남은 거였어요. 경찰이 알 수도 있고 모를 수도 있는데, 원한다면 내가 알아볼 수 있어요.」 잭은 담뱃재를 바닥에 털었다.

「그럴 필요 없어. 또 알아낸 건?」

「다른 건 없어요.」

네드 보몬트는 표정을 알 수 없는 잭의 까무잡잡한 얼굴을 흘깃 쳐다보고는 다시 종이로 시선을 돌렸다. 「거긴 어떤 곳이야?」

「1324번지예요. 프랑스인 가명으로 욕실이 딸린 방을 얻었더군요. 그곳을 운영하는 여주인은 경찰이 올 때까지 그들이 누구인지 전혀 몰랐다고 주장했어요. 실제로 그랬을 수도 있고요. 손님들에게 별달리 물어보지 않고 방을 임대해 주는 곳이니까요. 여주인 말로는, 그들은 그곳에 자주 왔고 주로 오후에 왔으며, 젊은 여자는 지난주 두어 번 왔는데 사람들 눈에 띄지 않고 다녀갔을 수도 있다고 했어요.」

「오팔인 게 확실해?」

잭은 한손으로 애매한 제스처를 취하고는 담배 연기를 내뿜으며 무심히 말했다. 「인상착의는 일치해요. 그가 죽은 후 찾아온 여자는 그녀뿐이라고 했어요.」

네드 보몬트는 다시 고개를 들었다. 눈빛이 매서웠다. 「테일러가 다른 여자도 불러들였다는 건가?」

잭은 이번에도 애매한 제스처를 취했다. 「여주인이 그렇게 말하지는 않았어요. 모른다고 했지만 말하는 기색으로 보아 거짓말인 것 같았어요.」

「그 방에 있던 물건으로는 확인할 수 없었고?」

「네, 여자 물건은 거의 없었어요. 목욕 가운과 욕실 용품, 파자마 따위뿐이었어요.」

「그의 물건은 많았어?」

「양복 한 벌, 구두 한 켤레, 속옷과 잠옷 양말 같은 것들이 있었어요.」

「모자는?」

잭이 웃으며 대답했다. 「모자는 없었어요.」

네드 보몬트는 자리에서 일어나 창가로 갔다. 밖이 완전히 어두워졌다. 그가 가만히 서 있는 동안 빗방울 몇 개가 유리창에 붙었고, 잠시 후 더 많은 빗방울들이 유리창을 가볍게 두드렸다. 그는 멍한 눈빛으로 잭을 바라보았다. 「네가 해야 할 일이 곧 있을 거야. 오늘 밤이 될 수도 있고. 전화할게.」

「네, 알겠습니다.」 잭은 자리에서 일어나 병실을 나갔다.

네드 보몬트는 옷장에서 옷을 꺼내어 욕실로 가서 입었다. 그가 나오자 다른 간호사가 와 있었다. 큰 키에 풍만한 몸매, 매끄럽고 흰 얼굴의 간호사였다.

「옷을 입으셨군요.」 간호사가 놀라 말했다.

「네, 갈 데가 있어서.」

그녀의 놀란 표정에 불안이 더해졌다. 「하지만 안 돼요. 밤이고 비도 내리기 시작했고, 의사 선생님은 —」

「알아요, 나도 알아요.」 그는 다급하게 말하고는 그녀를 돌아 병실을 빠져나갔다.

# 제6장
# 업저버


# 1


매드빅 부인이 현관문을 열며 말했다. 「네드! 제정신이야? 밤중에 이렇게 돌아다니다니, 게다가 입원 중이잖아.」

「택시로 와서 비에 젖지도 않았잖아요.」 그는 씩 웃었지만, 힘없는 웃음이었다. 「형 있어요?」

「나간 지 30분도 안 됐는데, 클럽에 갔을 거야. 얼른 들어오렴.」

「오팔은요?」 네드 보몬트는 문을 닫고 복도를 따라 들어가며 물었다.

「아침부터 나가고 없어.」

그는 거실로 이어지는 복도에서 걸음을 멈췄다. 「가봐야겠어요. 클럽으로 가서 형을 만나야겠어요.」 그의 목소리는 차분하지 않았다.

매드빅 부인은 곧장 몸을 돌려 그를 나무라듯 말했다. 「그건 안 된다. 그러다가 오한 날 거야. 벽난로 바로 옆에 앉아 있으면 따뜻한 걸 갖다 줄게.」

「안 돼요. 갈 데가 있어요.」

나이가 느껴지지 않는 그녀의 푸른 눈동자가 밝고 예리하게 빛났다. 「병원에선 언제 나왔어?」

「방금요.」

그녀는 입술을 꼭 다물었다가 살짝 벌리고는 힐난하는 어투로 말했다. 「그냥 나와 버렸겠지.」 그녀의 맑은 푸른 눈동자에 그늘이 드리웠다. 그녀는 그에게 다가가 얼굴을 가까이 맞댔다. 키가 그와 엇비슷했다. 「폴과 관련된 일이야? 오팔도?」

목구멍이 바짝 말라 버린 것처럼 그녀의 목소리가 거칠었다. 눈에 어린 그늘이 짙어지며 두려움으로 변했다.

「두 사람을 만나야 하는 일이에요.」 그의 목소리는 거의 들리지 않을 만큼 나직했다.

그녀는 두려운 표정이었고, 야윈 손으로 그의 한쪽 뺨을 어루만졌다. 「네드, 넌 좋은 애야.」

그는 그녀를 한쪽 팔로 감싸 안았다. 「걱정 말아요, 어머니. 그렇게 나쁜 상황은 아니니까. 오팔이 집에 오면 붙잡아 주세요. 그럴 수 있다면요.」

「네드, 나한테 말해 줄 수 없는 일이니?」 그녀가 물었다.

「지금은 그래요. 어머니가 뭔가 잘못됐다고 생각하는 걸 두 사람은 모르는 편이 나을 테니까요.」

# 2

네드 보몬트는 빗속을 뚫고 다섯 블록을 걸어 드러그스토어로 갔다. 먼저 택시를 부른 다음, 두 군데 전화를 걸어 매튜스를 찾았지만 전화 연결이 되지 않았다.

그는 다른 곳에 전화해 럼슨을 찾았고 잠시 후 통화가 되었다.

「어이, 잭. 네드 보몬트야. 지금 바빠? ……좋아. 잘 들어. 우리가 얘기했던 여자가 오늘 『업저버』 발행인인 매튜스를 만났는지, 그 후에 뭘 했는지 알아봐. 매튜스를 만났다면 말이지. ……맞아, 이름은 핼 매튜스. 사무실과 집에 전화해 봤는데 연결이 안 돼. ……가급적 아무도 모르게 재빨리 알아내. ……아니, 병원에서 나왔어. 집에 가서 기다릴게. 번호 알지? ……그래, 잭. 음, 고마워. 틈나는 대로 전화하고…….」

그는 기다리고 있던 택시에 올라타 집 주소를 말했지만, 대여섯 블록 지나고 나서 앞 유리창을 손끝으로 가볍게 두드리더니 행선지를 바꾸었다.

얼마 후 택시는 가파른 잔디밭 한군데에 나지막이 서 있는 회색 건물 앞에 멈추어 섰다. 그는 운전사에게 기다리라고 말하고는 택시에서 내렸다.

초인종을 누르자 빨강 머리 도우미가 회색 건물의 대문을 열어 주었다.

「파 검사님 있어요?」 네드 보몬트가 물었다.

「누구라고 전해 드릴까요?」

「보몬트라고 전해 줘요.」

파 검사가 양손을 내밀며 응접실로 들어왔다. 발그레한 얼굴에 예의 웃음을 띠고 있었다. 그는 곧장 네드 보몬트에게 다가오며 말했다. 「이렇게 반가울 때가 있나. 코트와 모자 이리 주게.」

네드 보몬트는 웃음 띤 얼굴로 고개를 가로저었다. 「금방 가야 해요. 집에서 병원으로 가는 길에 잠시 들른 거예요.」

「완전히 회복한 거지? 정말 다행이야!」

「몸은 좋아요. 혹시 새로운 소식이라도?」 네드 보몬트가 물었다.

「별로 중요한 소식은 없어. 자넬 괴롭힌 자는 어딘가에 숨어 있어서 아직 못 잡았지만 곧 잡힐 거야.」

네드 보몬트는 파 검사를 얕보듯 입언저리를 실룩거렸다. 「내가 죽은 것도 아니고 그놈들이 날 죽이려던 것도 아니어서, 기껏해야 폭행죄나 걸 수 있겠죠. 질문 세 개짜리 편지는 더 안 왔어요?」

그가 다소 나른한 표정으로 쳐다보자 파 검사는 헛기침을 했다. 「음, 생각해 보니 두어 통 더 온 것 같군.」

「정확하게는요?」 네드 보몬트는 예의를 차리며 아무렇지 않은 듯 물었다. 께느른한 웃음을 짓자 입가가 살짝 올라갔다. 눈빛은 유쾌해 보였지만 파 검사를 줄곧 응시하고 있었다.

「셋.」 파 검사는 다시 헛기침을 하고는 마지못해 말했다. 잠시 후 그의 눈빛이 빛났다. 「우리가 모임을 가졌다는 얘기는 들었나?」

네드 보몬트는 그의 말에 끼어들었다. 「모두들 그 이야기 뿐이었나 보죠?」

「음, 그런 셈이지.」 파 검사는 입술을 깨물었고, 눈빛에는 애원하는 기색이 어렸다.

「그런 셈이라면, 얼마나요?」

네드 보몬트에게 향하던 파 검사의 눈빛이 넥타이로 내려 와 왼쪽 어깨로 옮겨 갔다. 그는 입술을 어렴풋이 움직였지 만 아무 말도 하지 않았다.

네드 보몬트는 이제 드러내 놓고 악의적인 웃음을 지으며 달착지근한 목소리로 말했다. 「모두들 폴이 테일러 헨리를 죽였다고 하는가 보죠?」

파 검사는 펄쩍 뛰었고, 낯빛은 밝은 오렌지색으로 변했 다. 흥분한 그는 네드 보몬트를 똑바로 쳐다보고 말문이 막 힌 듯 짧게 감탄사만 내뱉었다.

네드 보몬트는 소리 내어 웃었다. 「파 검사님, 신경 건드리 지 말아요.」 그는 여전히 달착지근하게 말했고, 심각한 표정 으로 덧붙였다. 「몸조심하는 게 좋을 겁니다. 그렇지 않으면 끝장 날 테니. 신경 건드리지 말라는 얘기, 폴한테는 안 들었 어요?」

「아, 아니.」

네드 보몬트의 얼굴에 다시 웃음이 스쳤다. 「못 알아차렸 을 수도 있겠지. 아직은…….」 그는 한쪽 팔을 들어 손목시계 를 확인하고는 파 검사를 쳐다보며 쏘아붙이듯 물었다. 「누가 썼는지는 알아냈고요?」

파 검사는 말을 더듬었다. 「저기, 네드, 그건 아직 잘 —」
그는 허둥대며 말을 끝맺지 못했다.

「그래요?」 네드 보몬트가 물었다.

파 검사는 침을 삼키고 다급하게 말했다. 「뭔가 알아냈지
만 말하기엔 아직 일러. 아무것도 아닐 수도 있고. 이쪽 바닥
은 자네가 잘 알잖아.」

네드 보몬트는 고개를 끄덕였고, 완연히 다정한 얼굴빛으
로 돌아왔다. 냉정함이 사라진 목소리는 차분하고 침착했다.
「편지를 어디에서 썼고 어떤 타자기를 사용했는지는 알아냈
지만, 그 이상은 알아내지 못한 거군요. 누가 썼는지 단서조
차 찾지 못했고.」

「맞아.」

파 검사는 땅이 꺼져라 안도의 한숨을 내쉬었다.

네드 보몬트는 그의 손을 잡아 달래듯 흔들었다. 「맞아요.
음, 그만 가봐야겠어요. 천천히 하면 뒤탈 날 일도 없죠. 돌다
리도 두드리라고 했으니 명심하시고요.」

그의 말에 감동했는지 파 검사의 얼굴과 목소리에 온기가
느껴졌다. 「고맙네, 네드.」


# 3


그날 밤 9시 10분, 거실에서 전화벨이 울렸다. 네드 보몬

트는 수화기를 곧장 집어 들었다. 「여보세요. ……그래, 잭. ……응. ……응. ……어디에? ……응, 괜찮아. ……오늘 밤은 그만 철수해. 수고 많았어.」

수화기를 놓고 자리에서 일어났을 때, 그의 파리한 입술에 미소가 번졌다. 빛나는 눈동자는 무모해 보였고 손이 가볍게 떨렸다.

두어 걸음을 옮기자마자 다시 전화벨이 울렸다. 그는 잠시 머뭇거리다 수화기를 집어 들었다. 「여보세요. ……응, 형이구나. ……응, 환자 노릇 질려서. ……별일은 없고 그냥 얼굴이나 잠깐 보려고 들렀던 거야. ……아니, 지금은 안 될 것 같아. 생각만큼 몸 상태가 좋지 않아 자려고. ……응, 내일은 괜찮아. 그럼 끊어.」

그는 비옷과 모자를 챙겨 쓰고 아래층으로 내려갔다. 건물 현관문을 열자 빗방울이 들이쳤고, 길모퉁이에 있는 자동차 정비소까지 걸어가는 동안에도 빗방울이 얼굴을 세차게 때렸다.

유리벽으로 마감한 정비소 사무실에는 멀대 같은 갈색 머리 남자가 나무 의자에 기댄 채 앉아 있었다. 아래위가 붙은 흰색 작업복 차림의 그는 양쪽 다리를 전기난로 선반에 올린 채 신문을 읽고 있었다. 「어이, 토미.」 네드 보몬트가 들어오며 인사하자 그는 신문을 내려놓았다.

얼굴에 얼룩이 묻어서인지 토미의 치아는 본래보다 더 희게 보였다. 그는 치아를 드러내며 활짝 웃었다. 「오늘 밤 날씨 한번 요란하군.」

「그러게. 쓸 만한 놈 있어? 오늘 밤 시골길 달릴 걸로.」

토미가 말했다. 「운도 좋군. 형편없는 놈이 걸릴 수도 있는데 오늘 밤은 근사한 게 하나 있지. 무슨 일이 일어나도 상관없는 뷰익 말이야.」

「저걸 타고 시골길을 달릴 수 있을까?」

「오늘 밤은 어떤 걸 타도 마찬가지야.」

「좋아, 기름 가득 채워 주고. 이런 날씨에 레이지 크리크로 가려면 어디로 가는 게 좋을까?」

「얼마나 멀리 가는데?」

네드 보몬트는 골똘한 표정으로 토미를 쳐다보고 나서 말했다. 「강과 맞닿는 지점까지.」

그러자 토미는 알겠다는 듯 고개를 끄덕였다. 「매튜스 집?」

네드 보몬트는 아무 대꾸도 하지 않았다.

「어느 지점까지 가는지에 따라 달라.」

「그래? 매튜스 집으로 가는 거 맞아. 비밀로 해줘야 해, 토미.」 네드 보몬트는 얼굴을 찌푸리며 말했다.

「나한테 와서 말하는 건 내가 말할 거라고 생각해서야, 아니면 말하지 않을 거라는 걸 알아서야?」 토미가 따지듯이 물었다.

네드 보몬트가 말했다. 「지금 급해.」

「그럼 뉴 리버 로드를 타고 바턴까지 가서, 다리를 건너 비포장도로를 타. 그리고 거기까지 갔다면, 동쪽 첫 번째 교차로까지 가. 그럼 언덕 위에 있는 매튜스 집 뒤편으로 이어질 거야. 날씨 탓에 비포장도로를 못 타면 뉴 리버 로드를 타고 교차로까지 가서 방향을 바꿔 오래된 예전 도로를 따라가면 되고.」

「고마워.」

네드 보몬트가 뷰익에 올라타자 토미가 아무렇지 않은 어투로 말했다. 「차량 사이드포켓에 여분의 총이 있어.」

네드 보몬트는 멀대 같은 토미를 멍하니 올려다보았다. 「여분이라고?」

「잘 다녀와.」 토미가 말했다.

네드 보몬트는 차문을 닫고 멀어져 갔다.


# 4


계기판 시계가 10시 32분을 가리키고 있었다.

네드 보몬트는 라이트를 끄고 다소 뻣뻣한 동작으로 뷰익에서 내렸다. 비바람이 계속 몰아쳐 나무와 덤불, 땅과 사람과 차를 적셨다. 빗줄기와 나뭇잎 사이로 보이는 언덕 아래에서 자그마한 노란 불빛들이 희미하게 빛났다. 몸이 떨리자 그는 비옷을 더 바짝 당겨 여미고는, 젖은 덤불을 헤치며 언덕 아래 작은 불빛을 향해 비틀비틀 내려갔다.

등 뒤에서 몰아치는 비바람에 그는 노란 불빛 쪽으로 떠밀려 갔다. 내려가는 동안 뻣뻣하던 몸은 점차 누그러졌다. 발아래 장애물에 걸려 비틀거리고 휘청대기도 했지만, 목표 지점을 향해 꽤 민첩하게 나아갔다.

잠시 후 어렴풋이 길이 보였다. 길에 접어들어 땅바닥이 거의 보이지 않자, 발아래 감촉과 양쪽에 우거진 덤불의 느낌에 의지해 나아갔다. 길을 따라가자 목표 지점에서 다소 왼쪽으로 멀어지는 것 같았지만, 곧 길이 완만하게 방향을 틀어 물줄기가 요란한 소리를 내며 흐르는 작은 협곡 근처에 도착했다. 그곳에서 다시 휘어진 길은 노란 불빛이 빛나는 건물의 정문으로 이어졌다.

네드 보몬트는 곧장 그곳으로 가서 문을 두드렸다.

문을 열어 준 사람은 안경 낀 백발의 남자였다. 잿빛 얼굴은 온화해 보였고, 연한 별갑무늬 테 안경 너머 근심 어린 눈동자도 잿빛이었다. 갈색 양복은 고급스럽고 말끔해 보였지만 유행하는 스타일은 아니었다. 빳빳한 흰색 셔츠 칼라에 빗방울이 떨어진 흔적이 네 군데 보였다. 그는 옆으로 비켜서며 문을 활짝 열어 주었다. 「그렇게 비 맞지 말고 안으로 들어와요.」 정감 어린 어투까지는 아니어도 친절한 목소리였다. 「밖에 나다니기엔 끔찍한 날씨군요.」

네드 보몬트는 고개를 약간 숙여 인사하고 안으로 들어갔다. 건물 1층은 전체가 하나의 커다란 공간이었다. 심플하게 장식한 널찍한 공간은 과시욕이라곤 전혀 없는 소박한 분위기를 풍겼다. 주방과 다이닝룸, 거실이 막힘없이 한 공간으로 어우러져 있었다.

오팔 매드빅이 벽난로 끝에 놓인 스툴에서 일어났다. 몸을 꼿꼿이 세워서인지 새삼 키가 커 보였다. 그녀는 적대적이고 차가운 눈빛으로 그를 응시했다.

네드 보몬트는 모자를 벗고 비옷 단추를 끌렀다. 그제야 두 사람은 그의 정체를 알아보았다.

문을 열어 준 남자가 믿기지 않는 듯 말했다. 「이런, 보몬트 씨잖아.」 그러고는 눈을 동그랗게 뜨고 섀드 오로리를 쳐다보았다.

섀드 오로리는 벽난로 맞은편, 방 한가운데에 놓인 원목 의자에 앉아 있었다. 그는 네드 보몬트를 향해 어렴풋이 웃더니, 아일랜드 억양의 희미한 바리톤 음성으로 말했다. 「음, 그렇군. 몸은 좀 어때, 네드?」

원숭이 제프 가드너가 씩 웃자 새하얀 의치가 훤히 드러났고, 충혈된 자그마한 눈동자는 거의 보이지 않았다. 그는 바로 옆에 놓인 등받이 없는 긴 의자에서 빈둥거리고 있는 뺨이 발그레한 부루퉁이 청년을 쳐다보며 말했다. 「러스티, 저기 봐! 귀여운 고무공이 돌아왔어. 우리가 튕겨 주는 걸 좋아하는 놈이잖아.」

러스티는 얼굴을 찌푸리며 뭐라 중얼거렸지만, 네드 보몬트에게는 잘 들리지 않았다.

오팔 매드빅과 멀지 않은 곳에 앉아 있는 빨간 옷의 마른 여자는 흥미롭다는 듯 짙은 눈동자로 네드 보몬트를 쳐다보았다.

네드 보몬트는 외투를 벗었다. 제프와 러스티에게 얻어맞은 자국이 아직 남아 있는 야윈 얼굴은 눈빛만 무모하게 번득일 뿐 차분했다. 그는 외투와 모자를 벗어 문 근처 한쪽 벽에 놓인, 페인트칠을 하지 않은 긴 궤에 두었다. 집 안으로 맞아 준 남자에게 정중한 미소를 지으며 말문을 열었다. 「지나가는 길에 차가 고장 났습니다. 머물 곳을 내주셔서 감사합니다, 매튜스 씨.」

「천만에요. 기꺼이.」 그는 다소 애매하게 말하고는 겁먹은 눈빛으로 애원하듯 오로리를 쳐다보았다.

오로리는 핏기 없는 가느다란 손으로 백발을 쓸어 넘기며 네드 보몬트를 향해 웃을 뿐 아무 말도 없었다.

네드 보몬트는 벽난로로 다가가 오팔을 평소처럼 〈말썽쟁이 아가씨〉라고 부르며 인사했다.

그녀는 인사도 받아 주지 않고서 적대적이고 냉혹한 눈빛으로 그를 노려보았다. 네드 보몬트는 빨간 옷의 마른 여자에게 웃으며 물었다. 「매튜스 부인이신가요?」

그녀는 거의 애무하는 듯한 목소리로 그렇다고 말하며 손을 내밀었다.

「오팔이 학교 선후배 사이라고 하더군요.」 그는 그녀의 손을 잡고 말했고, 러스티와 제프를 쳐다보며 아무렇지 않은 듯 말했다. 「어이, 똘마니들. 조만간 보고 싶었는데 이렇게 만나는군.」

러스티는 아무 대꾸도 하지 않았다.

제프가 기분 좋은 듯 씩 웃자 못생긴 얼굴이 더 도드라졌다. 「이제 주먹도 나았으니 우리 둘이 맞붙어 보자고. 널 두들겨 주는 게 겁나게 신나는 이유가 뭐게?」

그러자 새드 오로리는 원숭이 같은 제프를 쳐다보지 않고서 말했다. 「제프, 넌 말이 너무 많아. 그렇지 않았다면 치아도 멀쩡했을 텐데.」

매튜스 부인이 나지막이 뭔가 말하자, 오팔이 고개를 가로 저으며 벽난로 옆 스툴에 다시 앉았다.

매튜스는 벽난로 맞은편 원목 의자를 가리키며 긴장한 목소리로 말했다. 「앉아요, 보몬트 씨. 발도 말리고 몸도 녹여요.」

「고맙습니다.」 네드 보몬트는 의자를 벽난로 쪽으로 더 가까이 끌어당겨 앉았다.

섀드 오로리는 담뱃불을 붙이고 있었다. 「몸은 좀 어떤가, 네드?」

그는 불을 붙인 담배를 입에 물고서 물었다.

「괜찮은 편이야, 섀드.」

「다행이군.」 오로리는 고개를 약간 돌려 긴 의자에 앉은 두 남자에게 말했다. 「너희들 둘은 내일 시내로 돌아가.」 그러고는 다시 네드 보몬트를 쳐다보며 단조로운 어투로 말을 이었다. 「당신이 죽을지 말지 몰랐을 땐 살살 다뤘는데, 이젠 폭행 혐의만 받을 테니 안심이군.」

네드 보몬트는 고개를 끄덕였다. 「내가 그런 일로 귀찮게 법정에 나갈 일은 없겠지만, 제프가 웨스트 살해 혐의를 받고 있다는 걸 잊지 마.」 그의 목소리는 담담했지만, 벽난로의 불타는 장작에 고정된 눈빛에는 잠시 사악한 빛이 번득였다. 왼쪽으로 고개를 돌려 제프를 바라본 순간, 그의 눈빛에는 비웃음뿐이었다. 「물론 당신들을 숨겨 준 대가로 매튜스 씨를 곤경에 처하게 하려면 법정에 나갈 수도 있겠지만.」

그러자 매튜스가 서둘러 말했다. 「그런 적 없어요, 보몬트 씨. 저 사람들이 여기 있다는 걸 여기에 와서야 알았기 때문에 깜짝 놀라—」 어쩔 줄 몰라 말을 잇지 못하던 매튜스가 오로리를 쳐다보며 푸념했다. 「물론 당신이야 환영이죠. 그건 잘 알잖아요. 내가 하려는 이야기는 바로—」 바로 그 순간, 그의 얼굴에 갑자기 기쁨의 미소가 떠올랐다. 「바로, 난 전혀 모르고 도와주었으니 법적으로 책임질 일은 전혀 없다는 겁니다.」

오로리가 나직이 말했다. 「맞아요, 전혀 모르고 도와준 거죠.」 유난히 빛나는 청회색 눈동자가 신문 발행인 매튜스에게 무심히 향했다.

매튜스의 미소에 기쁨이 없어지더니 이내 완전히 사라져버렸다. 그는 오로리의 시선을 회피하며 손끝으로 넥타이를 만지작거렸다.

매튜스 부인이 네드 보몬트에게 다정하게 말을 걸었다. 「오늘 저녁엔 모두들 따분하네요. 당신이 오기 전까지 정말 끔찍했거든요.」

네드 보몬트는 호기심 어린 눈빛으로 그녀를 쳐다보았다. 짙은 눈동자는 밝고 부드럽게 빛났고 호의적이었다. 상대방을 살피는 듯한 그의 눈길이 닿자, 그녀는 고개를 가볍게 숙이고 입술을 살짝 다물었다. 립스틱을 진하게 바른 입술은 얇았지만 윤곽은 아름다웠다. 그는 그녀에게 웃음 짓고는 자리에서 일어나 가까이 다가갔다.

오팔 매드빅은 매튜스 부인의 발치를 내려다보았다. 매튜스와 오로리 그리고 긴 의자에 앉은 두 사내는 네드 보몬트와 매튜스 부인을 지켜보았다.

「뭣 때문에 그렇게 따분했던 거죠?」 네드 보몬트는 그렇게 묻고는 그녀 앞 거실 바닥에 다리를 교차시켜 앉았다. 그녀와 직접 마주 보지는 않고 벽난로를 등진 채 한쪽 손으로 바닥을 짚었고, 고개를 약간 돌려 그녀를 쳐다보았다. 그녀는 입을 삐죽거렸다.

「이유를 도무지 모르겠다니까요.」 그녀는 입을 삐죽거렸다. 「남편이 전화해서 오팔과 여기 오자고 했을 땐 재밌을 줄 알았죠. 그런데 여기 와보니 이 사람들—」 잠시 말을 멈춘 그녀는 의심스러운 기색을 감추지 못했다. 「남편 친구들이 있더군요. 모두들 자기들만 아는 비밀이 있는 듯했는데, 나만 아무것도 모르니 바보가 된 것 같더라고요. 오팔은—」

매튜스는 권위적인 어투로 아내를 부르며 말을 가로막으려 했다. 하지만 그녀가 눈을 들어 똑바로 쳐다보자 그의 눈빛에서는 권위보다 당혹감이 앞섰다.

「상관없어요.」 엘로이즈 매튜스가 심술궂게 말했다. 「사실이잖아요. 오팔 역시 다른 사람들과 마찬가지로 나빴어요. 당신과 오팔은 무슨 얘기를 하려고 여기에 온 건지 애초에 내게 말해 주지 않았으니까. 폭풍우만 아니었다면 난 여기 이렇게 오래 있지도 않았을 거예요. 절대로.」

오팔 매드빅은 얼굴이 붉게 상기되었지만 시선은 줄곧 아래로 향했다.

엘로이즈 매튜스는 네드 보몬트를 향해 고개를 숙였고, 심술궂은 표정은 어느새 장난스럽게 변했다. 「그걸 당신이 보상해야 하는 거죠. 당신이 와서 기뻤던 건 당신이 멋있기 때문이 아니라 바로 그 때문이었던 거죠.」

네드 보몬트는 분개한 척 얼굴을 찌푸리며 그녀를 쳐다보았다.

그녀 역시 얼굴을 찌푸렸다. 그녀는 진심이었다. 「정말 차가 고장 난 건가요? 아니면 저 사람들이 바보처럼 비밀스럽게 구는 그 일 때문에 온 건가요? 이제 보니 당신도 저들과 한통속이로군요.」

네드 보몬트는 웃음을 터뜨리며 반문했다. 「당신을 보고 나서 마음이 바뀌었다면, 여기에 온 이유 따위는 상관없지 않나요?」

「음,」 그녀는 여전히 의심스러운 표정이었다. 「당신 마음이 바뀌었다는 걸 확실히 해둬야겠어요.」

「아무튼 난 어떤 것에도 비밀스럽게 굴지 않을 거예요. 저들이 왜 다들 마음을 졸이고 있는지 정말 모르는 거예요?」 네드 보몬트는 가볍게 웃음 지으며 말했다.

「네, 아주 바보 같고 정치적인 일이 분명하다는 것만 빼고요.」 그녀는 악의에 차 말했다.

네드 보몬트는 한 손으로 그녀의 손을 토닥였다. 「똑똑하군요. 둘 다 맞는 말이에요.」 그는 고개를 돌려 오로리와 매튜스를 쳐다보았다. 다시 그녀를 쳐다보자 그녀의 눈빛은 유쾌함으로 빛났다. 「내가 말해 줄까요?」

「아니요.」

「첫째, 오팔은 자기 아버지가 테일러 헨리를 죽였다고 생각해요.」

오팔 매드빅은 목이 졸린 듯 끔찍한 소리를 지르며 의자에서 벌떡 일어섰다. 한쪽 손등으로 입을 가린 채였다. 눈을 동그랗게 뜨자 홍채 주변으로 흰자위가 드러났고, 생기 없고 겁에 질린 모습이었다.

분노로 얼굴이 벌개진 러스티가 휘청거리며 자리에서 일어서자, 제프가 짓궂게 노려보며 그의 손을 잡았다. 「그냥 둬. 괜찮아.」 그는 온화한 척 거친 목소리로 말했다. 러스티는 제프의 손을 뿌리칠 기세였지만 실제로 그러지는 않았다.

얼어붙은듯 의자에 앉아 있던 엘로이즈 매튜스는 이해할 수 없다는 표정으로 오팔을 바라보았다.

매튜스는 몸을 부들부들 떨고 있었다. 잿빛 얼굴은 쪼그라든 환자 같았고, 아랫입술과 눈빛도 축 처져 있었다.

섀드 오로리는 의자에 앉은 채 상체를 앞으로 숙이고 있었다. 섬세한 조각 같은 긴 얼굴은 핏기 없이 굳어 있었고, 눈은 청회색 얼음 같았다. 양손으로 의자 팔걸이를 잡고 양발은 바닥에 가만히 내려놓은 채였다.

「둘째, 오팔은─」 네드 보몬트가 다시 말문을 열었다. 다른 사람들이 동요하는 것과 상관없이 그는 여전히 침착해 보였다.

「그만해!」 오팔이 소리쳤다.

그는 바닥에 앉은 채 몸을 돌려 그녀를 올려다보았다. 그녀는 입을 막고 있던 손을 내려 두 손을 깍지 낀 채 가슴팍에 대고 있었다. 긴장한 눈빛과 수척한 얼굴은 그에게 자비를 구하듯 간절했다.

네드 보몬트는 잠시 그녀의 모습을 진지하게 살폈다. 빗방울이 요란하게 들이치는 소리가 창문과 벽을 통해 들렸고, 빗소리가 잠잠해질 때면 근처 강에서 어수선한 소리가 들려왔다. 그녀를 살피는 그의 눈빛은 냉정하고 신중했다. 그는 친절하지만 냉담한 목소리로 물었다. 「그 때문에 여기 온 거 아니야?」

「제발 그만해.」 그녀는 쉰 목소리로 말했다.

네드 보몬트는 입술을 살짝 벌리며 웃어 보였지만 눈은 웃고 있지 않았다. 「너와 네 아버지의 적 이외엔 아무도 그 애 길 떠벌이면 안 된단 말이야?」

오팔은 주먹 쥔 손을 내리더니 화난 얼굴을 들고 거칠게 울리는 목소리로 말했다. 「아빠가 테일러를 죽인 건 사실이야.」

네드 보몬트 다시 한 손을 짚고는 엘로이즈 매튜스를 올려다보며 느긋하게 말했다. 「내가 말하려던 건 바로 이거예요. 저렇게 생각하던 오팔은 오늘 조간의 쓰레기 기사를 보고 당신 남편을 찾아갔어요. 물론 당신 남편은 폴이 살인을 저질렀다고 생각하지 않아요. 단지 상황이 좋지 않은 것뿐이죠. 섀드 오로리가 상원 의원으로 밀고 있는 후보자가 소유한 스테이트 센트럴 신탁 회사에 당신 남편이 저당을 잡혔으니까. 그래서 시키는 대로 해야 하는 거고. 오팔은 —」

매튜스가 그의 말을 막으며 끼어들었다. 가느다랗고 다급한 목소리였다. 「보몬트, 제발 그만해요. 당신은 —」

이번엔 오로리가 매튜스를 막았다. 나지막한 바리톤 가수의 목소리 같았다. 「매튜스, 내버려 둬요. 말하고 싶은 대로 하도록 내버려 둬요.」

네드 보몬트는 그를 쳐다보지 않고서 고맙다고 무심하게 인사하고는 말을 이었다. 「오팔은 당신 남편에게 찾아가 의심하던 걸 확인하려 했지만, 남편분은 그렇게 해줄 수가 없었죠. 거짓말을 하지 않는 한 말입니다. 아무것도 모르니까요. 그는 새드가 시키는 대로 상대방을 헐뜯을 뿐이죠. 하지만 당신 남편이 할 수 있고 실제로 하려는 일은 이거죠. 오팔이 찾아와 자기 아버지가 테일러 헨리를 죽였다고 생각한다고 말했다는 기사를 내일 아침 조간에 싣는 거예요. 그럼 엄청난 타격이 되겠죠. 〈오팔 매드빅, 아버지를 살인자라고 비난하다: 보스의 딸이 아버지가 상원 의원의 아들을 살해했다고 말하다〉.『업저버』1면에 이런 기사가 대문짝만하게 실릴 게 상상이 가지 않나요?」

엘로이즈 매튜스는 상체를 숙여 그에게 가까이 다가와 숨 죽인 채 이야기를 듣고 있었다. 눈은 동그랗게 뜬 채였고, 얼굴은 핏기가 사라져 창백했다. 비바람이 벽과 창문을 세차게 때리는 소리가 났다. 러스티는 숨을 깊게 들이마시고 한숨을 내쉬었다.

네드 보몬트는 웃음 짓는 입술 사이로 혀를 살짝 내밀었다. 「그래서 매튜스가 오팔을 여기 데려온 거죠. 기사를 터뜨릴 때까지 여기에 있게 하려고. 새드와 똘마니들이 여기 있는 줄 알았을 수도, 그렇지 않았을 수도 있죠. 그건 아무래도

**179**

상관없어요. 기사가 나올 때까지 오팔을 아무도 찾지 못할 곳에 숨겨 두기만 하면 되니까. 그렇다고 오팔이 반대하는데 억지로 여기 데려와 묶어 두었다는 말은 아닙니다. 상황이 돌아가는 걸 보면 그건 그리 현명한 처사는 아닐 테니까요. 아무튼 그럴 필요가 전혀 없었죠. 오팔은 자기 아버지를 망가뜨리기 위해서 뭐든 하려 드니까.」

오팔은 나지막하지만 단호한 목소리로 말했다. 「아빠가 그를 죽인 게 분명해.」

네드 보몬트는 상체를 펴고 그녀를 똑바로 쳐다보았다. 잠시 진지한 표정으로 그녀를 쳐다보다가 웃고는 이내 체념한 듯 유쾌하게 고개를 가로저었다. 그리고 다시 팔꿈치를 대고 기대었다.

엘로이즈 매튜스는 놀라움이 가득 찬 눈빛으로 남편을 쳐다보았다. 그는 여전히 자리에 앉은 채 고개를 숙이고 양손으로 얼굴을 가리고 있었다.

섀드 오로리는 다리를 바꿔 꼬고는 담배를 꺼냈다. 「얘기 끝났어?」

오로리를 등지고 있던 네드 보몬트는 돌아보지 않고서 말했다. 「할 말은 다한 셈이지.」 그의 목소리는 차분했지만 얼굴은 갑자기 지치고 초췌해 보였다.

오로리는 담뱃불을 붙이고 말문을 열었다. 「결국 무슨 말을 하고 싶은 거지? 이제 우리가 한 방 확실히 반격할 차례로군. 오팔은 자기 발로 걸어와서 그 이야기를 했어. 스스로 원해서 여기 온 거라고. 당신도 마찬가지고. 그녀와 당신, 그리고 누구든 자기가 가고 싶은 곳을 가고 싶은 때 갈 수 있는 거야.」그러면서 그는 자리에서 일어났다.「난 그만 자러가야겠어. 매튜스 씨, 잘잘 곳은 어디죠?」

엘로이즈 매튜스가 끼어들며 말했다.「여보, 이건 사실이 아니야.」그에게 물어보는 게 아니라 이미 확신하는 듯한 어투였다.

매튜스는 얼굴을 가린 손을 천천히 떼어 내고는 품위를 가장하며 말했다.「여보, 경찰에게 매드빅을 심문하라고 주장할 증거는 수없이 많아. 우린 단지 그 말을 했을 뿐이야.」

「내 말은 그게 아니잖아.」그의 아내가 말했다.

「여보, 오팔 양이 왔을 때—」매튜스는 더듬거리며 말을 잇지 못했다. 아내의 눈빛을 마주한 그는 얼굴이 잿빛으로 변해 몸을 떨었고, 다시 양손으로 얼굴을 감쌌다.


# 5


1층의 커다란 공간에 단둘이 남겨진 엘로이즈 매튜스와 네드 보몬트는 벽난로를 앞에 두고 두어 발자국 떨어진 의자에 앉아 있었다. 엘로이즈 매튜스는 상체를 앞으로 기울인 채 슬픔에 잠긴 눈빛으로 마지막 장작을 바라보았다. 네드 보몬트는 다리를 꼰 채 한쪽 팔은 의자 등받이에 대고 있었다. 그는 담배를 피우며 은밀하게 그녀를 주시했다.

계단이 삐걱거리는 소리가 들렸고, 매튜스가 계단 중간쯤 내려오고 있었다. 목걸이를 뺐을 뿐 옷차림은 그대로였다. 넥타이는 약간 느슨하게 풀려 조끼 밖으로 비죽 나와 있었다.

「여보, 그만 자야지. 자정이야.」

그녀는 꼼짝도 하지 않았다.

「보몬트 씨, 당신도 그만…….」

자기 이름이 들리자 네드 보몬트는 고개를 돌려 계단에 서 있는 남자를 쳐다보았다. 잔인할 만큼 차분한 얼굴이었다. 매튜스가 더 이상 아무 말이 없자, 네드 보몬트는 다시 시가를 피우며 매튜스의 아내의 얼굴을 주시했다.

잠시 후 매튜스는 다시 위층으로 올라갔다.

엘로이즈는 벽난로에서 시선을 떼지 않고서 말했다. 「궤에 위스키가 있는데 좀 가져다줄래요?」

「그러죠.」 그는 위스키를 찾아 그녀에게 갖다주고는 술잔을 찾았다. 「스트레이트로?」

그녀는 고개를 끄덕였다. 숨을 내쉬자 둥근 가슴이 불규칙적으로 들썩였고, 붉은색 실크 원피스가 함께 움직였다.

그는 두 잔을 가득 채웠다.

술잔을 건네주자 그녀는 벽난로를 응시하던 시선을 그제야 그에게로 옮겼다. 뒤틀린 미소를 짓자 립스틱을 짙게 바른 얇은 입술이 양쪽으로 살짝 일그러졌다. 눈빛은 벽난로의 붉은빛이 반사되어 지나치게 밝게 빛났다.

그는 그녀를 내려다보며 미소 지었다.

그녀는 술잔을 들고 속삭이듯 말했다. 「남편을 위해 건배!」

그는 무심하게 내뱉었다. 「그건 안 되죠.」 그러고는 잔에 든 술을 벽난로에 끼얹었다. 장작이 톡톡 튀는 소리가 났고 불길이 춤추듯 타올랐다.

그녀는 즐거워하며 까르르 웃고는 벌떡 일어서 그에게 말했다. 「한 잔 더.」

그는 바닥에 놓인 병을 들어 잔을 채웠다.

그녀는 술잔을 머리 위로 높이 들며 말했다. 「당신을 위해 건배!」

두 사람은 함께 술을 마셨고, 그녀는 몸을 떨었다.

「술을 마시면서, 혹은 마시고 나서 뭔가를 좀 먹는 게 좋겠어요.」

그의 제안에 그녀는 고개를 가로저었다. 그녀는 한 손을 그의 팔에 올리고는 벽난로를 등지고 그의 바로 곁에 섰다. 「이렇게 하는 게 좋겠어요. 저 긴 의자를 이리로 가져와요.」

「그거 좋은 생각이군요.」

그들은 난로 앞에 놓인 의자를 치우고 긴 의자를 가져왔다. 그가 한쪽 끝을, 그녀가 다른 한쪽 끝을 들고 옮겼다. 등받이 없는 긴 의자는 나지막하고 널찍했다.

「이제 불을 꺼요.」

그녀가 말하자 그는 그렇게 했다. 불을 끄고 오자 그녀는 긴 의자에 앉아 술잔에 술을 따르고 있었다.

「이번엔 당신을 위해 건배!」 그가 말했다. 두 사람은 함께 잔을 들이켰고, 그녀는 몸을 떨었다.

그는 그녀 옆에 앉았다. 벽난로 불빛에 비친 두 사람의 얼굴이 발그레했다.

계단이 삐걱거리는 소리가 들리더니 그녀의 남편이 다시 내려왔다. 그는 층계참 아래까지 내려왔다. 「여보, 부탁이야.」

엘로이즈는 네드 보몬트의 귀에 대고 잔인하게 속삭였다. 「저이에게 뭔가 집어던져 버려요.」

네드 보몬트는 키득거리며 웃었다.

그녀는 위스키 병을 집어 들며 물었다. 「당신 잔은 어디 있어요?」

그녀가 잔을 채우자 매튜스는 위층으로 올라갔다.

그녀는 네드 보몬트에게 잔을 건네주고 잔을 부딪쳤다. 붉은 불빛이 비친 그녀의 눈빛은 야성적이었다. 검은 머리칼이 흘러내려 눈썹 아래까지 드리웠다. 그녀는 미세하게 숨을 몰아쉬며 말했다. 「이번엔 우리 두 사람을 위해 건배!」

두 사람은 술을 마셨다. 그녀는 잔을 떨어뜨리고 그의 팔에 안겼다. 그녀의 입술이 그의 입술에 맞닿자 그녀의 몸이 떨렸다. 술잔이 나무 바닥에 떨어져 깨지면서 요란한 소리가 났다. 가늘게 뜬 네드 보몬트의 눈빛은 교묘했다. 그녀의 눈은 꼭 감겨 있었다.

두 사람이 꼼짝도 하지 않는 사이 계단이 삐걱거렸다. 네드 보몬트는 가만히 있었고, 그녀는 야윈 팔로 그를 힘껏 껴안았다. 그의 시야에는 계단이 들어오지 않았다. 두 사람 모두 거친 숨을 몰아쉬고 있었다.

바로 그 순간, 계단이 삐걱거리는 소리가 다시 들렸다. 잠시 후 두 사람은 서로 얼굴을 떼었지만 여전히 안고 있었다. 네드 보몬트는 계단을 쳐다보았지만 아무도 보이지 않았다.

엘로이즈는 그의 머리를 감싸고 손끝에 힘을 주어 강하게 누르며 머리칼을 쓸어 주었다. 이제 그녀의 눈은 완전히 감겨 있지 않았고, 가늘게 뜬 눈은 웃음 짓고 있었다. 「사는 게 이렇죠, 뭐.」 그녀는 희미한 쓴웃음을 짓고는 몸을 기대어 그의 입술을 자기 입술에 끌어당겼다.

두 사람이 그런 자세로 있는데, 갑자기 총성이 울렸다.

네드 보몬트는 그녀의 품에서 벗어나 곧장 자리에서 일어나 매섭게 물었다. 「남편 방 어디에요?」

그녀는 두려움에 떨며 눈만 깜박거렸다.

「어디냐고요?」 그가 다그쳐 물었다.

그녀는 연약한 손을 겨우 움직이며 잠긴 목소리로 말했다. 「저기 앞쪽.」

그는 얼른 달려가 두세 계단을 뛰어올랐다. 층계를 다 오르자 원숭이 같은 제프와 맞닥뜨렸다. 신발을 벗었을 뿐 옷은 그대로 입은 제프가 눈을 깜박이며 잠을 쫓고 있었다. 그는 한 손을 허리춤에 올리고 다른 한 손으로 네드 보몬트를 멈추어 세우며 소리쳤다. 「무슨 일이야?」

네드 보몬트는 그의 뻗은 손을 피하며 왼 주먹을 그의 주둥이에 날렸다. 제프는 으르렁거리며 뒷걸음질 쳤다. 네드 보몬트는 제프를 제치고 앞쪽 방으로 내달렸다. 오로리가 다른 방에서 나와 그를 뒤쫓았다.

아래층에서 엘로이즈의 비명이 들려왔다.

네드 보몬트는 문을 활짝 열고 멈추어 섰다. 매튜스가 침실 바닥 램프 아래에 누워 있었다. 벌린 입에서 피가 조금 흘러나와 있었다. 한쪽 팔은 바닥에 널브러진 채였고 다른 한쪽은 가슴에 놓여 있었다. 널브러진 팔이 가리키는 것처럼 보이는 것은 바로 검은 권총이었다. 창가 탁자에는 잉크병이 뚜껑이 뒤집힌 채 놓여 있었고, 펜과 종이 한 장도 있었다. 그리고 의자 하나가 테이블 가까운 곳에 마주 놓여 있었다.

새드 오로리는 네드 보몬트를 밀치고 지나가 바닥에 누운 매튜스 옆에 무릎을 꿇고 앉았다. 뒤에 서 있던 네드 보몬트는 테이블에 놓인 종이를 재빨리 알아차리고 주머니에 쑤셔 넣었다.

제프가 들어왔고, 러스티가 옷도 제대로 걸치지 않은 채 따라 들어왔다.

오로리가 자리에서 일어나 최종 선언을 하듯 양손을 조금 벌리며 말했다. 「입천장을 쏴 자살했군. 사망했어.」

몸을 돌려 방에서 나가던 네드 보몬트는 복도에서 오팔과 마주쳤다.

「무슨 일이야?」 그녀는 겁에 질려 있었다.

「매튜스가 자살했어. 난 매튜스 부인에게 내려갈 테니 넌 옷 좀 챙겨 입어. 볼 거 없으니 들어가지 말고.」 그는 아래층으로 내려갔다.

긴 의자 옆 바닥에 누워 있는 엘로이즈의 희미한 형체가 보였다.

네드 보몬트는 재빨리 두어 걸음 그녀에게 다가가 멈추어 섰고, 냉정한 눈빛으로 주변을 둘러보았다. 그러고는 그녀에게 다가가 무릎을 꿇고 앉아 맥박을 확인했다. 꺼져 가는 희미한 불빛에 비친 그녀를 최대한 자세히 들여다보았다. 의식이 있다는 징후가 전혀 없었다. 그는 매튜스의 종이를 주머니에서 꺼내어, 벽난로 옆에 무릎을 꿇고서 깜부기불에 비친 글을 읽었다.

나, 하워드 키스 매튜스는 정신과 기억이 정상인 상태로 이것이 나의 최종 유언임을 선언한다.

나는 사랑하는 아내 엘로이즈 브래든 매튜스에게, 그녀의 법적 상속인과 양수인에게 나의 모든 부동산과 모든 종류의 개인 재산을 유증한다.

이로써 나는 스테이트 센트럴 신탁 회사를 이 유언의 유일한 집행자로 지정한다.

이에 대한 증거로 내 이름과 서명을⋯⋯.

네드 보몬트는 유서를 더 이상 읽지 않고 냉혹한 웃음을 짓고는 종이를 세 차례 찢었다. 그리고 자리에서 일어나 벽난로용 철망으로 다가가 찢어진 종이를 깜부기불에 던졌다. 불길이 잠시 환하게 타오르다가 이내 사그라졌다. 그는 벽난로 옆에 세워 둔 삽으로 재를 으깨어 숯으로 변한 장작 사이에 넣었다.

그는 엘로이즈 곁으로 돌아가 위스키를 잔에 조금 따라서 그녀의 고개를 조금 들어 입술 사이로 약간 부었다. 그녀가 의식이 돌아와 기침을 할 때, 오팔 매드빅이 아래층으로 내려왔다.

# 6

　새드 오로리 역시 아래층으로 내려왔다. 제프와 러스티도 뒤따라 내려왔고, 모두들 옷을 입고 있었다. 네드 보몬트는 우의와 모자를 쓰고 문가에 서 있었다.

　「어딜 가는 거야, 네드?」 오로리가 물었다.

　「전화하러.」

　오로리는 고개를 끄덕였다. 「그거 좋은 생각이로군. 그런 데 물어볼 게 있어.」 그가 계단을 마저 내려오자 제프와 러스티도 바짝 뒤따라왔다.

　「물어볼 거?」 그는 주머니에서 손을 꺼냈다. 손은 오로리와 두 사내들에겐 보였지만, 오팔이 엘로이즈를 감싸 안고 있는 긴 의자에서는 그의 몸에 가려 보이지 않았다. 손에는 권총이 들려 있었다. 「어리석은 일이 일어나지 않도록 하려는 것뿐이야. 서둘러야 하거든.」

　오로리는 권총을 못 본 것 같았지만 가까이 다가오지는 않았다. 그는 사색에 잠긴 듯 나지막이 말했다. 「테이블에 잉크 병이 열려 있고 의자가 가까이 있는데, 유서가 발견되지 않았다는 게 우습다는 생각이 들어서 말이지.」

　네드 보몬트는 놀란 척하며 웃음 짓고는 문 쪽으로 한 걸음 물러섰다. 「유서가 없다고? 정말 우스운 일이군. 전화하고 돌아와서 몇 시간이고 함께 논의해 드리지.」

　「지금 하는 편이 나을 텐데.」 오로리가 말했다.

　「미안하지만 오래 걸리진 않을 거야.」 재빨리 문으로 향한 네드 보몬트는 문손잡이를 더듬어 찾아 열었다. 그러고는 재빨리 빠져나간 후 문을 쾅 닫았다.

비는 이미 그쳐 있었다. 그는 길을 벗어나 집 반대편 높다란 풀이 우거진 곳으로 뛰어들었다. 뒤편에서 현관문이 다시 쾅 닫히는 소리가 났다. 왼쪽 멀지 않은 곳에서 강물이 흐르는 소리가 들렸다. 그는 덤불을 헤치며 강 쪽으로 향했다.

날카롭지만 그렇게 크지 않은 고음의 휘파람이 뒤쪽 어딘가에서 들려왔다. 부드러운 진흙을 허우적대며 지난 그는 나무가 우거진 곳으로 가서 강 반대편으로 방향을 바꾸었다. 이제 오른쪽에서 휘파람 소리가 들렸다. 나무 너머로 어깨 높이의 관목이 보였다. 주위는 캄캄했지만 그는 혹시 들킬까 봐 상체를 숙여 덤불 사이를 지나갔다.

오르막길이었다. 길은 미끄럽고 울퉁불퉁했다. 옷에 들러붙는 덤불을 헤쳐 가는 동안 얼굴과 손에 상처가 났다. 그는 세 번 넘어졌고 비틀거린 횟수는 셀 수조차 없었다. 휘파람이 더 이상 들리지 않았다. 그는 뷰익을 찾지 못했다. 자기가 왔던 길을 찾을 수 없었기 때문이다.

그는 다리를 질질 끌었고 장애물이 없는데도 비틀거렸다. 오르막을 올라 반대편으로 내려갈 때는 더 자주 넘어졌다. 내리막길 아래쪽에 길이 하나 나 있었고, 그는 오른쪽으로 향했다. 진흙이 신발에 점점 더 들러붙어서 여러 차례 걸음을 멈추고 떼어 내야 했다. 그는 권총으로 진흙을 떼어 냈다.

뒤편에서 개 짖는 소리가 들리자 그는 발걸음을 멈추고 술취한 사람처럼 뒤돌아보았다. 길 가까이에, 뒤쪽 15미터 지점에 그가 지나친 집의 형체가 희미하게 보였다. 그는 발걸음을 돌려 커다란 문으로 향했다. 어두운 밤을 배경으로 형체 없는 괴물 같은 개가 문 반대편으로 몸을 내던지며 무섭게 짖어 댔다.

네드 보몬트는 문 한쪽 끝을 더듬어 걸쇠를 찾아 열고는 비틀거리며 안으로 들어갔다. 개는 빙그르르 원을 돌며 물러났고, 공격하는 척 가장할 뿐 실제로 그러지는 않았다. 개 짖는 소리가 밤의 적막을 깨뜨렸다.

끼익, 창문을 여는 소리가 들리더니 묵직한 목소리가 들렸다. 「개한테 무슨 짓이오?」

네드 보몬트는 힘없이 웃고는 몸을 떨며 너무 가늘지 않은 목소리로 대답했다. 「지방 검사 사무실에서 나온 네드 보몬트라고 합니다. 전화 좀 쓰고 싶어서요. 저기 아래에서 사람이 죽었거든요.」

「도대체 무슨 말을 하는지 모르겠군. 지니, 그만 짖어.」 남자는 묵직한 목소리로 외쳤다. 개는 힘차게 세 번 더 짖더니 잠잠해졌다. 「뭐라고요?」

「전화기요. 지방 검사 사무실에서 나왔고요. 저기 아래에서 사람이 죽었다고요.」

남자가 소리쳤다. 「도대체 뭔 소린지!」 그러고는 창문이 끼익거리며 닫혔다.

개가 다시 짖어 대며 빙그르르 돌고 공격하는 척하기 시작했다. 네드 보몬트가 진흙 묻은 권총을 던지자, 개는 몸을 돌려 집 뒤로 달아나 버렸다.

작은 키와 드럼통 같은 체구에 얼굴이 벌건 남자가 긴 파란색 잠옷 차림으로 현관문을 열어 주었다. 「맙소사, 꼴이 그게 뭐요?」

네드 보몬트가 통로를 지나 불빛에 모습을 드러내자 남자는 기가 막힌 표정을 지었다.

「전화기요.」 네드 보몬트가 말했다.

얼굴이 벌건 남자는 비틀거리는 그를 부축해 주었다. 「자, 누구한테, 무슨 일로 전화하는지 말해요. 이 꼴로는 아무것도 못할 테니.」 남자가 퉁명스럽게 말했다.

「전화기.」 네드 보몬트가 재차 말했다.

얼굴이 벌건 남자는 그를 부축하며 복도를 지나 걸어가서, 문을 열어 주며 말했다. 「저기 있어요. 집에 마누라가 없는 게 천만다행이군. 그런 진흙투성이 꼴로는 집 안에 발도 들여놓지 못하게 했을 테니.」

네드 보몬트는 전화기 앞에 놓인 의자에 털썩 주저앉았지만 곧바로 수화기를 집어 들지 않았다. 파란색 잠옷 차림의 남자를 노려보고는 잠긴 목소리로 말했다. 「나가서 문 닫아 줘요.」

어차피 방 안에 들어오지도 않은 남자는 문 밖에서 문을 닫았다.

네드 보몬트는 수화기를 들고 상체를 숙여 팔꿈치를 탁자에 대고는 폴 매드빅에게 전화를 걸었다. 신호음이 울리는 동안 눈꺼풀이 대여섯 번은 감겼지만 매번 억지로 다시 떴다. 마침내 전화가 연결되었다.

「형, 나야. ……괜찮으니 신경 쓰지 마. 내 말 잘 들어. 매튜스가 강가에 있는 집에서 자살했는데 유언을 남기지 않았어. ……내 말 먼저 들어. 중요한 일이야. 빚은 많고 집행할 사람을 지정한 유언장은 없으니, 법원이 재산을 처분할 사람을 지목할 거야. 내 말 알아듣겠어? ……응, 적당한 판사가 사건을 맡도록 해야지. 이를 테면 펠프스 판사. 그러면『업저버』는 싸움에서 빠지게 되겠지. 선거가 끝날 때까지는 우리 편에 설 거고. 무슨 말인지 알겠어? ……맞아, 그렇지. 이건 일부분에 불과하고, 지금 당장 해야 할 일이 있어. 내일 아침『업저버』에 실릴 다이너마이트가 있어. 형이 당장 멈춰야 해. 당장 펠프스 판사를 깨워서 법원 명령이라도 받아 내야 해. ……무슨 방법을 써서라도. 그러면『업저버』는 한 달 동안 우리 편이 장악하게 될 테고, 그곳 직원들도 자기들이 어떤 상황인지 알게 되겠지. ……지금은 말해 줄 수 없어. 아무튼 다이너마이트가 확실하니 내일 아침에 신문이 팔려 나가지 않도록 막아야 해. 펠프스를 깨우고 직접 찾아가. 신문이 나오기까지 세 시간 정도 남았어. ……맞아. ……뭐라고? ……오팔? 아, 오팔은 잘 있어. 나랑 함께 있어. ……응, 집에 데려갈게. ……카운티 사람들에게 전화해서 매튜스 소식 알려 주고. 응, 집으로 들어갈게.」

그는 수화기를 내려놓고 자리에서 일어나 비틀거리며 문으로 갔다. 두어 번 만에 문을 열고 넘어지면서 나왔지만, 벽에 손을 짚은 덕분에 바닥에 구르지는 않았다.

벌건 얼굴의 남자가 서둘러 다가왔다. 「그냥 편하게 나한테 기대요. 소파에 담요를 깔아 두었으니 진흙 묻을까 걱정 안 해도 될 거요.」

네드 보몬트가 말했다. 「차 좀 빌려줘요. 매튜스의 집으로 돌아가야 해요.」

「죽은 게 그 사람이란 말이오?」

「네.」

얼굴이 벌건 남자는 눈썹을 치켜 올리며 깜짝 놀란 듯 휘파람 소리를 냈다.

「차 빌려줄 건가요?」 네드 보몬트가 물었다.

「맙소사! 정신 차려요. 이 꼴로 운전이라니.」

네드 보몬트는 비틀거리며 남자에게서 물러섰다. 「그럼 걸어가죠, 뭐.」

남자가 네드 보몬트를 노려보며 말했다. 「그것도 안 돼요. 여기 얌전히 있으면 내가 바지 갈아입고 와서 데려다주지. 도착하기도 전에 가는 길에 죽을 꼴이지만.」

네드 보몬트가 남자에게 부축을 받는다기보다 거의 실려서 매튜스의 집에 도착하자, 오팔 매드빅과 엘로이즈 매튜스가 널찍한 1층 공간에 함께 있었다. 두 사람이 노크도 하지 않고 집 안으로 들어가자, 가까이 서 있던 두 여자는 놀란 표정으로 눈을 동그랗게 떴다.

네드 보몬트는 남자에게서 팔을 빼고 멍하니 주변을 둘러보며 나지막이 물었다. 「새드는?」

오팔이 대답했다. 「갔어. 모두들 떠나 버렸어.」

「그렇군.」 네드 보몬트는 힘겹게 말을 이었다. 「너랑 단둘이 할 얘기가 있어.」

바로 그때, 엘로이즈가 그에게 달려들며 소리쳤다. 「당신이 그이를 죽였어!」

네드 보몬트는 바보처럼 키득거리며 그녀를 안으려 했다.

그녀는 소리를 질렀고, 그의 뺨을 때렸다.

그는 몸을 숙이지도 않고서 그대로 바닥에 쓰러졌다. 얼굴이 벌건 남자가 잡으려 했지만 그럴 수 없었다. 바닥에 쓰러진 네드 보몬트는 꼼짝도 하지 않았다.

## 제7장

# 충직한 부하

# 1

헨리 상원 의원은 냅킨을 테이블에 내려놓고 자리에서 일어섰다. 몸을 일으키자 키도 실제보다 더 크고 젊어 보였다. 숱이 적은 은발이었고, 다소 작은 두상은 완벽할 만큼 정확한 대칭이었다. 노화된 근육 탓에 그의 귀족적인 얼굴에 수직으로 깊게 팬 주름이 입언저리까지 내려왔지만, 눈가에는 세월의 흔적이 거의 없었다. 초록색이 감도는 깊은 회색 눈동자는 크지는 않았지만 밝게 빛났고, 눈꺼풀은 선명했다. 그는 세심하고 진중한 어조로 말했다. 「잠시 폴을 2층에 데려가도 괜찮을까?」

그의 딸이 대답했다. 「네, 보몬트 씨를 여기 남겨 두시면요. 그리고 저녁 내내 거기 있지 않겠다고 약속해 주시면요.」

네드 보몬트는 예의를 갖추어 미소 짓고는 고개를 가볍게 숙였다.

네드 보몬트와 재닛 헨리는 흰 벽으로 둘러싸인 공간으로 들어갔다. 흰색 벽난로 선반 아래 쇠살대에서 석탄이 은은하게 불타며 마호가니 가구에 붉은 불빛을 비추었다.

재닛은 피아노 옆 전등을 켜고 건반을 등진 채 의자에 앉았는데, 네드 보몬트와 전등 사이의 위치였다. 금발에 전등 불빛이 비추어 머리 주변에 후광이 어렸다. 스웨이드 소재인 듯한 검정 원피스에는 빛이 전혀 반사되지 않았고, 장신구는 하고 있지 않았다.

네드 보몬트는 벽난로에 시가의 재를 털려고 상체를 숙였다. 셔츠 가슴 언저리의 흑진주 장식이 빛을 받아 반짝이자 마치 윙크하는 붉은 눈동자 같았다. 「연주해 줄래요?」 그가 상체를 펴고서 말했다.

「특별히 잘하지는 못하지만 원하신다면. 하지만 나중에요. 지금은 당신과 할 얘기가 있거든요.」 그녀는 양손을 가지런히 무릎에 내렸다. 손을 쭉 뻗고서 어깨를 똑바로 폈고 턱을 당겼다.

네드 보몬트는 정중하게 고개를 끄덕였지만 아무 말도 하지 않았다. 벽난로에서 물러난 그는 그녀에게서 멀지 않은, 양쪽 끝이 하프 모양으로 장식된 소파에 앉았다. 그는 주의를 기울였지만 호기심은 없어 보였다.

피아노 의자에 앉은 그녀는 몸을 돌려 그와 마주 보았다. 「오팔은 어때요?」 그녀의 목소리는 나지막하고 친밀했다.

그는 무심하게 대답했다. 「내가 알기론 아주 잘 지내요. 지난주 이후로는 보지 못했지만.」 그는 시가를 약간 들어 올렸다가 다시 내리고는 방금 생각이 떠오른 것처럼 물었다. 「그런데 그건 왜요?」

그녀는 갈색 눈을 동그랗게 떴다. 「신경 쇠약으로 누워 있
지 않은가요?」

「아, 그거.」 그는 아무렇지 않은 듯 웃었다. 「폴한테서 얘기
듣지 않았나요?」

「네, 신경 쇠약으로 누워 있다고 폴한테서 들었어요.」 그
녀는 당혹스러운 표정으로 쳐다보았다. 「그건 들었죠.」

네드 보몬트는 온화한 미소를 지었다. 「내 생각엔 폴이 그
문제에 민감한 것 같아요.」 그는 시가를 내려다보며 느긋하
게 말했다. 그러고는 고개를 들어 그녀를 바라보며 어깨를
으쓱했다. 「오팔에겐 아무 문제 없어요. 그 앤 단지 자기 아
버지가 당신 오빠를 죽였다는 어처구니없는 생각을 했고, 더
멍청하게도 그걸 사방에 떠들고 다닌 것뿐이에요. 폴은 딸이
자기를 살인자라고 떠들고 다니는 걸 내버려 둘 수 없어서
집에 묶어 둔 거고요. 딸이 그런 생각을 하지 않을 때까지.」

「그럼 오팔이 —」 그녀는 머뭇거렸고, 눈빛은 밝게 빛났다.
「오팔이 죄수처럼 갇혀 지낸단 말인가요?」

「그건 좀 지나친 표현이군요.」 그는 무심한 듯 반박했다.
「오팔은 아직 어리고, 어린아이를 방에서 못 나오게 하는 건
일반적인 훈육 방법이지 않나요?」

재닛은 서둘러 대답했다. 「그, 그럼요. 그런데 —」 그녀는
무릎에 놓인 손을 내려다보고는 다시 고개를 들어 그를 응시
했다. 「그런데 오팔은 왜 그렇게 생각하죠?」

네드 보몬트의 목소리는 웃음만큼이나 미지근했다. 「누군

들 안 그래요?」

그녀는 양손을 피아노 의자에 짚고서 상체를 앞으로 숙였다. 흰 얼굴은 진지해 보였다. 「보몬트 씨, 그걸 물어보고 싶었어요. 왜 다들 그렇게 생각하는 거죠?」

그는 고개를 끄덕였고, 표정은 변함없었다.

피아노 의자 모서리를 붙든 그녀의 손마디가 하얬다. 그녀는 메마른 목소리로 물었다. 「왜죠?」

그는 소파에서 일어나 벽난로로 가서 남은 시가를 던져 넣었다. 자리로 되돌아와서는 긴 다리를 꼬고 편안하게 몸을 기댔다. 「상대편은 사람들이 그렇게 생각하도록 만드는 게 정치를 잘하는 거라 생각하니까요.」 그는 자기가 방금 말한 것에 아무 관심도 없는 듯한 어투와 표정이었고, 태도도 마찬가지였다.

그녀는 얼굴을 찌푸렸다. 「하지만 보몬트 씨, 증거가 없다면, 혹은 증거로 보일 만한 게 없다면 사람들이 왜 그렇게 생각할까요?」

그는 흥미롭고 호기심이 생긴 듯 그녀를 쳐다보았다. 그는 엄지손톱으로 콧수염을 가다듬었다. 「물론 있죠. 당신도 알고 있을 줄 알았는데. 요즘 여기저기 돌아다니는 익명의 편지 못 받았나요?」

그녀는 곧장 자리에서 일어났고, 흥분한 탓에 얼굴이 일그러졌다. 「맞아요! 오늘 받았어요. 당신에게 보여 주고 싶었는데—」 그녀가 큰 소리로 외쳤다.

그는 가볍게 웃고는 괜찮다는 듯 손바닥을 펴서 들어 보였다.「그럴 필요 없어요. 내용도 다 엇비슷하고 이미 많이 봤거든요.」

그녀는 마지못해 천천히 다시 자리에 앉았다.

그가 말했다.「음, 그 편지들, 우리가『업저버』를 싸움에서 밀어낼 때까지 그 신문에 지금껏 실린 기사들, 사람들 사이에 도는 소문들.」그는 마른 어깨를 으쓱했다.「그런 것들을 끌어 모아 폴을 그럴듯하게 몰아붙인 거죠.」

그녀는 아랫입술을 깨물었다.「그가…… 폴이 정말 위험에 빠진 건가요?」

그는 고개를 끄덕였고, 확신에 찬 차분한 목소리로 말했다.「선거에서 지고 이 도시와 주 정부를 장악하지 못하게 되면, 아마 전기의자에 앉게 되겠죠.」

그녀는 몸을 떨었고 목소리도 떨렸다.「하지만 이기면 안전한 거죠?」

「그렇겠죠.」

그녀는 숨을 멈추었고, 입술이 떨려 말이 갑작스레 쏟아져 나왔다.「이길까요?」

「그렇겠죠.」

「그렇다면 그에게 불리한 증거가 아무리 많아도 상관없겠군요. 그…… 그는 위험하지 않겠죠?」

「재판에 넘겨지진 않을 거예요.」네드 보몬트는 그렇게 말하고 자리에서 불쑥 일어났다. 눈을 꼭 감았다가 뜨고는 창백하고 긴장한 그녀의 얼굴을 빤히 쳐다보았다. 그의 눈빛에 어린 기쁨이 얼굴 전체로 서서히 퍼졌다. 그는 크게 웃진 않았지만 매우 기뻐하며 웃음을 터뜨렸다. 그리고 일어나서 외쳤다. 「용감한 유디트[5]로군!」

숨도 쉬지 않고 가만히 앉아 있던 재닛 헨리는 무슨 말인지 이해 못하는 듯 멍한 얼굴로 그를 쳐다보았다.

그는 방 안 이곳저곳을 돌아다니며 그녀에게랄 것 없이 중얼거렸고, 이따금 고개를 돌려 그녀를 쳐다보며 웃기도 했다. 그는 혼잣말하듯 중얼거렸다.

「그런 계략이었던 거군. 당연히 그렇겠지. 그녀는 폴을 견딜 수 있었어……. 예의를 갖추어 대하면서……. 아버지에게 필요한 정치적 후원을 위해서라면 말이야. 하지만 그것도 한계가 있었을 거야. 아니, 폴이 그녀를 무척 사랑했으니 굳이 그녀가 애쓰지 않아도 괜찮았을지도 모르지. 하지만 그녀는 자신이 가만히 있으면 폴이 자기 오빠를 죽이고서도 처벌받지 않을 거라 판단한 거야. 정말 굉장해! 폴은 딸과 애인의 손에 이끌려 전기의자에 앉으러 가고 있었던 거군. 여자 복도 많지.」그는 연한 초록색 무늬가 얼룩덜룩한 시가를 한 손에 쥐고 있었다. 그는 재닛 헨리 앞에 멈추어 서서 시가 끝을 잘라 내고는, 비난하는 투가 아니라 방금 알아낸 사실을 공유하는 듯한 말투로 말했다. 「그 익명의 편지를 보낸 사람이 바로 당신이로군요. 편지는 당신 오빠와 오팔이 만나던 방에 있는 타자기로 썼고요. 열쇠는 당신 오빠와 오팔이 하나씩 갖고 있었죠. 오팔은 그 편지를 읽고 마음이 동요했으니, 그

5　구약 성서 외전에 등장하는 인물로, 마을을 구하려고 적장인 홀로페르네스를 유혹해 목을 자른 용감하고도 매혹적인 여성.

편지를 썼을 리가 없어요. 당신이 쓴 게 분명해요. 경찰에게 오빠의 물건을 돌려받자 당신은 그 방에 몰래 들어가 그 편지를 쓴 거죠. 대단하군요.」 그는 다시 방 안을 서성거리며 말을 이었다. 「의원님에게 능력 있는 간호사 팀을 꾸려서 당신을 신경 쇠약으로 가두라고 말씀드려야겠군요. 이러다 정치가 딸들 사이에 신경 쇠약이 전염병처럼 돌겠어요. 하지만 집집마다 신경 쇠약 환자가 생긴다 해도 선거는 이겨야죠.」 그는 어깨 너머로 그녀를 쳐다보며 상냥하게 웃었다.

그녀는 한 손을 목에 갖다 댈 뿐 미동도 없었고 아무 대꾸도 하지 않았다.

그가 말했다. 「다행스럽게도 의원님은 우리를 곤란하게 하진 않을 겁니다. 재선되는 것 말고는 웬만한 일은 신경 쓰지 않는 분이니까. 당신도, 죽은 아들도. 그리고 폴 없이는 재선에 성공할 수 없다는 걸 알고 계시죠. 그래서 당신이 유디트 역할을 맡은 것 아닌가요? 당신은 아버지가 폴과 갈라서지 않을 거라는 걸 알았어요. 그에게 죄가 있다고 생각하더라도 재선에 성공하기 전까지는 그렇겠죠. 음, 우리에게는 다행이군요.」

그가 시가에 불을 붙이려고 말을 멈추자 그녀가 말문을 열었다. 목에 대고 있던 손을 아래로 내렸고, 양손을 무릎에 내려놓았다. 뻣뻣하진 않지만 똑바로 앉은 자세였다. 목소리는 차분하고 침착했다. 「난 거짓말을 잘 못해요. 폴이 오빠를 죽였다는 걸 알고, 편지도 내가 썼어요.」

네드 보몬트는 시가를 입에서 빼고는 소파로 돌아가 그녀와 마주 앉았다. 표정은 무거웠지만 적대감은 없었다.「폴을 미워하는군요, 그렇죠? 그가 당신 오빠를 죽이지 않았다는 증거를 제시해도 여전히 그를 미워할 건가요?」

「네,」그녀의 갈색 눈이 그의 검은 눈동자를 가만히 응시했다.「그럴 거예요.」

「바로 그거예요. 당신은 그가 오빠를 죽였다고 생각해서 미워하는 게 아니에요. 그를 미워하기 때문에 오빠를 죽였다고 여기는 거죠.」

그녀는 천천히 고개를 가로저었다.「그렇지 않아요.」

네드 보몬트는 회의적인 웃음을 띠며 물었다.「이런 얘기 아버지와는 해봤나요?」

그녀는 입술을 깨물었고 얼굴을 약간 붉혔다.

그는 다시 웃음 지으며 말했다.「의원님이 헛소리라고 했군요.」

그녀의 얼굴이 더 붉어졌다. 무언가 말하려 했지만 곧바로 그만두었다.

그가 말했다.「폴이 오빠를 죽였다면 당신 아버지도 알 겁니다.」

그녀는 무릎에 놓인 손을 내려다보면서 비참하게 말했다.「아버지도 아실 테지만 믿으려 하지 않겠죠.」

그는 눈을 가늘게 뜨고 그녀를 쳐다보았다.「분명히 알겠죠. 폴이 그날 밤 테일러와 오팔에 관해 당신 아버지에게 뭔가 말했나요?」

그녀는 놀라 고개를 들었다.「그날 밤 무슨 일이 일어났는지 모른단 말이에요?」

「몰라요.」

「그 일은 테일러 오빠와 오팔과는 아무 상관없는 일이에요. 그건—」 그녀가 말했다. 마음이 너무 앞선 탓에 단어들이 서로 뒤엉켰다. 그녀는 고개를 문 쪽으로 갑자기 돌리더니 입을 다물어 버렸다. 문 너머로 우렁찬 웃음소리가 들렸고, 누군가 가까이 다가오는 발자국 소리가 이어졌다. 그녀는 성급히 그를 쳐다보고는 애원하듯 두 손을 모았다. 그녀는 필사적일 정도로 진지하게 속삭였다. 「말씀드릴 게 있는데, 내일 만날 수 있어요?」

「네.」

「어디서 보죠?」

「우리 집?」

그가 제안하자 그녀는 재빨리 고개를 끄덕였다. 그는 나지막이 주소를 불러 주었고, 그녀가 〈10시 이후에〉라고 하자 고개를 끄덕였다. 바로 그때, 헨리 의원과 폴 매드빅이 들어왔다.


# 2


폴 매드빅과 네드 보몬트는 10시 반에 헨리 부녀와 작별 인사를 나누고 갈색 세단에 올라타 찰스가로 향했다. 한 블록 반을 지나자 매드빅은 만족스러운 듯 숨을 길게 내쉬었다.

「네드, 너와 재닛이 그렇게 서로 잘 지내다니 내가 얼마나 기쁜지 모를 거야.」

네드 보몬트는 금발의 매드빅의 옆모습을 비스듬히 바라보았다. 「난 누구와도 잘 지내는 사람이잖아.」

매드빅은 키득거리며 웃었다. 「그럼, 우라지게 잘 지내지.」 그는 느긋해 보였다.

네드 보몬트의 입술이 얇은 곡선을 그리며 비밀스러운 웃음을 지었다. 「내일 일에 관해 할 얘기가 있는데, 오후에 어디 있을 거야?」

매드빅이 모는 차가 차이나가로 접어들었다. 「사무실에 있을 거야. 새 달이 시작되는 날이니까. 지금 말하지 그래. 밤늦게까지 시간도 많이 남았고.」

「지금은 다 모르거든. 오팔은 어때?」

「괜찮아.」 매드빅은 음울하게 말하고는 갑자기 목소리를 높였다. 「젠장! 그 녀석한테 화를 낼 수 있으면 좋을 텐데. 그러면 일이 훨씬 쉬워질 테고.」 잠시 후 신호등을 지날 때 매드빅이 불쑥 다시 말을 꺼냈다. 「임신은 아니래.」

네드 보몬트는 아무 대꾸도 하지 않았고 무표정한 얼굴이었다. 매드빅은 자동차 속도를 늦추며 로그 캐빈 클럽으로 다가갔다. 얼굴이 벌개진 그가 쉰 목소리로 물었다. 「네드, 네 생각은 어때? 오팔이—」 매드빅은 요란하게 목을 가다듬었다. 「오팔이 그놈 정부였을까? 아니면 그냥 애인 사이였을까?」

네드 보몬트가 말했다. 「모르겠고 상관도 없어. 오팔한테는 물어보지 마.」

매드빅은 차를 세우고 앞을 응시한 채 운전석에 앉아 있었다. 잠시 후 그는 다시 목을 가다듬고는 쉰 목소리로 나지막이 말했다. 「네드, 넌 최악의 남자는 아니야.」

「음, 음.」 네드 보몬트는 그렇다고 응수하며 세단에서 내렸다.

클럽 안으로 들어간 두 사람은 2층 계단이 시작되는 지점에 걸린 초상화 아래에서 무심하게 서로 갈 길을 갔다.

네드 보몬트가 뒤편에 있는 다소 작은 방으로 들어가자, 남자 다섯이 스터드 포커를 치는 중이었고 남자 셋이 구경하고 있었다. 그들은 네드 보몬트가 앉을 자리를 마련해 주었고, 게임이 끝나는 3시까지 그는 4백 달러를 땄다.

## 3

재닛 헨리가 네드 보몬트를 찾아온 시각은 정오 무렵이었다. 그때까지 그는 한 시간 동안이나 방 안을 서성거리면서 손톱을 물어뜯다가 시가를 피워 댔다. 초인종이 울리자 그는 서두르지 않고 다가가 문을 열어 주고는, 약간은 놀란 듯한 유쾌한 웃음을 지었다. 「어서 와요.」

「늦어서 미안해요. 하지만 ―」

「늦은 거 아니에요. 10시 이후에 오겠다고만 했으니까.」

그는 그녀를 거실로 안내했다.

「집이 마음에 들어요. 근사해요.」그녀는 천천히 고개를 돌려 오래된 집 안을 둘러보았다. 높은 천장과 널찍한 창문, 벽난로 선반에 놓인 멋진 거울, 붉은 플러시 천을 댄 가구들을 찬찬히 살펴보았다. 그녀의 갈색 눈동자가 반쯤 열린 문으로 향했다. 「저기가 침실인가요?」

「네. 보고 싶어요?」

「네.」

그는 침실을 보여 주고 나서 부엌과 욕실도 안내해 주었다. 두 사람은 다시 거실로 돌아왔다. 「완벽해요. 끔찍할 만치 현대화된 도시에 이런 곳이 남아 있을 줄은 몰랐어요.」

그는 그녀의 말에 수긍한다는 듯이 가볍게 고개를 숙였다. 「꽤 근사한 곳이죠. 여긴 엿들을 사람도 없어요. 옷장에 몰래 숨어 있다면 모를까, 아무튼 그렇지 않은 것 같군요.」

그녀는 몸을 쭉 펴고는 그의 눈을 똑바로 쳐다보았다. 「그런 생각은 하지 않았어요. 우린 서로 생각이 다를 수 있고, 심지어 적이 될 수도 있어요. 이미 그럴지도 모르고요. 하지만 당신은 신사죠. 그렇지 않다면 여기 오지도 않았을 거고요.」

그는 즐거운 듯 유쾌하게 물었다. 「푸른색 양복에 황갈색 구두를 신어서는 안 된다, 뭐 그런 매너를 갖췄다는 말인가요?」

「그런 말이 아니에요.」

그가 씩 웃으며 말했다. 「그렇다면 당신 말은 틀렸어요. 난 도박꾼에다가 정치인 옆에 붙어 있는 존재니까.」

「난 틀리지 않았어요.」그녀는 애원하는 듯한 눈빛으로 쳐다보았다. 「우리 제발 싸우지 말아요. 꼭 그래야만 할 때까지 만이라도.」

「미안해요.」 그제야 그는 사과의 미소를 지었다. 「자, 그만 앉아요.」

그녀가 자리에 앉았고, 그는 그녀와 마주 보는 널찍한 의자에 앉았다. 「오빠가 살해된 날 밤 집에서 무슨 일이 있었는지 말해 주기로 했었죠.」

「네.」 그녀 입에서 빠져나온 목소리는 들릴락 말락 했다. 얼굴은 발개졌고 시선은 아래로 향했다. 다시 시선을 올렸을 땐 수줍은 기색이 역력했다. 당혹스러워하는 탓에 목이 메었다. 「당신은 알았으면 좋겠어요. 당신은 폴의 친구이고, 또 그 때문에 나와 적이 될 수도 있지만, 무슨 일이 있었는지 알게 된다면, 진실을 알게 된다면 적어도 적이 되진 않을 거예요. 당신은 반드시 알아야 해요. 그러고 나서 결단을 내릴 수 있을 거고요. 폴은 당신에게 말해 주지 않았죠.」 그를 주시하는 그녀의 눈빛에서 수줍음은 사라지고 없었다. 「그렇죠?」

「그날 밤 당신 집에서 무슨 일이 있었는지 몰라요. 폴이 말해 주지도 않았고.」

그가 말하자 그녀는 곧장 상체를 가까이 기울이며 물었다. 「그게 바로 그가 뭔가 숨기고 싶어 하거나, 숨길 게 있다는 거 아닐까요?」

그는 어깨를 으쓱했다. 「그렇다고 치면요?」 그의 목소리에는 흥분도 열의도 없었다.

그녀는 얼굴을 찌푸렸다. 「하지만 당신은 알아야 해요. 그

애긴 지금 하지 않기로 해요. 무슨 일이 있었는지 말해 주면 당신 스스로 알 수 있을 테니.」그녀는 상체를 앞으로 숙인 채 갈색 눈동자로 그를 계속 주시했다. 「폴이 저녁을 먹으러 왔어요. 처음으로 우리가 그를 저녁 식사에 초대한 거죠.」

「그건 알고 있어요. 그 자리에 당신 오빠는 없었고.」네드 보몬트가 말했다.

「오빠는 저녁 식사 자리에 함께하지 않고 자기 방에 있었어요. 식사 자리엔 아버지와 폴과 나만 있었죠. 오빠는 외식할 예정이었어요. 오팔 문제로 폴과는 함께 식사하려 하지 않았으니까.」

그는 온기 없는 표정으로 주의 깊게 고개를 끄덕였다.

「저녁 식사 후 폴과 나는, 어젯밤 얘기했던 바로 그 방에 단둘이 있었는데, 그가 갑자기 끌어안으며 키스했어요.」

네드 보몬트는 웃음을 터뜨렸다. 웃음소리가 크지는 않았지만 유쾌함을 억누를 순 없었다.

재닛 헨리가 깜짝 놀라 그를 쳐다보았다.

그의 유쾌한 웃음소리가 온화한 미소로 변했다. 「미안해요. 왜 웃었는지는 나중에 말해 줄 테니 이야기 계속해요.」그녀가 계속 말하려 하자 그가 다시 끼어들었다. 「잠깐, 혹시 키스할 때 그가 무슨 말을 했나요?」

「아니요. 음, 무언가 말했던 것 같기도 한데 알아듣지는 못했어요.」그녀의 얼굴에 당혹감이 깊어졌다. 「그런데 그건 왜요?」

그는 다시 소리 내어 웃었다. 「아마 자기 몫에 관해 말했을 거예요. 내 실수였던 것 같군요. 선거에서 당신 아버지를 후원하지 말라고 설득했거든요. 당신 아버지가 당신을 미끼로 그에게 후원을 얻어 낼 심산이니, 미끼를 물 작정이면 선거 전에 미리 제 몫을 챙기지 않으면 받아 낼 수 없을 거라고 조언했었어요.」

그녀는 눈을 동그랗게 떴고, 방금 전보다는 덜 당혹스러운 모습이었다.

그가 말했다. 「그날 오후에 말해 줬는데, 불행하게도 폴이 잘 이해하지 못한 것 같군요.」 그는 이마를 찌푸리며 말을 이었다. 「도대체 폴에게 어떻게 한 거죠? 그는 당신과 결혼하고 싶어 했고, 당신에 대한 존경심으로 가득 차 어쩔 줄 몰라 했어요. 그렇게 덥석 키스했다니, 당신이 먼저 적극적으로 대시한 게 분명할 텐데요.」

「손끝 하나 건드리지 않았어요.」 그녀는 천천히 말문을 열었다. 「그런데 그날 저녁은 힘들었어요. 다들 불편해했어요. 난…… 들키지 않으려 했어요……. 그를 접대하기 싫어한다는 걸요. 그 역시 불편해 보였어요. 당혹스러웠을 거고, 당신 말이 옳다고 판단해서—」 그녀는 말을 끝내지 못하고 양손을 펼쳐 보였고, 그는 고개를 끄덕였다.

네드 보몬트는 고개를 끄덕이며 물었다. 「그러고 나서?」

「화가 나 방에서 나왔어요.」

「폴에게 아무 말도 하지 않고요?」 그의 눈빛은 즐거움을 온전히 감추지 못한 채 밝게 빛났다.

「네. 폴 역시 아무 말 하지 않았던 것 같아요. 위층으로 올

라가다가 계단에서 아버지와 마주쳤어요. 무슨 일이 있었는
지 말하려 했어요. 폴뿐만 아니라 아버지에게도 화났거든요.
폴을 초대한 건 아버지의 실수니까요. 그런데 바로 그때, 폴
이 밖으로 나가는 소리가 들렸어요. 그러고 나서 테일러 오
빠가 방에서 내려왔고요.」 그녀의 얼굴은 창백하게 굳었고,
울컥한 탓에 목소리도 갈라졌다. 「오빠는 내가 아버지에게
하는 얘기를 듣고 무슨 일이냐고 다그쳤지만, 난 오빠와 아
버지를 두고 내 방으로 가버렸어요. 너무 화가 나서 더 이상
아무 말도 할 수 없었으니까요. 그러고 나서 두 사람을 못 봤
는데, 얼마 후 아버지가 내 방으로 오셔서 오빠가 살해당했
다고 했어요.」 그녀는 말을 멈추고 창백한 얼굴로 그를 쳐다
보았고, 자기 이야기에 그가 어떤 반응을 보여 줄지 손가락
을 비틀며 기다렸다.

그의 반응은 차분하게 질문하는 것이었다. 「음, 그래서요?」

「그래서요?」 그녀는 놀라 그의 말을 따라했다. 「몰라서 묻
는 거예요? 테일러 오빠가 뒤따라 나가서 폴을 잡았고, 그러
고 나서 살해된 게 뻔하지 않아요? 오빠 엄청 화난 상태였
고—」 그녀의 얼굴이 잠시 환해졌다. 「오빠 모자가 발견되지
않았다는 거 알잖아요. 너무 화가 나서 서두르느라 모자를
챙길 겨를도 없었던 거죠. 오빠—」

네드 보몬트는 천천히 고개를 가로저으며 그녀의 말에 끼
어들었다. 목소리는 확신에 가득 차 있었다. 「아니, 그건 말
이 안 돼. 폴은 테일러를 죽일 필요가 없었고, 죽이려 하지
도 않았을 거예요. 한 손으로도 제압할 수 있었을 테고, 그는

싸울 때 이성을 잃지도 않아요. 그건 분명해요. 폴이 싸우는 걸 보기도 했고, 내가 직접 맞서 싸워 보기도 했으니까. 당신 얘기는 말이 안 돼요.」 그는 얼음처럼 차가워진 눈을 가늘게 뜨며 말을 이었다. 「그가 그랬다고 가정해 봅시다. 도저히 믿기지 않지만 우연히 그랬다고 친다 해도, 정당방위 말고 뭐겠어요?」

그녀는 경멸에 차 고개를 들었다. 「설령 정당방위였다 해도, 그가 왜 숨겼을까요?」

그는 별다른 감흥이 없는 표정으로 물었다. 「폴은 당신과 결혼하고 싶어 했어요. 당신 오빠를 죽였다고 시인하면 도움이 될 리가 없겠죠. 심지어—」 그는 키득거리며 웃었다. 「나도 당신처럼 고약해지는군요. 헨리 양, 폴은 절대 오빠를 죽이지 않았습니다.」

그녀의 눈빛은 조금 전 그의 눈빛처럼 차가웠다. 그를 쳐다보기만 한 뿐 그녀는 아무 말도 하지 않았다.

네드 보몬트는 생각에 잠긴 표정이었고, 손끝을 만지작거리며 그녀에게 물었다. 「그날 밤 당신 오빠가 폴을 뒤쫓아 갔다고 추론하는 근거는 그게 전부인가요?」

「그걸로 충분해요.」 그녀는 생각을 굽히지 않았다. 「그가 그랬어요. 틀림없어요. 그렇다면 오빠가 왜 모자도 쓰지 않은 채 차이나가까지 갔겠어요?」

「당신 아버지도 테일러가 나가는 걸 보지 못했나요?」

「네, 아빠도 그 소식을 듣고서야—」

그는 그녀의 말에 끼어들었다. 「아버지도 당신과 같은 생각인가요?」

「당연하죠.」그녀는 울먹였고, 눈에 눈물이 고였다. 「오해할 여지도 없잖아요. 아버지가 어떻게 말하든, 마음속으로는 분명히 그렇게 생각할 거예요. 보몬트 씨, 당신은 그렇게 생각하지 않는다는 걸 내가 곧이곧대로 믿을 거라 여기진 않죠? 난 당신이 뭘 알고 있었는지 몰라요. 당신은 오빠가 죽은 걸 발견했어요. 그 외에 뭘 또 발견했는지는 모르겠지만, 진실은 분명히 알고 있겠죠.」

네드 보몬트의 손이 떨리기 시작했다. 그는 몸을 의자 더 깊숙이 밀어넣고는 양손을 바지 주머니에 찔러 넣었다. 긴장한 듯 입가가 굳은 걸 제외하고 표정은 평온해 보였다. 「난 그가 죽은 걸 발견했어요. 주변엔 아무도 없었고, 그 이외엔 아무것도 발견한 게 없어요.」

「지금은 그렇지 않을 텐데요.」그녀가 응수했다.

짙은 콧수염 아래서 그의 입이 씰룩거렸다. 눈빛은 분노로 이글거렸다. 그는 나지막하고 거친, 애써 신랄한 어조로 말했다. 「당신 오빠를 누가 죽였든 이 세상을 위해선 잘한 일이죠.」

그녀는 한 손을 목에 갖다 대고는 몸을 움츠렸지만, 이내 곧 상체를 똑바로 펴고 동정 어린 눈빛으로 그를 쳐다보았다. 두려운 기색은 사라지고 없었다. 「알아요. 당신은 폴의 친구니까요. 마음이 아프군요.」

그러자 그는 고개를 약간 숙이고 혼잣말처럼 중얼거렸다. 「썩어 빠진 소리. 난 신사가 아니라고 말했잖습니까.」그의 얼굴에서 쓴웃음이 가셨고, 수치심이 사라진 눈빛은 다시 맑고 고요해졌다. 그는 나지막이 말을 이었다. 「내가 폴의 친구라는 말은 맞아요. 그가 누구를 죽였다 해도 난 여전히 그의 친구죠.」

그녀는 한참 동안이나 그를 응시한 후 나지막한 목소리로 말했다. 「그럼 소용없을까요? 당신에게 진실을 말해 준다면, 난 당신이 혹시—」 그녀는 더 이상 말을 잇지 못하며 가망 없다는 제스처를 손과 어깨와 머리로 표현했다.

네드 보몬트는 소용없다는 듯 고개를 천천히 가로저었다.

그녀는 한숨을 내쉬며 일어나 손을 내밀었다. 「그 점은 유감스럽고 아쉽네요. 하지만 우리가 적이 될 필요는 없겠죠, 그렇죠?」

그는 그녀를 마주 보고 일어섰지만 손을 잡지는 않았다. 「폴을 속였고 지금도 속이려 하고 있는 부분은 내 적입니다.」

그녀는 손을 여전히 내민 채 물었다. 「그럼 그것과 상관없는 나의 다른 부분은요?」

네드 보몬트는 그녀의 손을 잡고 가볍게 고개를 숙이며 작별 인사를 했다.


## 4


재닛 헨리가 떠나자, 네드 보몬트는 수화기를 집어 들고 전화를 걸었다. 「여보세요? 보몬트입니다. 매드빅 씨 아직 안

왔나요? ……오면 내가 전화했고 만나러 갈 거라고 전해 줘요. ……네, 그럼.」

그는 손목시계를 확인했다. 1시가 조금 넘은 시각이었다. 담뱃불을 붙인 그는 창가에 앉아 시가를 피우며 건너편의 회색빛 교회를 바라보았다. 내뿜은 연기가 창문에 부딪쳤다가 튕겨 나와서 그의 머리 위로 회색 구름을 만들었다. 그는 시가 끝을 잘근잘근 씹어 짓뭉갰다. 그렇게 10분 정도 앉아 있는데, 전화벨이 울렸다.

그는 전화로 다가가서 수화기를 집어 들었다. 「여보세요. ……응, 해리. ……물론이지. 어디야? ……지금 시내로 나갈 테니 거기서 기다려. ……30분쯤. ……응.」

그는 시가를 벽난로에 던져 넣고 모자와 외투를 챙겨 나갔다. 여섯 블록을 걸어 한 음식점으로 들어가 샐러드와 롤빵을 먹고 커피를 마시고는, 다시 네 블록을 걸어 머제스틱이라는 작은 호텔로 가서 엘리베이터를 타고 4층으로 올라갔다. 엘리베이터 안내원인 키 작은 청년은 그를 네드라 부르며 세 번째 레이스는 어떻게 예상하느냐고 물었다.

네드 보몬트는 잠시 골똘히 생각한 후 말했다. 「로드 바이런이 이길 거야.」

엘리베이터 청년이 말했다. 「당신이 틀렸으면 좋겠네요. 파이프 오르간에 걸었거든요.」

네드 보몬트는 어깨를 으쓱했다. 「그럴 수도 있겠지만, 그놈은 무게가 너무 나가서 말이지.」 그는 417호로 가서 노크했다.

해리 슬로스가 셔츠 차림으로 문을 열었다. 그는 서른다섯 살에 어깨가 떡 벌어진 체격이었고, 얼굴이 넓적하고 머리가 벗어져 있었다.「정확하게 왔군. 들어와.」

슬로스가 문을 닫자 네드 보몬트가 말했다.「문제가 뭔데?」

건장한 체격의 그는 침대로 가서 앉아 근심스러운 표정으로 네드 보몬트를 쳐다보았다.「네드, 상황이 좋지 않은 것 같아.」

「뭐가?」

「벤이 어떤 일 때문에 시청에 가게 됐거든.」

네드 보몬트가 짜증을 내며 말했다.「좋아. 나한테 무슨 얘기를 하고 싶은 건지 준비가 되면 말해.」

슬로스는 창백한 커다란 손을 들어 보이고는, 주머니를 더듬어 구겨진 담뱃갑을 꺼냈다.「네드, 말할 테니 들어 봐. 헨리가 골로 갔던 날 기억나지?」

네드 보몬트는 그렇다며 무심히 툭 내뱉었다.

「네가 클럽에 도착했을 때 나랑 벤이 와 있던 거 기억나?」

「응.」

「그럼 잘 들어. 우린 폴과 그놈이 가로수 아래에서 다투는 걸 봤어.」

네드 보몬트는 엄지손톱으로 콧수염을 가다듬고는 약간 당혹스러운 얼굴로 천천히 말했다.「하지만 너희 둘이 클럽 앞에서 차에서 내리는 걸 내가 봤는데, 그건 내가 그 녀석을 발견한 직후였어. 너희는 반대편 방향에서 왔었고. 게다가 폴은 너희보다 먼저 클럽에 가 있었잖아.」

넓적한 얼굴의 슬로스는 고개를 힘껏 끄덕였다. 「그건 맞아. 우린 차이나가를 지나 핑키 클라인에 갔다가, 거기에 그가 없는 걸 확인하고 다시 클럽으로 갔었거든.」

네드 보몬트는 고개를 끄덕였다. 「그래서 뭘 봤는데?」

「폴과 그놈이 가로수 아래 서서 다투는 거.」

「차를 타고 지나가면서 봤다고?」

슬로스는 다시 고개를 힘껏 끄덕였다.

「거긴 어두워.」네드 보몬트는 그 점을 상기시켰다. 「차를 타고 지나가면서 얼굴을 알아봤을 리 없어. 차 속도를 늦추거나 멈추었다면 모를까.」

「물론 그렇진 않았지만, 폴은 어디에서든 단박에 알아볼 수 있어.」슬로스는 생각을 굽히지 않고 고집을 부렸다.

「그럴 수도 있겠지. 그런데 함께 있던 게 그 녀석인지는 어떻게 알아?」

「확실해, 분명히 그놈이었어. 알아볼 수 있을 만큼 충분히 보였어.」

「게다가 다투는 모습도 봤다고? 다퉜다면 서로 몸싸움이라도 했단 말이야?」

「아니, 서로 말다툼을 하는 것 같았어. 서 있는 모습만 딱 봐도 서로 다툰다는 걸 알 수 있을 때도 있잖아.」

네드 보몬트는 억지웃음을 지었다. 「맞아, 한 놈이 다른 놈 얼굴을 밟고 서 있다면 그렇겠지. 그런데 벤이 그 일로 시청에 갔다고?」그의 얼굴에서 웃음기가 사라졌다.

「응, 벤이 제 발로 갔는지 파 검사가 뭔가 낌새를 채고 불러들인 건지는 모르겠지만. 아무튼 벤이 파 검사에게 말해 버렸어. 바로 어제.」

「그 애긴 어디서 들은 거야?」

「파 검사가 날 잡으려 한대. 그래서 들은 거고. 벤이 나와 함께 있었다고 말하자 파 검사가 날 불렀어. 난 절대 끼고 싶지 않아.」

「끼지 않는 게 좋을 거야. 파 검사에게 잡히면 뭐라고 할 작정이야?」

「가능하다면 잡히지 말아야지. 그래서 널 만나자고 한 거고.」 그는 헛기침을 하고는 입술에 침을 묻혔다. 「1, 2주 정도 잠잠해질 때까지 여길 뜰까 하는데, 그러려면 돈이 좀 필요해.」

네드 보몬트는 소리 없이 웃으며 고개를 가로저었다. 「안 돼. 폴을 돕고 싶다면 파 검사에게 가서 말해. 가로수 아래에 있던 두 남자의 얼굴은 알아볼 수 없었고, 누구 차에 타고 있었든 마찬가지였을 거라고.」

「알았어, 그렇게 할게. 하지만 네드, 나한테도 뭔가 콩고물이 떨어져야 할 거 아냐. 나도 모험을 하는 건데, 내 말 무슨 뜻인지 알잖아.」

그러자 네드 보몬트는 고개를 끄덕였다. 「선거 후에 만만한 자리 하나 줄게. 하루에 한 시간 얼굴만 내밀어도 되는 곳으로.」

「그거면—」 슬로스가 일어섰다. 초록 음영이 있는 눈동자는 창백하고 다급해 보였다. 「내 말 좀 들어 봐, 네드. 나 빈털

터리야. 지금 몇 푼이라도 챙겨 주면 안 될까? 그럼 정말 좋을 텐데.」

「그럴지도. 폴이랑 한번 얘기해 볼게.」

「부탁할게. 전화 줘.」

「그럴게. 그럼.」


## 5


머제스틱 호텔을 나선 네드 보몬트는 시청에 있는 지방 검사 사무실로 가서 파 검사를 만나러 왔다고 말했다.

동그란 얼굴의 청년은 외부 사무실을 다녀온 후 미안한 표정으로 말했다. 「죄송합니다, 보몬트 씨. 파 검사님은 자리에 안 계십니다.」

「언제 들어오나요?」

「모르겠습니다. 비서한테 따로 말씀을 남기시지도 않았고요.」

「운에 맡기고 사무실에서 기다리겠습니다.」

그러자 둥근 얼굴의 청년이 앞을 가로막았다. 「그건 안 됩니―」

네드 보몬트는 최대한 친절하게 웃어 보이고는 나지막이 물었다. 「어이 애송이, 지금 하는 일이 마음에 들지 않나 보지?」

청년은 머뭇거리며 안절부절하다가 길을 비켜 주었다. 네드 보몬트는 안쪽 복도를 따라가서 지방 검사 사무실 문을 열었다.

책상에 앉아 있던 파 검사가 고개를 들더니 벌떡 일어섰다. 「자네였어? 빌어먹을, 그놈은 제대로 하는 일이 없다니까. 보먼 씨라고 하더니……」

「괜찮아요. 이렇게 들어왔으니 됐죠.」 네드 보몬트는 온화한 웃음을 띠며 말했다.

파 검사는 손을 내저으며 자리를 안내했고, 네드 보몬트는 순순히 따랐다. 그 자리에 앉은 후 느긋하게 물었다. 「무슨 새로운 소식이라도?」

「늘 똑같지 뭐. 하느님이야 새로운 소식을 많이 아시겠지만.」 파 검사는 엄지를 조끼 주머니에 찔러 넣은 채 몸을 뒤로 젖혔다.

「선거 운동은 어떻게 돼가요?」

「썩 좋지는 않지만 그럭저럭 해낼 거야.」 호전적이고 불그레한 지방 검사의 얼굴에 어둠이 스쳤다.

「뭐가 문제죠?」 네드 보몬트의 목소리는 여전히 느긋했다.

「이런저런 문제. 일이야 늘 터지는 법이니까. 그게 정치일 테고.」

「나와 폴이 도와줄 일은?」 네드 보몬트가 묻자, 파 검사는 고개를 가로저었다. 짧게 자른 빨강 머리가 두상을 덮고 있었다. 「폴이 테일러 헨리를 살해했을 거라는 소문이 제일 문제인가요?」

파 검사는 겁에 질린 눈빛이었지만, 눈을 깜박이자 그 빛은 이내 사라졌다. 그는 상체를 똑바로 펴고 조심스럽게 말문을 열었다. 「선거 전에 그 사건을 해결해야 한다는 분위기가 팽배해. 그 사건이 문제인데, 가장 큰 문제일 수도 있겠지.」

「지난번 이후로 아무 진전도 없나요? 새로 알아낸 거라도?」

파 검사는 고개를 가로저었고, 눈빛에는 경계심이 있었다.

네드 보몬트의 웃음에는 온기가 없었다. 「아직도 느긋하게 여러 각도에서 고려 중인가 보죠?」

「음, 물론 그렇지, 네드.」 파 검사는 앉은 자세로 몸을 뒤척였다.

네드 보몬트는 알겠다는 듯 고개를 끄덕였다. 눈에는 악의가 번득였고, 목소리는 상대방을 비웃는 듯했다. 「느긋하게 고려하는 것 가운데 벤 페리스 건도 들어 있나요?」

파 검사의 돌출된 턱이 아래로 내려왔다가 다시 닫혔고, 입술을 깨물었다. 놀라 크게 뜬 눈은 이내 아무 표정도 없어졌다. 「페리스 건에 뭔가 있는지 없는지는 몰라, 네드. 아마 별거 없을 테지. 자네한테 말할 만큼 생각한 적도 없고.」

네드 보몬트가 비웃었다.

파 검사는 다시 말을 이었다. 「자네와 폴에겐 뭐든 툭 터놓는다는 거 알잖아. 중요한 거라면 뭐든. 그 정도는 날 알잖나.」

「물론 간이 붓기 전엔 그랬죠. 하지만 뭐 괜찮아요. 페리스와 함께 차에 있던 녀석을 잡고 싶으면 머제스틱 호텔 417호로 가면 돼요.」

파 검사는 책상에 놓인, 두 개의 비스듬한 펜 사이에 있는 비행기를 든 나신상을 가만히 바라보았다. 그는 뚱한 표정이었고, 아무 말이 없었다.

네드 보몬트는 얇은 입술을 살짝 벌려 웃으며 자리에서 일어섰다. 「폴은 늘 구렁텅이에 빠진 자들을 기꺼이 구해 주려하죠. 그가 헨리 살해 사건으로 체포되어 재판에 넘겨진다면 도움이 될까요?」

파 검사는 책상에 놓인 초록색 나신상에서 시선을 떼지 않은 채 고집스럽게 말했다. 「난 폴에게 이래라저래라 할 처지가 아니어서.」

「훌륭한 생각이군요.」 네드 보몬트는 큰 소리로 말했다. 그는 책상 옆에서 상체를 숙여 파 검사의 귀에 대고 비밀 애기라도 하듯이 나지막이 속삭였다. 「그럼 이런 생각도 하셔야죠. 폴이 시키지 않은 일을 할 처지도 아니라는 생각.」

그는 씩 웃으며 나왔지만, 사무실을 나오자마자 웃음기는 곧 사라졌다.

# 제8장
# 작별의 키스

# 1

네드 보몬트는 〈이스트 스테이트 건설 및 계약 회사〉라는 현판이 붙은 문을 열고 들어갔다. 그는 안내 데스크 아가씨 두 명과 인사를 나누고 대여섯 명이 일하는 널찍한 공간으로 들어가 그들에게 말을 걸고는, 〈사실(私室)〉이라고 적힌 문을 열었다. 네모난 방 안에는 폴 매드빅이 낡은 책상에 앉아 신문을 읽고 있었고, 체구가 작은 남자가 어깨 너머로 조심스럽게 주변을 서성대고 있었다.

매드빅이 말했다. 「어서 와, 네드.」 그는 신문을 옆으로 치우고는 작은 남자에게 말했다. 「이 엉터리 신문은 잠시 후에 다시 가져와.」

남자는 신문을 챙기고는 네드 보몬트에게 인사하고 방을 나갔다.

매드빅이 말했다. 「오늘 밤 힘들어 보이는데, 무슨 일 있었어? 우선 앉아.」

네드 보몬트는 외투를 벗어 의자 등받이에 걸치고 모자를 그 위에 얹고는 시가를 꺼냈다. 「난 괜찮아. 형이야말로 별일 없어?」 그는 낡은 책상 모퉁이에 앉았다.

「네가 머클로플린을 만나 줬으면 해. 그자를 상대할 수 있는 건 너뿐이니까.」

「그러지 뭐. 그런데 무슨 일로?」

매드빅이 얼굴을 찌푸렸다. 「그가 우리 편에 선 줄 알았는데, 비겁하게 나오고 있어.」

네드 보몬트의 짙은 눈동자에 어두운 빛이 어렸다. 「그놈도 그렇단 말이야?」

그는 금발의 매드빅을 내려다보며 말했다.

매드빅은 잠시 곰곰이 생각하다가 천천히 물었다. 「네드, 그게 무슨 말이야?」

네드 보몬트는 대답 없이 또 다른 질문을 던졌다. 「모두 잘 돌아가고 있는 거야?」

매드빅은 널찍한 어깨를 초조한 듯 으쓱했지만, 여전히 무언가 조심스럽게 살피는 눈빛이었다. 「그렇게 나쁜 상황은 아니야. 어쩔 수 없다면 머클로플린 편 표는 없어도 돼.」

네드 보몬트의 입술이 얇아졌다. 「그럴지도. 하지만 그런 식으로 표를 계속 잃는다면 결과를 장담 못 해.」 그는 입가에 시가를 물고서 말했다. 「2주 전보다 상황이 좋지 않다는 거 알잖아.」

매드빅은 책상에 앉은 그를 올려다보며 관대한 표정으로 씩 웃었다. 「맙소사, 1절만 해. 네가 보기에 괜찮을 때가 있긴

한 거야?」그는 대답을 기다리지 않고 차분하게 말을 이었다. 「선거를 치르다 보면 늘 어느 시기에서든 망할 것처럼 보일 때가 있었어. 하지만 실제로 그렇지는 않았지.」

네드 보몬트는 시가에 불을 붙이고 연기를 내뿜었다. 「그렇다고 앞으로 망하지 말란 법은 없어.」그는 시가로 매드빅을 가리켰다. 「테일러 헨리 사건이 당장 해결되지 않으면 형은 선거 걱정 따윈 하지 않아도 될 거야. 누가 당선되든 형은 침몰할 테니까.」

매드빅의 푸른 눈동자가 흐릿해졌다. 표정과 목소리에는 아무 변화가 없었다. 「네드, 도대체 그게 무슨 소리야?」

「이곳 사람들 모두 형이 죽었다고 생각해.」

매드빅은 생각에 잠긴 듯 한 손을 턱에 갖다 대고 문질렀다. 「그런 걱정 따윈 하지 마. 예전에도 그런 구설수에 오른 적이 있으니까.」

네드 보몬트는 미적지근한 웃음을 띠고는 존경스럽다는 듯 물었다. 「형이 겪어 보지 않은 일이 있기나 해? 혹시 전기의자에도 앉아 본 거야?」

금발의 매드빅이 웃음을 터뜨렸다. 「아니, 그런 일은 절대 없을 거다.」

「이제 곧 닥칠지도 몰라.」네드 보몬트는 나지막이 말했다.

매드빅은 다시 웃음을 터뜨리며 콧방귀를 뀌었다. 「말도 안 돼.」

네드 보몬트는 어깨를 으쓱하며 물었다. 「바쁘지 않아? 내가 괜한 헛소리로 시간 빼앗는 거 아니야?」

「네 말 듣고 있어. 네 말 들어서 손해 본 적 없으니까.」 매드빅이 차분하게 말했다.

「고마워서 눈물이 날 지경이군. 머클로플린이 꿈틀거리는 이유가 뭐라고 생각해?」

매드빅은 아무 대꾸 없이 고개를 가로저었다.

「그놈은 형이 끝장났다고 판단한 거야. 경찰이 테일러 헨리 사건의 범인을 애써 찾지 않았다는 건 누구나 아는 사실이고, 모두들 형이 죽였기 때문이라고 생각해. 머클로플린은 그걸로 형이 이번 선거에서 질 거라고 판단한 거고.」

「그래? 나보다 섀드가 이곳을 굴리는 게 더 낫다고 생각하는 건가? 살인 혐의를 받는다는 이유로 내가 미는 후보자가 섀드 후보자보다 못하다고 여기는 거야?」

네드 보몬트는 매드빅을 노려보았다. 「지금 착각하는 거야, 아니면 날 놀리는 거야? 섀드의 평판이 도대체 무슨 상관이야? 그는 후보자 뒤에 숨어 있을 뿐 앞에 나서지 않았어. 형은 앞에 나섰고. 살인 사건에 제대로 대처하지 않은 책임을 져야 하는 건 형이 미는 후보자야.」

매드빅은 다시 손을 턱에 갖다 대고는 팔꿈치를 책상에 괴었다. 혈색 좋은 미남형 얼굴엔 주름이 거의 없었다. 「네드, 사람들이 뭐라 떠드는지 이미 충분히 얘기한 것 같구나. 이제 네가 어떻게 생각하는지 들어 보자. 너도 내가 끝장났다고 생각해?」

「그럴지도.」 네드 보몬트는 확신에 차 나지막이 말했다. 「가만히 있다가는 분명히 그렇게 될 거야. 하지만 형이 미는 후보자는 선거에서 이길 거야.」

「무슨 말인지 자세히 설명해 봐.」

네드 보몬트는 상체를 숙이고 책상 옆에 놓인 재떨이에 시가 재를 조심스럽게 털고는 무심하게 말했다.「형을 배신할 거야.」

「배신한다고?」

「왜 안 그러겠어? 형은 새드가 밑바닥 놈들을 뒤편에서 빼내 가도록 내버려 뒀잖아. 존경할 만한 사람들과 더 괜찮은 사람들에 의지해서 선거에서 이기려 하고 있고. 사람들이 형을 점점 더 의심하고 있어. 형이 미는 후보들은 그럴듯한 연기를 하고 나서 형을 살인죄로 체포할 거야. 존경스러운 시민들은 법을 어기면 자신들이 보스로 인정하는 사람마저 감방에 보낼 만큼 용감한 공직자들을 보면서 기뻐하며 앞다퉈 투표소로 달려가겠지. 그 영웅들에게 표를 던져 4년 동안 이곳 행정을 맡길 거야. 밑에서 일하는 똘마니들을 탓할 수도 없어. 그자들은 그렇게 하면 자기 자리를 지킬 거고 아니면 일자리를 잃게 된다는 걸 알고 있으니까.」

매드빅은 턱을 만지던 손을 내렸다.「밑에서 일하는 친구들이 충성할 거라 믿지 않는구나, 그렇지?」

네드 보몬트는 씩 웃었다.「형이 그들을 믿는 만큼만 믿지.」그의 얼굴에서 웃음기가 사라졌다.「단지 추측하는 게 아니야. 오늘 오후에 파 검사한테 갔었어. 문을 부수고 안으로 들어가야 했어. 날 피하려 했거든. 살인 사건 수사도 하지 않는 척했고, 알아낸 걸 숨기려 했어. 마지막엔 아예 입을 다물어 버렸고.」 네드 보몬트는 못마땅한 듯 입술을 오므렸다. 「파 검사는 예전에 죽으라면 죽는 시늉도 했던 자야.」

「음, 파 검사만 그런 거잖아.」

매드빅이 말하려 하자 네드 보몬트가 일축했다. 「그게 아니라 이제 시작인 거야. 러틀리지나 브로디 혹은 심지어 레이니도 형을 공격할 수 있지만, 파가 움직인다는 건 다른 사람들도 자기편이라는 걸 안다는 신호야. 내 말을 믿든 말든 그건 형 자유지만.」 네드 보몬트는 무신경한 매드빅의 표정을 보며 얼굴을 찌푸렸다.

매드빅은 턱을 만지작거리던 손을 무심하게 내저었다. 「안 믿으면 그렇다고 말할 거야. 검사 사무실엔 어쩌다 들른 거야?」

「오늘 해리 슬로스한테 전화가 왔어. 그자와 벤 페리스가 사건 당일에 형이 테일러와 차이나가에서 다투는 걸 봤대. 아무튼 그렇게 주장하고 있어.」 네드 보몬트는 별다른 표정 없이 매드빅을 쳐다보았고, 목소리는 사무적이었다. 「벤은 파 검사에게 그렇게 말했고, 해리는 입을 다무는 조건으로 돈을 원하고. 클럽 멤버들 가운데 눈치챈 사람들이 두어 명 있어. 요즘 보니 파가 겁을 집어 먹고 있는 것 같아서 확인차 들렀지.」

매드빅이 고개를 끄덕이며 물었다. 「그자가 정말 날 배신할까?」

「응.」

매드빅은 자리에서 일어나 창가로 갔다. 그가 바지 주머니에 손을 찔러 넣은 채 창밖을 내다보는 동안, 네드 보몬트는 책상에 걸터앉아 시가를 피우며 매드빅의 널찍한 등을 쳐다보았다. 3분쯤 지났을 즈음, 매드빅이 고개를 돌리지 않은 채 여전히 창밖을 내다보며 물었다. 「해리에겐 뭐라고 했어?」

「우선 시간 끌어 놨어.」

매드빅은 창가에서 책상으로 되돌아왔지만 의자에 앉지는 않았다. 얼굴빛이 좀 더 붉어졌을 뿐 다른 표정 변화는 없었고 목소리도 차분했다. 「우린 어떻게 해야 할까?」

「해리 슬로스 놈? 아무것도 할 것 없어. 다른 한 놈이 벌써 파 검사를 찾아갔으니, 슬로스가 어떻게 하든 달라질 건 없어.」

「아니, 그것 말고 이 모든 일.」

네드 보몬트는 시가를 재떨이에 넣었다. 「이미 말했잖아. 테일러 헨리 사건을 당장 해결하지 않으면 형은 끝장날 거야. 그게 전부야. 그게 바로 유일하게 해결해야 할 일이야.」

매드빅은 더 이상 네드 보몬트를 쳐다보지 않고서 텅 빈 벽을 우두커니 바라보았다. 두툼한 입술은 꼭 다물었고 관자놀이에 땀이 맺혀 있었다. 목소리는 가슴 깊은 곳에서 우러나오는 듯 묵직했다. 「그건 안 돼. 다른 방도를 생각해 봐.」

네드 보몬트는 숨을 거칠게 내쉬었고 눈빛은 더 짙어졌다. 「다른 방법은 없어. 다른 방법을 쓰면 결국 섀드나 파 검사에게 걸려들 거고, 저들이 형을 끝장낼 거야.」

매드빅은 다소 쉰 목소리로 말했다. 「네드, 분명히 탈출구가 있을 거다. 생각해 봐.」

네드 보몬트는 책상에서 내려와 매드빅에게 가까이 다가 갔다. 「없다니까. 그 방법뿐이야. 좋든 싫든 그렇게 해야 돼. 형이 싫으면 내가 하고.」

매드빅은 고개를 힘껏 가로저었다. 「아니, 그건 안 돼.」

네드 보몬트가 말했다. 「아무리 형이라도 그 말은 듣지 않 을 거야.」

그러자 매드빅은 네드 보몬트의 눈을 응시하고는 갈라지 는 목소리로 속삭였다. 「내가 죽였어, 네드.」

네드 보몬트는 숨을 깊이 내쉬었다가 들이마셨다.

매드빅은 네드 보몬트의 어깨에 손을 얹고는 거칠고 희미 한 음성으로 말했다.

「사고였어. 내가 집을 나오자 그가 뒤따라왔어. 나오는 길 에 지팡이까지 챙기고서. 그렇잖아도 우리 둘 사이에 문제가 있었는데, 그가 뒤쫓아 와서는 지팡이로 날 내리치려고 했어. 그 다음에 어떻게 했는지 잘 모르겠지만, 그에게서 지팡이를 빼앗아 머리를 내리쳤어. 힘껏 내리치진 않았어. 그랬을 리 가 없지. 하지만 그가 뒤로 넘어지면서 머리가 보도에 부딪 쳐 버렸어.」

네드 보몬트는 고개를 끄덕였다. 매드빅의 말을 온전히 집 중해서 듣는 것 말고는 달리 표정을 읽을 수 없었다. 그는 표 정에 걸맞은 사무적인 목소리로 물었다. 「지팡이는 어떻게 했어?」

「외투에 숨겨 와서 태워 버렸어. 그가 죽었다는 걸 알게 된 후 클럽으로 가는 길에 보니 지팡이가 내 손에 있었고, 곧장 외투에 숨기고 그 이후에 태워 버렸어.」

「어떤 지팡이였어?」

「거친 갈색 지팡이였고 꽤 묵직했어.」

「그럼 모자는?」

「모르겠어. 벗겨졌는데 누군가 집어 간 것 같아.」

「쓰고는 있었어?」

「응, 물론이지.」

네드 보몬트는 엄지손톱으로 콧수염을 매만졌다. 「슬로스와 페리스가 타고 있던 차가 지나갔던 거 기억해?」

매드빅은 고개를 가로저었다. 「아니. 그들이 지나갔을지도 모르지만.」

네드 보몬트는 금발의 매드빅을 보며 얼굴을 찌푸렸다. 「지팡이를 가져가 태워 버리고서 여태 한마디 말도 없었던 거야? 그건 명백한 정당방위 사유잖아.」

「알아, 하지만 그건 내가 원하던 게 아니었어. 지금껏 살아오면서 재닛 헨리만큼 내가 간절하게 원한 것이 없는데, 사고였다 한들 무슨 가망성이 있겠어?」 네드 보몬트는 매드빅 면전에 대고 웃었다. 씁쓸하고 나지막한 웃음이었다. 「지금보다는 가망성이 더 높았겠지.」

매드빅은 그를 멍하니 쳐다볼 뿐 아무 대꾸도 하지 못했다.

네드 보몬트가 말했다. 「재닛은 형이 자기 오빠를 죽였을 거라고 예전부터 생각하고 있어. 형을 미워하고. 형을 전기의자에 앉히려고 계략도 꾸몄어. 관심 가질지도 모르는 사람들에게 익명의 편지를 보내 의구심을 불러일으킨 것도 그녀야. 오팔이 형을 등진 것도 그녀 때문이고. 오늘 오전에 나를 찾아와 나마저 형을 등지게 하려고 했었어. 그 여자는—」

「이제 그만해.」매드빅이 말했다. 상체를 꼿꼿이 세우자 키가 더 커 보였고, 푸른 눈동자는 차가워 보였다. 「네드, 왜 그러는 거야? 혹시 너도 그녀를 원하는 거냐, 아니면—」그는 경멸에 차 말을 멈추었다. 「그렇다고 달라지는 건 없어.」그는 엄지로 무심히 문을 가리켰다. 「나가, 너랑 이제 끝이다.」

네드 보몬트가 응수했다. 「말은 다하고 나갈게.」

「나가라면 나가. 무슨 말을 해도 안 믿어. 지금까지 한 말도 마찬가지고, 앞으로도 그럴 거고.」

「그럼 그렇게 해.」네드 보몬트는 그렇게 말하고는 외투와 모자를 집어 방을 나갔다.

# 2

네드 보몬트는 집으로 갔다. 핏기 없는 얼굴은 음울했다. 그는 붉은 플러시 천을 댄 널찍한 의자에 앉았고, 바로 옆 테이블에 버번위스키와 잔이 놓여 있었지만 마시지는 않았다. 그리고 검정 신발을 신은 발을 우울한 표정으로 내려다보며 손톱을 물어뜯었다. 전화벨이 울렸지만 받지 않았다. 방 안에 석양이 물들며 서서히 저녁이 찾아왔다. 방이 어둑해지자 그는 자리에서 일어나 전화기가 놓인 곳으로 가서 전화를 걸었다.

「여보세요? 재닛 헨리 양 연결해 주세요.」 기다리는 잠시 동안 그는 음정도 맞지 않는 휘파람을 나직이 불었다. 「여보세요? 헨리 양? ……네. ……폴에게 모두 얘기하고 왔습니다. 당신에 관해서도. ……맞아요, 당신 말이 옳았어요. 그는 당신이 예상한 대로 했어요…….」 그는 잠시 말을 멈추고 힘없이 웃었다. 「당신이 예상한 대로였어요. 나를 거짓말쟁이라 부르고, 내 말을 듣지 않으려 하고, 날 내쫓더군요. ……아니, 괜찮아요. 어차피 일어날 일이었으니까. ……아니, 정말 괜찮아요. ……아마 앞으로도 그렇겠죠. 한번 내뱉은 말을 주워 담을 순 없는 법이니까…… 네, 저녁 시간 괜찮아요. 음, 괜찮아요. ……알았어요, 그럼.」

네드 보몬트는 위스키를 잔에 따라 마셨다. 그러고 나서 침실에 들어가 알람을 8시에 맞추고 옷을 입은 채 침대에 누웠다. 그는 잠시 동안 천장을 올려다보았다. 그러다 잠이 들어 불규칙하게 숨을 쉬다가 알람 소리에 잠에서 깼다.

느릿느릿 침대에서 몸을 일으킨 그는 불을 켜고 욕실로 들어가 세수를 하고 새 셔츠로 갈아입고는 거실 벽난로에 불을 피웠다. 그리고 재닛 헨리가 도착할 때까지 신문을 읽었다.

재닛 헨리는 흥분한 상태였다. 자기가 찾아왔다는 걸 폴에게 알리면 어떻게 될지 예견한 것도 아니며 그렇게 믿은 것도 아니라며 말을 꺼냈지만, 눈빛은 의기양양하게 빛났다. 유감스럽다고 말하면서도 입가가 살짝 올라가며 웃음을 감추지 못했다.

네드 보몬트가 말했다. 「괜찮아요. 결과가 어떨지 알았다

해도 그렇게 했을 테니까. 마음 깊숙한 곳에서는 알고 있었던 것 같고요. 당신이 그렇게 될 거라고 말했다 해도, 난 그걸 도전으로 받아들이고 덤벼들었을 거고요.」

그녀가 두 손을 내밀며 말했다. 「기뻐요. 아닌 척하지 않을게요.」

「유감스럽게 됐지만,」 그는 그녀의 손을 맞잡으며 말했다. 「결과를 알았다 해도 한 발짝도 피하려 하지 않았을 겁니다.」

그녀가 말했다. 「이제 내 말이 옳다는 걸 알겠군요. 테일러 오빠를 죽인 건 바로 그예요.」

네드 보몬트는 고개를 끄덕였다. 「그도 그렇다고 했어요.」

「이제 날 도와줄 건가요?」 그녀는 그의 두 손을 꼭 잡으며 가까이 다가왔다.

그는 머뭇거렸고, 열의에 찬 그녀의 얼굴을 쳐다보며 얼굴을 찌푸렸다. 「정당방위 혹은 사고로 그렇게 된 거예요. 그럴 순 없—」

「살인이었다고요!」 그녀는 그의 말을 자르며 소리쳤고, 애타게 고개를 가로저었다. 「물론 그는 정당방위라고 우기겠죠. 설령 정당방위나 사고였다 해도, 다른 사람들처럼 법원에 가서 입증해야 해요!」

「너무 오랫동안 시간을 끌었어요. 이번 달 내내 입을 다물고 있었던 게 불리하게 작용할 거고요.」

「그게 누구 잘못이죠? 그리고 정당방위였는데 그렇게 오랫동안 함구하고 있을 거라 생각해요?」

그녀가 되묻자 네드 보몬트는 천천히 고개를 끄덕였다.

「당신 때문이었어요. 그는 당신을 사랑해요. 당신 오빠를 죽였다는 걸 당신이 모르길 바랐던 겁니다.」

「하지만 난 안다고요!」그녀는 날카롭게 소리쳤다. 「이제 모두들 알게 될 거고요.」

네드 보몬트는 어깨를 약간 으쓱했고 표정은 침울했다.

「날 도와주지 않을 건가요?」그녀가 물었다.

「네.」

「왜요? 그와 싸웠잖아요.」

「난 폴의 말을 믿어요. 그런 설명으로 재판에서 벗어나기엔 이미 너무 늦었다는 것도 알아요. 폴과는 끝난 사이지만, 그에게 그럴 순 없어요. 폴을 그냥 내버려 둬요.」그는 입술을 지그시 깨물었다. 「당신이나 내가 나서지 않아도 다른 사람들이 알아서 할 것 같으니.」

「안 돼요. 그냥 두지 않을 거고, 반드시 대가를 치르게 할 거예요.」그녀는 호흡을 가다듬었고 눈빛은 어두워졌다. 「그가 당신에게 거짓말했다는 증거를 찾아봐도 괜찮을 만큼 그를 믿나요?」

「그게 무슨 말이죠?」그가 조심스럽게 물었다.

「그가 거짓말을 하는지 아닌지 알려 줄 증거를 찾도록 날 도와주겠어요? 우리가 찾을 수 있는 확증이 어딘가에 분명히 있을 거예요. 당신이 그를 진정으로 믿는다면, 내가 증거를 찾도록 도와주는 걸 두려워하지 않겠죠.」

네드 보몬트는 잠시 그녀의 얼굴을 자세히 살피고 물었다. 「내가 도와서 확증을 찾아낸다면, 어떤 결과가 드러난다 해도 받아들이겠다고 약속할 수 있어요?」

「네, 당신도 그렇다면요.」그녀는 흔쾌히 대답했다.

「그리고 우리가 확증을 찾아낼 때까지, 우리가 알아낸 걸 그에게 불리한 증거로 이용하지 않겠다고 약속할 수 있습니까?」

「네.」

「그럼 서로 합의한 겁니다.」그가 말했다.

그녀는 기쁨에 겨워 흐느껴 울었다.

「앉아요.」그의 야윈 얼굴은 굳어 있었고, 목소리는 무뚝뚝했다. 「계획을 세워야 해요. 그가 나와 다투고 나서 당신에게 연락했나요?」

「아뇨.」

「그렇다면 그가 당신을 어떻게 생각하는지 확실히 알 수 없어요. 그가 내 말이 옳다고 마음을 바꿨을 수도 있으니까요. 그렇다고 나와의 관계가 달라지지는 않을 거예요. 우린 끝났어요. 하지만 되도록 빨리 알아내야 합니다.」그는 그녀의 발을 빤히 내려다보고는 엄지손톱으로 콧수염을 만지작거렸다. 「당신은 폴이 올 때까지 기다려야 해요. 먼저 전화해서는 안 돼요. 당신을 향한 마음이 흔들리면 다른 생각을 할 수도 있으니까. 당신은 그의 마음을 얼마나 확신하죠?」

테이블 옆 의자에 앉아 있던 그녀는 약간 당혹스러워하며 웃음을 터뜨렸다. 「여자가 남자에 관해 확신할 수 있는 만큼. 음, 이상하게 들리겠지만…… 아무튼 그래요, 보몬트 씨.」

그는 고개를 끄덕였다. 「그럼 아마 괜찮겠지만, 내일까진 확실히 알아야 해요. 그의 마음을 떠본 적 있나요?」

「아니, 아직요. 기다리고 있었을 뿐—」

「그럼 그건 당분간 제쳐 두기로 하죠. 아무리 확신한다 해도 이젠 조심해야 할 겁니다. 알아낸 사실 가운데 나한테 얘기하지 않은 거 있나요?」

「없어요.」 그녀는 고개를 가로저었다. 「어떻게 해야 할지도 몰랐는걸요. 그래서 당신에게 도움을 요청했던—」

그는 다시 그녀의 말을 자르며 끼어들었다. 「사립 탐정을 고용할 생각은 하지 않았나요?」

「생각은 했지만 두려웠어요. 폴의 귀에 들어갈지도 모른다는 생각에. 누굴 찾아가야 할지, 누굴 믿어야 할지 몰랐어요.」

네드 보몬트는 짙은 머리칼을 손으로 쓸어 넘겼다. 「나한테 믿을 만한 사람이 있어요. 당신이 알아내야 할 게 두 가지 있어요. 첫 번째, 당신 오빠 모자 가운데 없어진 게 있나요? 폴은 당신 오빠가 모자를 쓰고 있었다고 말했는데, 내가 발견했을 땐 모자가 없었거든요. 모자가 몇 개 있었는지, 모두 그대로 있는지 확인해 줘요. 내가 빌려온 것은 빼고요.」

그는 희미하게 웃어 보였지만, 그녀는 신경 쓰지 않았다. 그녀는 고개를 가로젓고 의기소침하게 양손을 조금 들어올렸다. 「그건 안 돼요. 얼마 전 오빠의 유품을 모두 정리한 데다, 오빠 물건을 정확히 알고 있는 사람도 없을 거예요.」

네드 보몬트는 어깨를 으쓱했다. 「그걸로 뭔가를 알아낼 수 있을 거라 생각하진 않았어요. 그리고 두 번째는 지팡이예요. 오빠 것이든 아버지 것이든 없어진 지팡이 있나요? 거칠고 묵직한 갈색 지팡이면 더 확실하고요.」

「아버지 것일 텐데 집에 있을 거예요.」 그녀는 흥분한 기색으로 말했다.

「확인해 봐요.」 그는 엄지손톱을 물어뜯었다. 「오늘 내일이면 충분하겠군요. 그리고 당신이 폴을 어떻게 생각하는지도 찬찬히 생각해 봐요.」

「그런데 지팡이는 왜 물어보는 거죠?」 흥분한 그녀가 자리에서 일어나 물었다.

「폴 말로는 당신 오빠가 지팡이로 공격하려 했고, 그걸 빼앗아 내리쳤다고 했어요. 그리고 그걸 가져와 불태워 버렸다고 했고요.」

「아버지 지팡이라면 모두 집에 있을 거예요.」

그녀가 소리쳤다. 얼굴은 핏기 없이 창백했고, 놀라서 눈을 동그랗게 떴다.

「오빠에겐 지팡이가 없었나요?」

「손잡이가 은색인 검정 지팡이뿐이었어요. 지팡이가 모두 집에 있다면 ─」

그녀는 한 손을 그의 손목에 갖다 댔다.

「그렇다면 뭔가 실마리가 되겠군요. 속이는 거 없는 거죠?」 그는 그녀의 손에 손을 포개면서 경고하듯 말했다.

「그럼요. 당신이 도와줘서 얼마나 기쁜지, 얼마나 간절히 당신의 도움을 원했는지 몰라요. 날 믿어도 돼요.」

「나도 그러길 바라요.」 그는 그렇게 말하고는 그녀에게서 손을 뗐다.

# 3

혼자 방 안을 서성이는 네드 보몬트의 야윈 얼굴에서 오로지 눈빛만이 밝게 빛났다. 손목시계를 확인하자 9시 40분이었다. 외투를 입고 머제스틱 호텔에 도착하자, 해리 슬로스는 이미 체크아웃했다고 했다. 호텔을 나와 택시를 잡아탄 그는 웨스트 로드 여관으로 가달라고 했다.

네모난 흰색 건물인 웨스트 로드 여관은 밤이 되자 회색으로 보였다. 시 경계선에서 3마일쯤 떨어진 지점에, 큰길에서 벗어나 숲속에 위치해 있었다. 1층에 불이 환하게 켜져 있었고, 열 대가 넘는 차가 건물 앞에 주차되어 있었다. 다른 차들은 왼쪽에 길게 드리운 그늘 아래 서 있었다.

네드 보몬트는 문지기와 잘 아는 사이인 듯 편하게 인사하고는 널찍한 식당 안으로 들어갔다. 남자 셋이 요란하게 연주하고 있었고, 열 명 남짓이 음악에 맞춰 춤을 추고 있었다. 테이블 사이의 통로를 지난 그는 무도회장을 빙 돌아 식당 한쪽을 차지하고 있는 바로 갔다. 바에는 그 이외에 아무도 없었다.

코에 모공이 잔뜩 있는 뚱뚱한 체격의 바텐더가 그를 맞아주었다. 「어서 와, 네드. 오랜만에 왔군.」

「어이, 지미. 얌전하게 지내느라 그랬지. 맨해튼 한 잔.」

바텐더가 칵테일을 만들기 시작했다. 연주가 끝나자, 어떤 여자가 날카로운 목소리로 외치는 소리가 들렸다. 「보몬트 저 놈이랑 같은 곳엔 있을 수 없어!」

네드 보몬트는 몸을 돌려 바에 몸을 기대었고, 바텐더는 셰이커를 흔들다 말고 멈추었다.

리 윌셔가 무도회장 한가운데에 서서 네드 보몬트를 노려보고 있었다. 꽉 끼는 파란 셔츠를 입은 거구의 남자의 팔뚝에 한 손을 얹은 채였다. 남자 역시 네드 보몬트를 멍하니 쳐다보고 있었다. 「나쁜 놈! 저놈을 내쫓지 않으면 내가 나갈 거야!」

모두들 말없이 상황을 주시하고 있었다.

남자의 얼굴이 벌개졌다. 네드 보몬트를 쏘아보려다 보니 더 당혹스러운 것 같기도 했다.

그녀가 말했다. 「당신들이 하지 않으면 내가 가서 뺨을 후려쳐 주지.」

그러자 네드 보몬트가 씩 웃었다. 「리, 버니 나오고 나서 만나긴 했어?」

리가 욕설을 퍼부으며 화가 나 앞으로 나서려 하자, 덩치 큰 남자가 손을 뻗어 그녀를 잡았다. 「저놈은 나한테 맡겨.」 남자는 외투 깃을 매만지고 외투 앞쪽을 잡아당기고는 무도장에서 성큼성큼 걸어 네드 보몬트에게로 갔다. 「네가 뭔데? 네가 뭔데 숙녀한테 그런 말을 지껄이는 거야?」

침착하게 남자를 응시하던 네드 보몬트는 오른손을 옆으로 뻗어 바에 내려놓으며 지미에게 말했다. 「저놈 때릴 것 좀 줘. 주먹질은 하고 싶지 않거든.」

바텐더 한 명이 재빨리 바 아래로 손을 숨기더니, 작은 몽둥이를 찾아 네드 보몬트에게 건네주며 말했다. 「저 여잔 이

240

름이 여럿이야. 지난번에 함께 있던 자는 멍청한 계집애라고
불렀고.」

남자는 몸을 똑바로 세우고 주변을 두리번거렸다. 「네놈 기
억해 두지. 언젠가 단둘이 보자고.」 그는 갑자기 돌아서며 리
월셔에게 말했다. 「자, 얼른 이 쓰레기 더미에서 나가자고.」

「넌 꺼져. 너랑 함께 가면 내가 머저리지.」 리 월셔가 악의
에 차 말했다. 「너한테 질렸어.」

그러자 이빨에 금니를 전부 해 넣은 거구의 남자가 그들에
게 다가와 말했다. 「그래, 너희 둘 다 꺼져.」

네드 보몬트가 웃음을 터뜨리며 말했다. 「코키, 아가씨는
내 일행이야.」

「그렇군. 그럼 너만 꺼져.」

거구의 남자가 리와 함께 있던 남자에게 말했다.

그는 밖으로 나갔다.

리 월셔는 자기 자리로 돌아가 양 주먹을 뺨에 대고 테이
블보를 내려다보았다.

그녀와 마주 보고 앉아 있던 네드 보몬트가 웨이터에게 말
했다. 「지미가 만든 맨해튼 갖다 줘. 먹을 것도. 리, 뭐 좀 먹
었어?」

그녀는 여전히 고개를 숙인 채 말했다. 「실버 피즈 줘요.」

네드 보몬트가 말했다. 「음, 난 버섯을 곁들인 얇은 스테이
크. 통조림 채소 말고 다른 거 있으면 함께 주고, 로크포르 드
레싱을 얹은 양상추와 토마토, 그리고 커피.」

웨이터가 떠나자 리가 씁쓸하게 말했다. 「남자들 다 소용

없어. 덩치만 큰 머저리 같은 놈!」 그녀는 흐느껴 울기 시작
했다.

「남자를 잘못 고른 것일지도.」 네드 보몬트가 말했다.

「어련하겠어. 나한테 그런 속임수를 써놓고는.」 그녀는 화
난 표정으로 그를 올려다보며 말했다.

「난 속임수 쓴 적 없어.」 그가 반박했다. 「버니가 네 보석을
팔아 내 돈을 갚은 게 내 잘못은 아니잖아?」

다시 음악을 연주하는 소리가 들리기 시작했다.

「남자 잘못이었던 적이 있기나 하겠어? 자, 춤이나 추지
그래?」

「음, 그러든지.」 네드 보몬트는 내키지 않는 듯 말했다.

춤을 추고 나서 테이블로 돌아오자 그들이 주문한 맨해튼
과 실버 피즈가 와 있었다.

「버니는 요즘 뭐해?」 네드 버몬트가 물었고, 두 사람은 칵
테일을 마셨다.

「몰라. 나온 후로 본 적도 없고 그러고 싶지도 않아. 그놈
도 마찬가지야. 올해엔 괜찮은 놈이 한 놈도 없어. 그놈에다
가 테일러, 그리고 오늘 그 자식까지!」

「테일러라면, 테일러 헨리 말이야?」 네드 보몬트가 물었다.

「응, 하지만 별다른 사이는 아니었어. 버니와 살고 있던 때
여서.」 그녀는 재빨리 설명했다.

네드 보몬트는 칵테일 잔을 비우고 나서 말했다. 「그러니
까 당신은 그가 차터가에서 종종 만나던 여자들 가운데 한
명에 불과하단 말이로군.」

「응.」그녀는 경계하는 눈빛으로 그를 쳐다보았다.

「한 잔 더 마셔야겠는걸.」

네드 보몬트가 웨이터를 불러 술을 주문하는 동안 그녀는 얼굴에 분을 발랐다.


# 4


네드 보몬트는 초인종 소리에 잠에서 깼다. 졸린 채 침대에서 나와 잔기침을 하며 실내 가운을 걸쳐 입고 슬리퍼를 신었다. 알람 시계를 보니 9시가 조금 지난 시각이었다.

문을 열자 재닛 헨리가 미안하다고 양해를 구하며 들어왔다. 「이른 시간인 건 잘 알지만, 잠시도 기다릴 수 없었어요. 어젯밤 당신한테 계속 전화했는데 연결이 되지 않아 한숨도 못 잤어요. 아버지 지팡이는 모두 그대로 있어요. 폴이 거짓말한 거라고요.」

「거칠고 묵직한 갈색 지팡이도 있었어요?」

「네, 소브리지 소령이 스코틀랜드에서 가져온 거예요. 사용한 적은 한 번도 없지만 그대로 있었어요.」

그녀는 의기양양하게 네드 보몬트를 보며 웃었고, 그는 졸린 눈을 껌뻑이며 헝클어진 머리를 쓸어 넘겼다.

「그렇다면 그가 거짓말을 한 게 분명하군요.」

「그리고 어젯밤 집에 가보니 그가 와 있었어요.」그녀는 들뜬 모습이었다.

「폴이?」

「네, 그가 청혼했어요.」

네드 보몬트의 눈에서 졸음이 금방 가셨다.

「폴이 나랑 싸운 얘기 하던가요?」

「전혀요.」

「당신은 뭐라고 했어요?」

「오빠가 죽은 지 얼마 되지 않아 약혼하기에도 이르다고 했어요. 하지만 나중에 하지 않겠다는 말은 하지 않았으니 서로 뜻을 받아들인 셈이죠.」

네드 보몬트는 의아한 표정으로 그녀를 쳐다보았다.

그녀의 얼굴에 들뜬 표정은 이내 사라지고 없었다. 그녀는 그의 팔에 손을 올렸고, 목소리도 약간 갈라졌다. 「내가 냉혈한이라고 생각하지는 말아 줘요. 하지만 난…… 난 우리가 계획한 일을 간절히 원하고 있고, 다른 모든 건 내게 전혀 중요하지 않아요.」

네드 보몬트는 입술을 적시고는 진지하고 부드러운 어투로 말했다. 「당신이 그를 미워하는 만큼이나 그를 사랑했다면, 그는 지금 어떤 처지일까요?」

그녀는 발을 구르며 소리쳤다. 「그런 말 말아요! 그런 얘기라면 다시는 하지 말아요!」

그녀는 짜증을 내며 이마를 찌푸리고 입술을 꼭 다물었다.

그녀가 뉘우치듯 말했다. 「제발 부탁이에요. 도저히 견딜 수가 없어서 그래요.」

「미안해요.」 그가 말했다. 「아침은 먹었나요?」

「아니요. 당신에게 소식을 전해야 한다는 생각에 정신이 팔려서.」

「그럼 함께 식사하죠. 뭐 먹고 싶어요?」

네드 보몬트는 전화로 아침 식사를 주문하고 욕실로 가서 양치와 세수를 하고 머리를 빗었다. 거실로 돌아오자, 그녀는 모자와 외투를 벗은 채 벽난로 옆에 서서 담배를 피우고 있었다. 그녀가 무언가 말하려는 순간, 전화벨이 울렸다. 그는 전화기로 가서 수화기를 집어 들었다. 「여보세요. ……응, 해리, 들렀는데 없더군. ……물어볼 게 있었거든. 그날 밤 폴과 함께 있었던 녀석 말이야. 그자가 모자를 쓰고 있었어? ……썼다고? 확실해? ……그리고 손에 지팡이를 들고 있었어? ……알았어. ……아니, 그 얘긴 폴에게 해봤지만 잘 안 됐어. 네가 직접 하는 게 좋을 거야……. 응…… 그럼.」

네드 보몬트가 전화를 끊고 자리에서 일어서자, 재닛 헨리는 물어보는 듯한 눈빛으로 그를 쳐다보았다.

그가 말했다. 「그날 밤 폴이 당신 오빠와 함께 있는 걸 봤다고 주장하는 두 친구 중 한 명이에요. 모자는 봤지만 지팡이는 못 봤대요. 하지만 어두운 밤이었고 둘은 차를 타고 지나가는 중이었으니, 정확히 보지는 못했을 거예요.」

「그런데 모자에 왜 그렇게 관심을 가져요? 그렇게 중요한 거예요?」

네드 보몬트는 어깨를 으쓱했다. 「글쎄요. 난 아마추어 탐정에 불과하지만, 어떤 식으로든 의미 있을 것 같긴 해요.」

「어제 이후로 새로 알아낸 거라도 있어요?」

「어제 저녁엔 테일러가 데리고 놀던 아가씨에게 술을 사줬는데, 뭔가 알아낸 건 없어요.」

「내가 아는 사람인가요?」 그녀가 물었다.

그는 고개를 가로젓고는 날카롭게 노려보았다. 「혹시 오팔일 거라 생각한다면 그건 절대 아닙니다.」

「오팔에게서 뭔가 알아낼 수 있지 않을까요?」

「아니요. 오팔은 자기 아버지가 테일러를 죽였다고 생각하지만, 그게 자기 때문이라 여기거든요. 오팔이 돌아선 건 자기가 알고 있던 것 때문이 아니라 — 그러니까 내적인 요소 때문이 아니라 — 당신이 쓴 편지와 『업저버』 기사 때문인 거죠.」

재닛 헨리는 고개를 끄덕였지만 확실히 납득한 것 같지는 않았다.

아침 식사가 왔다.

아침을 먹고 있는데 전화벨이 울렸고, 네드 보몬트는 전화기로 가서 수화기를 집어 들었다. 「여보세요? ……네, 어머니. ……뭐라고요?」 그는 얼굴을 찌푸린 채 잠시 귀 기울여 듣다가 말했다. 「가만히 내버려 두는 것 말고는 달리 방도가 없을 거예요. 큰일이 나지도 않을 거고요. ……그가 어디 있는지는 나도 몰라요. ……내가 찾아볼 수도 없을 것 같고요. ……어머니, 걱정 말아요. 괜찮을 거예요. ……네, 그럼요. ……끊어요.」 그는 웃으며 테이블로 돌아와 앉아 말을 이었다. 「파 검사도 당신과 똑같은 생각을 했군요. 폴의 어머니한테 온 전화인데, 지방 검사 사무실에서 오팔을 조사하러 나왔다는군요.」 네드 보몬트의 눈빛이 밝게 빛났다. 「오팔은 전혀 도움이 안 되겠지만, 수사망이 폴을 향할 거예요.」

「왜 전화하신 거예요?」 재닛 헨리가 물었다.

「폴이 나갔는데 어디로 갔는지 모르시겠다면서요.」

「당신이 폴과 다툰 걸 모르시나 봐요?」

「전혀요.」 그는 포크를 내려놓고서 그녀에게 물었다. 「정말 끝까지 가볼 생각이에요?」

「지금껏 이렇게 간절하게 원한 게 없을 정도로.」

네드 보몬트는 씁쓸하게 웃었다. 「폴이 당신을 얼마나 사랑하는지 말할 때 거의 똑같은 표현을 했어요.」

그녀는 소름이 끼쳤고, 얼굴은 돌처럼 굳었다. 그리고 차가운 눈빛으로 그를 쳐다보았다.

그가 말했다. 「난 당신을 잘 모르고, 당신에게 확신을 가질 수도 없어요. 유쾌하지 않은 꿈도 꿨고.」

그의 말에 그녀는 다시 웃음 지었다. 「설마 꿈을 믿는 건 아니겠죠?」

그는 웃지 않았다. 「난 아무것도 믿지 않지만, 도박꾼 기질이 다분해 온갖 것에 영향받긴 하죠.」

그녀의 웃음에 조롱하는 듯한 기색이 옅어졌다. 「무슨 꿈을 꿨기에 날 믿지 못한다는 거죠? 당신이 먼저 말해 주면 나도 당신에 관한 꿈 얘기를 해줄게요.」 그녀는 진지한 표정으로 집게손가락을 들어 보였다.

「낚시를 하다가 거대한 물고기를 잡았어요. 무지개 송어였는데 크기가 엄청났어요. 그런데 당신이 보여 달라고 해서 넘겨줬더니, 당신을 말릴 틈도 없이 물속에 던져 버렸어요.」

그녀는 유쾌하게 웃어 젖혔다. 「그래서 어떻게 했어요?」

「그게 끝이었어요.」

「말도 안 돼.」 그녀가 말했다. 「난 당신이 잡은 송어를 던지지 않을 거예요. 이제 내 꿈 애길 해줄게요. 꿈속에서 난 ─」 그녀는 갑자기 놀란 눈을 동그랗게 뜨고 그에게 물었다. 「꿈을 꾼 게 언제였어요? 저녁 먹으러 온 날?」

「아니, 어젯밤에요.」

「아, 아쉽네요. 같은 날 밤 같은 시각에 꿈을 꿨다면 더 근사했을 텐데. 내 꿈은 당신이 왔던 날 밤에 꾼 거예요. 우리는…… 그러니까 꿈속에서 우리는 숲속에서 길을 잃어 지치고 굶주렸어요. 계속 걷다가 작은 오두막집에 이르러 문을 두드렸지만 아무 대답도 없었어요. 문을 열어 보았지만 잠겨 있었어요. 그러고 나서 창문 사이를 들여다보니 널찍한 테이블 위에 산해진미가 높게 쌓여 있었어요. 하지만 쇠창살이 있어 안으로 들어갈 수가 없었죠. 그래서 문으로 되돌아가서 계속 두드렸지만 여전히 대답이 없었어요. 그러다 사람들이 바닥 깔개 밑에 열쇠를 둔다는 생각이 문득 떠올라 확인해 보니, 거기 열쇠가 있는 거예요. 하지만 문을 여는 순간, 아까 창문 너머로는 보이지 않던 뱀 수백 마리가 우리를 향해 미끄러지며 다가오는 거예요. 우린 문을 쾅 닫고 죽을 것처럼 두려워 꼼짝도 못했고, 문 너머로 뱀이 쉬익 소리를 내며 머리를 문에 부딪는 소리가 났어요. 그때 당신은 문을 열고 몸을 숨기면 뱀들이 다른 데로 가버릴 거라고 했고, 우린 그렇

게 하기로 했어요. 당신은 내가 지붕에 올라가도록 도와주었
는데, 지붕이 그 전엔 어땠는지는 기억나지 않지만 그 순간
은 나지막했어요. 당신이 뒤따라 지붕 위로 올라왔고, 몸을
숙여 문을 열자 뱀들이 모두 미끄러져 나왔어요. 우리는 숨
죽인 채 지붕에 누워 기다렸어요. 뱀들이 모두 나와 숲속으
로 사라지자, 우리는 지붕에서 뛰어내려 집 안으로 들어가
문을 잠그고는 먹고 또 먹었어요. 나는 손뼉 치고 웃으며 좋
아했고, 그러다 잠에서 깼어요.」

「지어낸 얘기 같은데요.」 네드 보몬트가 잠시 뜸을 들이다
말했다.

「왜요?」

「악몽으로 시작했다가 딴판으로 끝난 것도 그렇고, 내가
꿨던 음식 꿈은 모두 음식을 입에 넣기 전에 깨버렸거든요.」

재닛 헨리가 소리 내어 웃었다. 「모두 지어낸 건 아니지만,
어느 부분이 사실인지는 물어보지 말아요. 나한테 거짓말한
다고 나무랐으니 이제 아무 얘기도 안 할 거니까.」

「아, 그러죠.」 그는 포크를 다시 집었지만 음식을 먹지는
않았다. 그러고는 그냥 생각난 것처럼 보이도록 무심하게 물
었다. 「당신 아버지가 뭔가 알지 않을까요? 우리가 알아낸 걸
말씀드리면 뭔가 알아낼 수 있지 않을까요?」

「네, 그럴 거예요.」 그녀가 말했다.

그는 생각에 잠긴 듯 그녀를 빤히 쳐다보았다. 「문제는 우
리가 준비되기도 전에 아버지가 폭발할지도 모른다는 거겠
죠. 성미가 급한 분이죠, 그렇죠?」

**249**

그녀는 마지못해 대답했다. 「네, 하지만…….」 그녀의 얼굴
이 간청하듯 환하게 밝아졌다. 「아버지께 왜 기다려야 하는
지 말씀드린다면…… 하지만 우린 이미 준비가 되지 않았
나요?」

그는 고개를 가로저었다. 「아뇨, 아직.」

그녀는 입을 비죽거렸다.

「내일이면 가능할지도.」 그가 말했다.

「정말요?」

「장담할 순 없지만 그럴 거예요.」

그녀는 테이블 맞은편으로 손을 뻗어 그의 손을 잡았다.
「준비되자마자 나한테 알려 주겠다고 약속해 줘요. 낮이든
밤이든 상관없이 곧바로.」

「약속할게요. 결말이 다가오는데 그다지 불안해하지 않는
군요, 그렇죠?」 그는 그녀를 비스듬히 쳐다보며 물었다.

그의 어투에 그녀는 얼굴을 붉혔지만 눈길을 아래로 향하
지는 않았다. 「날 괴물이라고 생각하는 거 알아요. 어쩌면 그
럴지도 모르고요.」

그녀가 말하자, 그는 접시를 내려다보며 나직이 중얼거렸
다. 「결말이 마음에 들어야 할 텐데요.」

제9장

# 재수 없는 놈들

## 1

재닛 헨리가 떠나자 네드 보몬트는 잭 럼센에게 전화를 걸었다. 「잭, 잠깐 들러 줄래? ……응, 그럼 끊어.」

잭이 도착할 즈음 그는 옷을 갈아입었다. 두 사람은 마주 보고 앉아 각각 위스키와 광천수를 마셨다. 네드 보몬트는 시가를, 잭은 담배를 피웠다.

네드 보몬트가 물었다. 「내가 폴과 갈라섰단 얘기 혹시 들었어?」

「네.」 잭이 아무렇지 않게 대답했다.

「어떻게 생각해?」

「별생각 없어요. 지난번에 갈라선 줄 알았는데, 새드 오로리를 속였던 거군요.」

네드 보몬트는 그 대답을 기다렸다는 듯이 씩 웃었다. 「이번에도 사람들이 그렇게 생각할까?」

말쑥한 청년 잭이 말했다. 「많이들 그러겠죠.」

네드 보몬트는 담배 연기를 천천히 들이마시며 물었다.
「이번엔 진짜라면?」

잭은 아무 대꾸도 하지 않았다. 생각을 읽어 낼 수 없는 표정이었다.

「사실이거든.」 네드 보몬트는 술을 한 모금 마시고 물었다.
「얼마 주면 되지?」

「매드빅 따님 일로 30달러. 나머진 받았고요.」

네드 보몬트는 바지 주머니에서 지폐 다발을 꺼내 10달러짜리 세 장을 잭에게 건네주었다.

잭은 고맙다며 받아 넣었다.

네드 보몬트가 말했다. 「자, 이제 계산 끝났군.」 그는 시가 연기를 들이마셨다가 내뱉으며 말을 이었다. 「해야 할 일이 하나 더 있어. 테일러 헨리 사건에서 폴을 꼼짝 못하게 옭아맬 단서를 찾고 있어. 폴이 자기 짓이라고 자백했지만, 증거가 더 필요해. 그 일 맡아 주겠어?」

잭이 말했다. 「아니요.」

「이유는?」

까무잡잡한 얼굴의 청년 잭이 빈 잔을 테이블에 두고 자리에서 일어섰다. 「여기서 프레드와 함께 사립 탐정 사무소를 키워 나가고 있고, 1, 2년이 지나면 꽤 자리 잡을 거예요. 보몬트 씨를 좋아하긴 하지만, 이 도시를 운영하는 사람과 상대하기엔 난 아직 역부족이에요.」

네드 보몬트가 무덤덤하게 말했다. 「폴은 추락하고 있어. 모두들 그를 등지고 있어. 파 검사와 레이니도—」

「그렇게 하라죠. 난 끼어들고 싶지 않고, 실제로 그렇게 될 때까진 알 수 없는 일이죠. 그에게 한두 방 먹일 수 있을지는 모르지만, 확실하게 무너뜨리는 건 다른 얘기죠. 그가 어떤 사람인지는 나보다 당신이 더 잘 알잖아요. 모두의 배짱 다 합쳐도 폴 한 사람 상대 못하잖아요.」

「맞아, 바로 그 때문에 그가 당하고 있는 거고. 네가 일을 맡지 않겠다면 어쩔 수 없지.」

잭은 일을 맡을 수 없다고 말하며 모자를 집어 들었다. 「다른 일이라면 기꺼이 하겠지만—」 그는 더 이상 얘기하지 않겠다는 듯 손을 가볍게 움직였다.

네드 보몬트도 자리에서 일어섰다. 태도에서도 목소리에서도 화난 기색은 없었다. 「네가 그렇게 생각할 줄 알았어.」 그는 엄지로 콧수염 한쪽을 가다듬고는 곰곰이 생각에 잠겨 잭을 응시했다. 「넌 알고 있을 것 같은데, 섀드 어디 있는지 알아?」

잭은 고개를 가로저었다. 「경찰이 섀드 술집을 세 번째로 덮쳤을 때—경찰 둘이 죽었을 때 말이에요—이후론 섀드가 바짝 엎드려 있는데, 경찰도 딱히 그를 잡느라 혈안인 것 같지는 않더라고요. 혹시 위스키 바소스 알아요?」

「응.」

「잘 아는 사이라면 그자에게서 알아낼 수 있을 거예요. 근처에 있을 텐데, 스미스가에 있는 팀 워커라는 술집에 밤에 가면 만날 수 있어요.」

「고마워, 잭. 한번 가볼게.」

「그래요.」 잭은 잠시 머뭇거리다 말했다. 「당신이 폴과 갈라섰다니 유감이에요. 당신이 ―」 그는 말을 끊고는 문으로 향했다. 「잘 생각해서 한 일이겠죠.」


# 2

네드 보몬트는 지방 검사 사무실로 갔다. 이번엔 지체 없이 파 검사가 있는 곳으로 안내해 주었다.

자리에서 일어난 파 검사는 악수를 청하지도 않았다. 「보몬트, 어서 와. 자리에 앉지.」 그의 목소리는 정중했지만 냉담했다. 호전적인 얼굴은 평소만큼 벌겋지 않았다. 눈빛은 차분하고 굳어 있었다.

네드 보몬트는 자리에 앉아 편안하게 다리를 꼰 채 말했다. 「내가 어제 여길 나간 이후 폴과 만나서 무슨 일이 있었는지 말해 주려고요.」

「그래?」 파 검사의 목소리는 여전히 정중하고 냉담했다.

「폴에게 당신 꼴이 어떤지, 겁에 질려 떨고 있다고 말했어요.」 네드 보몬트는 최대한 다정하게 웃어 보이고는 유쾌하지만 중요치 않은 이야기를 들려주듯 말을 이었다. 「당신이 간이 더 부어서 테일러 헨리 사건을 그에게 뒤집어씌우려 한다고도 했고. 폴은 처음엔 내 말을 믿는 것 같았어요. 계략에서 빠져나올 수 있는 방법은 진짜 범인을 찾는 것뿐이라고 하자, 소용없다더군요. 그는 자기가 진범이라면서 사고였고 정당방위였다고 하더군요.」

파 검사의 얼굴은 더 창백해지고 입 주변이 굳었지만, 그는 아무 대꾸도 하지 않았다.

네드 보몬트는 눈썹을 치켜 올리며 물었다. 「내 얘기가 지루한 건 아니죠, 그렇죠?」

「이야기 계속해.」 파 검사가 냉담하게 말했다.

네드 보몬트는 의자를 뒤로 기울였고, 상대방을 비웃는 듯한 웃음을 지었다. 「내가 농담하는 줄 아는군요, 그렇죠? 우리가 속임수를 쓰고 있는 거라 생각하고. 파 검사, 당신은 소심한 사람이에요.」 네드 보몬트는 고개를 가로저으며 혼잣말 하듯 중얼거렸다.

「자네가 주는 정보라면 뭐든 듣고 싶지만, 지금은 바빠서 말이지. 그리고 물어볼 게 있는데—」

네드 보몬트가 웃음을 터뜨렸다. 「좋아요. 이 정보를 진술서 같은 형식으로 받고 싶어 할 줄 알았어요.」

「그거 잘됐군.」 파 검사가 책상에 있는 자개단추 가운데 하나를 누르자, 초록색 옷차림에 머리칼이 희끗한 여자가 들어왔다.

「보몬트 씨가 진술하고 싶은 내용이 있다는군.」 파 검사가 그녀에게 말했다.

「네, 알겠습니다.」 그녀는 그렇게 말하고 파 검사의 책상 맞은편에 앉아 은색 연필을 쥐고 노트를 펼치고는, 멍한 갈색 눈동자로 그를 쳐다보았다.

네드 보몬트가 말했다. 「폴 매드빅이 어제 오후 네벨 빌딩에 있는 사무실에서 말하길, 테일러 헨리가 살해당했던 날 헨리 의원의 집에 저녁 초대를 받았다고 했습니다. 테일러 헨리와 어떤 문제가 있었으며, 그가 집은 나온 후 테일러 헨리가 그를 뒤쫓아 와서 묵직하고 거친 갈색 지팡이로 내리치려고 했다고도 했습니다. 테일러 헨리에게서 지팡이를 빼앗으려다가 우연히 그의 이마를 쳐서 넘어지게 했고, 지팡이를 가져가 불태워 버렸다고 했습니다. 테일러 헨리 죽음과 관련된 일을 숨긴 유일한 이유는 재닛 헨리에게 알리고 싶지 않아서였다고 하더군요. 이게 전부입니다.」

파 검사가 속기사에게 지시했다. 「당장 옮겨 적어.」

속기사는 지시를 받고서 사무실에서 나갔다.

네드 보몬트가 한숨을 내쉬며 말했다. 「이 소식을 알려 주면 엄청 흥분할 줄 알았는데. 머리를 쥐어뜯을 줄 알았어요.」

파 검사는 빤히 쳐다볼 뿐 아무 대꾸도 없었다.

네드 보몬트는 태연하게 말했다. 「적어도 폴을 불러다가 그를 몰아세울 줄 알았지.」 그는 한 손을 내저었다. 「새롭게 드러난 이 중차대한 사실에 관해서요.」

파 검사가 자제하는 듯한 어투로 말했다. 「이곳 일은 내가 알아서 하도록 맡겨 줘.」

네드 보몬트가 소리 내어 웃다가 이내 멈추자, 머리가 희끗한 속기사가 인쇄된 진술문을 갖고 들어왔다. 「맹세라도 해야 하나요?」 네드 보몬트가 물었다.

「아니, 서명만으로 충분해.」 파 검사가 말했다.

네드 보몬트는 서명을 하고는 장난스럽게 투덜거렸다. 「생각했던 것보다 싱겁군.」

튀어나온 파의 턱이 굳게 닫혔다. 「그래, 아마 그렇겠지.」
그는 한편으로는 완고하면서도 한편으로는 만족스러워 보
였다.

「파 검사님은 소심한 사람이죠.」 네드 보몬트는 재차 말했
다. 「길 건널 때 택시 조심하시고 다음에 또 뵙죠.」 그는 가볍
게 고개 숙여 인사했다.

사무실을 나온 네드 보몬트는 화를 참지 못하고 얼굴을 찌
푸렸다.


## 3


그날 밤 네드 보몬트는 스미스가에 있는 짙은 색 3층 건물
의 초인종을 눌렀다. 작은 키에 두상이 작고 어깨가 떡 벌어
진 남자가 문을 한 뼘 정도 열더니 그를 확인하고는 활짝 열
어 주었다.

네드 보몬트는 아는 체를 하며 안으로 들어가 6미터 정도
이어진 어둑한 복도를 따라 걸어갔다. 복도 오른쪽에 닫힌
문 두 개가 있었다. 그는 왼쪽 문을 열고 나무 계단을 따라 지
하로 내려갔다. 지하에 위치한 바에서 라디오 소리가 나지막
이 흘러나왔다.

바 뒤편에는 화장실이라고 적힌 반투명 유리문이 있었다.
문이 열리면서 한 남자가 나왔다. 까무잡잡한 얼굴에 떡 벌

어진 어깨, 길게 뻗은 두꺼운 팔, 편평한 얼굴과 휜 다리 등 어딘가 원숭이 느낌이 나는 그 남자는 바로 제프 가드너였다.

제프 가드너의 불그스레한 작은 눈이 네드 보몬트를 보고서 반짝 빛났다. 「이런, 〈볼 때마다 흠씬 두들겨 달라는〉 보몬트 씨로군.」 그는 큰 소리로 아는 체를 하더니 새하얀 치아를 드러내며 씩 웃었다.

「어이, 제프.」 네드 보몬트가 말하자 그곳에 있는 모든 사람들이 둘을 쳐다보았다.

제프는 으스대며 네드 보몬트에게 다가가 왼팔로 거칠게 그의 어깨를 감싸더니, 오른손을 맞잡고는 사람들에게 유쾌하게 말했다. 「내가 때려눕힌 놈 가운데 최고로 멋진 놈이야. 흠씬 두들겨 때려눕혔었지.」 그는 네드 보몬트를 바로 끌고 가서 말을 이었다. 「우선 한잔 걸치고 나서 어떻게 했는지 보여 주지. 암, 보여 주고말고.」 그는 네드 보몬트를 짓궂게 노려보았다. 「어떻게 생각해, 친구?」

네드 보몬트는 코앞에 맞닿은 못생기고 까무잡잡한 제프의 얼굴을 무심하게 쳐다보았다. 「난 스카치.」

제프는 재미있다는 듯 웃고는 사람들을 향해 말했다. 「봐, 이놈은 은근히 즐긴다니까. 이놈은…… 음…….」 그는 잠시 머뭇거렸고, 얼굴을 찌푸리며 입술을 적셨다. 「그래, 빌어먹을 놈의 학살자. 맞아, 학살자야. 학살자가 무슨 뜻인 줄 알기는 해?」

제프는 이번에도 네드 보몬트를 보며 짓궂게 웃었다.

「응, 알아.」

그러자 제프는 실망한 기색이었고, 바텐더에게 라이 위스키를 주문했다. 주문한 술이 나오자 제프는 네드 보몬트의 손을 놓았지만, 어깨에 두른 팔은 그대로 두었다. 두 사람은 술을 마셨다. 제프는 술잔을 내려놓고 네드 보몬트의 손목을 덥석 잡았다. 「위층에 우리 둘만의 공간이 있어. 너무 좁아서 넘어질 공간도 없으니, 넌 벽에 튕겨서 다시 일어날 거야. 그럼 바닥에서 일어나느라 시간 낭비하지 않아도 될 거고.」

네드 보몬트가 말했다. 「내가 한잔 사지.」

「그거 괜찮은 생각이군.」 제프가 말했다.

두 사람은 다시 잔을 비웠다.

네드 보몬트가 술값을 내자 제프는 그를 계단으로 안내했다. 그는 그곳에 있는 사람들에게 외쳤다. 「신사 여러분, 먼저 실례하겠습니다. 위층에 올라가서 리허설을 해야 되서요.」 그러면서 그는 네드 보몬트의 어깨를 가볍게 쳤다. 「나랑 내 자기랑.」

층계를 두 번 올라 좁은 방으로 들어가자, 소파 하나와 테이블 두 개, 의자 대여섯 개가 비좁게 놓여 있었다. 한 테이블에는 빈 잔과 먹다 남은 샌드위치 접시가 있었다.

제프는 근시인 양 좁은 방을 둘러보았다. 네드 보몬트의 손목도 놔주었고 어깨에 두른 팔도 풀었다. 「도대체 여자는 어디로 간 거야? 계집애들 안 보이지, 그렇지?」

「응.」

제프는 강조하듯 고개를 끄덕이며 말했다. 「갔군.」 그는 불안하게 한 걸음 물러서서 문 옆에 있는 벨을 지저분한 손으로 꾹 눌렀다. 그러고는 한 손을 과장되게 흔들고 고개를 숙이며 기괴하게 인사했다. 「자리에 앉으시죠.」

네드 보몬트는 덜 지저분한 테이블에 앉았다.

「맘에 드는 곳으로 골라 앉아.」 제프는 또다시 과장된 동작을 취했다. 「그 자리가 맘에 안 들면 다른 자리에 앉고. 내 손님이라 생각해 주면 좋겠어. 젠장, 싫으면 관두고.」

「멋진 의자군.」 네드 보몬트가 말했다.

「대단한 의자지. 여기에 쓸모 있는 의자라곤 하나도 없어. 자, 봐.」 그는 의자 하나를 들어 앞다리를 부숴 버렸다. 「이게 멋진 의자라고? 이봐, 보몬트, 넌 의자에 관해 쥐뿔도 몰라.」 그는 의자를 내려놓고 부서진 의자 다리를 소파에 던졌다. 「넌 날 못 속여. 네가 무슨 꿍꿍인지 알아. 내가 취했다고 생각하지, 그렇지?」

네드 보몬트가 씩 웃었다. 「아니, 넌 취하지 않았어.」

「개소리하고 있군. 난 너보다 더 취했어. 여기서 나보다 더 취한 놈은 한 놈도 없다고. 정신없이 취했지만, 내가 취했다고 생각하지는 마. 난 —」

그는 지저분하고 두툼한 집게손가락을 들어 보였다.

바로 그때, 웨이터가 들어오며 물었다. 「부르셨습니까?」

제프가 고개를 돌려 웨이터를 똑바로 쳐다보며 말했다. 「어디 갔다 이제 오는 거야? 부른 지 한 시간이나 지났는데, 잠이라도 쳐잤던 거야?」

웨이터는 뭔가 대답하려 했지만 제프가 그의 말을 막았다. 「세상에서 제일 친한 친구를 데리고 술 한잔 하러 왔는데

이게 뭐야? 형편없는 웨이터 기다리느라 한 시간 동안이나 죽치고 있었잖아. 저 친구가 나한테 성질부리는 것도 당연하지.」

「원하시는 게 뭡니까?」 웨이터가 무심하게 물었다.

「여기 있던 여자가 도대체 어디로 꺼져 버렸는지 말해.」

「아, 그분은 가셨습니다.」

「어디로?」

「그건 모르죠.」

제프가 으르렁거렸다. 「지금 당장 찾아와. 어디로 갔는지 모른다는 게 말이 돼? 이런 근사한 술집에서 쥐도 새도 모르게 사라질 리 없지.」 그가 노려보자 불그스름한 눈에서 빛이 번득였다. 「어떻게 해야 하는지 가르쳐 주지. 여자 화장실에 있는지 찾아봐.」

「거긴 없습니다. 나갔어요.」 웨이터가 말했다.

「더러운 년!」 제프는 욕설을 내뱉고 네드 보몬트를 쳐다보았다. 「너라면 그런 년한테 어떻게 하겠어? 널 여기 데려온 것도 그년 만나게 해주려는 거였어. 너도, 그년도 서로 좋아했을 텐데. 그런데 거만하게 굴고는 내 친구도 만나지 않고 꺼져 버렸어.」

네드 보몬트는 시가에 불을 붙일 뿐 아무 대꾸도 하지 않았다.

제프는 머리를 벅벅 긁으며 으르렁댔고, 맞은편 테이블에 앉아 성급하게 소리쳤다. 「그럼 마실 거라도 가져오든가. 난 라이 위스키.」

「난 스카치.」

네드 보몬트가 말하자 웨이터는 자리를 떠났다.

제프는 네드 보몬트를 노려보고는 화를 버럭 냈다. 「네가 무슨 꿍꿍이인 줄 내가 모를 줄 알아?」

「꿍꿍이 같은 거 없어.」 네드 보몬트는 무심하게 말했다. 「섀드를 찾고 있는데, 여기 와서 위스키 바소스를 찾으면 알려 준다고 했거든.」

「섀드가 어디 있는지 내가 모를 것 같아?」

「당연히 알겠지.」

「그런데 왜 나한텐 묻지 않아?」

「그럼 물어볼게. 섀드 어디 있어?」

제프는 손바닥을 펴서 테이블을 힘껏 내리치며 소리쳤다. 「헛소리. 섀드가 어디 있는지는 상관없겠지. 네가 뒤쫓는 건 나잖아.」

네드 보몬트는 웃으며 고개를 가로저었다.

「맞잖아.」 원숭이 제프는 계속 고집을 부렸다. 「너도 알다시피—」

바로 그때, 젊어 보이는 중년 남자가 문으로 다가왔다. 붉은 입술이 도톰했고, 눈은 동그랬다. 「그만해, 제프. 여기서 네가 제일 시끄럽게 떠들잖아.」

제프는 의자에 앉은 채 몸을 빙 돌리고는 엄지로 네드 보몬트를 가리키며 문에 서 있는 남자에게 말했다. 「이 자식 때문이야. 자기가 무슨 꿍꿍인지 내가 모르는 줄 안다니까. 재수 없는 놈이야. 흠씬 두들겨 줄 거야. 꼭 그러고 말 거라고.」

문간에 서 있던 남자는 논리적으로 말했다. 「그렇다고 그렇게 시끄럽게 떠들 필요는 없지.」그는 네드 보몬트에게 윙크를 하고 가버렸다.

「팀도 점점 재수 없어지는군.」제프가 우울하게 말하고는 바닥에 침을 뱉었다.

웨이터가 주문한 술을 들고 왔다.

「건배.」네드 보몬트는 술잔을 들어 술을 마셨다.

「너랑 건배하기 싫어. 넌 재수 없는 놈이야.」그는 우울한 표정으로 네드 보몬트를 쳐다보았다.

「제정신이 아니군.」

「개소리 작작해. 취했지만 네가 무슨 꿍꿍인지 모를 정도로 취하지는 않았어. 그리고 넌 재수 없는 놈이야.」제프는 잔을 비우고 손등으로 입을 닦았다.

네드 보몬트는 다정하게 웃어 보이며 말했다. 「그래, 좋을 대로 생각해.」

제프가 원숭이 같은 주둥이를 비죽 내밀었다. 「넌 네가 엄청 똑똑한 줄 알지, 그렇지?」

네드 보몬트는 아무 대꾸도 하지 않았다.

「여기 와서 날 고주망태로 만들어 넘기려는 게 우라지게 똑똑한 속임수라 생각하지.」

「맞아.」네드 보몬트가 무심하게 말했다. 「넌 프랜시스 웨스트를 치어 죽인 살인 혐의를 받고 있으니까, 안 그래?」

「빌어먹을 프랜시스 웨스트.」

네드 보몬트는 어깨를 으쓱했다. 「난 모르는 놈이야.」

제프가 말했다. 「넌 재수 없는 놈이야.」

네드 보몬트가 말했다. 「내가 한 잔 더 사지.」

원숭이 제프는 근엄하게 고개를 끄덕이고는 의자를 뒤로 젖혀 벨을 눌렀다. 그는 벨을 누른 채 말했다. 「그래도 넌 재수 없는 놈이야.」 의자가 뒤로 젖혀지며 돌아갔다. 그는 의자에서 넘어지기 직전에 발을 바닥에 디뎠다. 다시 한번 욕설을 내뱉고는 의자를 테이블 쪽으로 당겼다. 그러고는 팔꿈치를 테이블에 대고 한쪽 손으로 턱을 괴었다. 「누가 날 잡아간들 그게 무슨 상관이야? 넌 내가 언젠가 저들에게 잡혀 전기의자에 앉아 끝장날 거라 생각하지, 그렇지?」

「왜 아니겠어?」

「왜 아니겠어? 선거가 끝나기 전까지는 재판받지 않을 거고, 선거 후에는 새드 세상이 될 거야.」

「그럴지도.」

「그럴지도? 젠장.」

웨이터가 들어오자 두 사람은 술을 주문했다.

「새드는 네가 유죄 판결을 받도록 놔둘 수도 있어.」 웨이터가 나가고 두 사람만 남자 네드 보몬트가 께느른하게 말했다. 「이쪽 바닥에서 늘 있는 일이잖아.」

「그럴 일 없어. 내가 새드에 관해 알고 있는 게 얼만데.」 제프가 콧방귀를 뀌었다.

네드 보몬트는 시가 연기를 내뿜었다. 「새드에 관해 뭘 알고 있는데?」

원숭이 제프는 떠들썩하게, 상대방을 비웃듯 소리 내어 웃고는 손바닥으로 테이블을 두드렸다.「젠장, 내가 술김에 불어 버릴 줄 아나 보군.」

복도에서 나지막한 목소리가 들렸다. 아일랜드 억양이 약간 느껴지는 바리톤 음성이었다.「말해, 제프. 얼른 보몬트에게 말해 줘.」

제프를 바라보는 섀드 오로리의 청회색 눈동자가 왠지 슬퍼 보였다.

제프는 기분 좋은 듯 눈을 가늘게 뜨고 문간에 선 섀드를 쳐다보았다.「잘 지냈어요, 섀드? 이리 들어와서 술 한잔해요. 보몬트 씨랑 인사도 하고. 아주 재수 없는 놈이에요.」

섀드 오로리가 부드러운 음성으로 말했다.「납작 엎드려 지내라고 했을 텐데.」

「섀드, 너무 긴장해서 손톱이라도 물어뜯는 줄 알았다니까요. 그리고 여기 납작 엎드려 있잖아요. 여긴 무허가 술집이니까요.」

오로리는 잠시 제프를 쳐다보고는 네드 보몬트에게로 시선을 향했다.「안녕하신가, 보몬트.」

「안녕, 섀드.」

오로리는 온화하게 웃고는 제프를 턱으로 가리키며 물었다.「뭘 좀 알아냈나?」

「내가 모르던 사실은 아직 별로.」네드 보몬트가 대답했다.「시끄럽게 떠들어 댈 뿐 말도 안 되는 소리뿐이어서.」

제프가 말했다.「두 사람 모두 재수 없어.」

웨이터가 술을 가져왔지만, 오로리가 저지했다.「됐어. 이미 취했어.」웨이터는 술을 갖고 돌아갔다. 섀드는 방으로 들어와 문을 등진 채 문을 닫았다. 「제프, 넌 말이 너무 많아. 예전에도 말했었지.」

네드 보몬트가 의도적으로 제프를 보며 윙크했다.

제프가 버럭 화를 냈다. 「도대체 무슨 짓이야?」

네드 보몬트는 킬킬대며 웃었다.

「제프, 나 얘기 중이잖아.」오로리가 말했다.

「젠장, 누가 그걸 몰라요?」

오로리가 말했다. 「좀 더 나가면 더 이상 말 안 할 거다.」

「섀드, 재수 없게 굴지 마.」제프는 벌떡 일어나 테이블을 돌아 섀드에게로 갔다. 「너와 난 오랜 친구야. 넌 항상 내 친구였고, 나도 항상 네 친구였지. 그래, 나 취한 거 맞지만―」

팔을 뻗어 오로리를 껴안으려던 그는 앞으로 휘청거렸다.

오로리는 제프의 가슴에 손을 대고 밀치고는 여전히 언성을 높이지 않고 나지막이 말했다. 「앉아.」

제프의 왼 주먹이 오로리의 얼굴로 향했다.

오로리는 고개를 오른쪽으로 돌렸고, 제프의 주먹은 겨우 뺨을 스쳤을 뿐이었다. 섬세한 조각상 같은 오로리의 긴 얼굴은 진지하고 침착했다. 그는 오른손을 내려 엉덩이 뒤로 가져갔다.

네드 보몬트는 의자에서 벌떡 일어나 양손으로 오로리의 오른팔을 붙잡고서 무릎을 꿇렸다.

제프는 왼 주먹의 힘에 밀려 벽에 부딪쳤다가 다시 몸을 돌리고는 오로리의 멱살을 잡았다. 누렇게 뜬 원숭이처럼 일

그러진 얼굴은 보기에 흉측했다. 취기는 어느새 가시고 없었다.

「권총 잡았어?」제프가 숨을 몰아쉬며 물었다.

「응.」몸을 일으킨 네드 보몬트는 검정 권총을 오로리에게 겨눈 채 뒤로 물러섰다.

흐리멍덩한 오로리의 눈은 금방이라도 튀어나올 것 같았고, 얼룩이 번진 얼굴은 부어올라 있었다. 그는 멱살을 잡힌 채 저항도 하지 않았다.

제프는 어깨 너머로 네드 보몬트를 쳐다보며 씩 웃었다. 이를 드러내며 환하게 웃는 웃음은 짐승의 그것처럼 야만적인 느낌이었다. 벌개진 작은 눈동자는 기분 좋은 듯 반짝였다. 그는 쉰 목소리로 온화하게 말했다. 「이제 우리가 해야 할 일은 이놈을 끝장내 버리는 거야.」

네드 보몬트가 말했다. 「난 끼어들고 싶지 않아.」그의 목소리는 차분했지만 콧구멍이 미세하게 떨렸다.

「끼어들지 않겠다고? 섀드는 우리가 한 짓을 모두 잊을 거야. 모두 잊겠지. 내가 그렇게 해주지.」그는 혀를 내밀어 입술을 적셨다.

제프는 멱살을 잡은 오로리는 거들떠보지도 않은 채, 네드 보몬트를 쳐다보며 입이 귀에 걸리도록 환하게 웃으면서 숨을 천천히 들이마셨다가 내쉬었다. 코트를 입고 있는 어깨와 등과 팔뚝이 불룩하게 솟아올랐고, 일그러진 검은 얼굴에 땀방울이 맺혔다.

네드 보몬트는 창백해 보였다. 그 역시 호흡이 거칠어졌고, 관자놀이에 땀이 배어 나왔다. 제프의 불룩한 어깨 너머로 오로리의 얼굴이 보였다.

오로리의 얼굴빛은 적갈색이었다. 튀어나온 눈동자는 앞을 보지 못했고, 푸르죽죽한 입술 사이로 혀가 삐져나와 있었다. 호리한 몸은 힘겹게 몸부림치고 있었다. 한 손으로 뒤쪽 벽을 쳤지만, 힘없고 기계적인 동작일 뿐이었다.

제프는 목을 조르고 있는 오로리는 쳐다보지도 않으며 네드 보몬트를 향해 씩 웃고는, 다리를 좀 더 벌리고 등을 동그랗게 말았다. 벽을 치던 오로리의 손이 멈추었다. 숨죽인 듯 잦아드는 소리가 나더니 이내 날카로운 소리가 들렸다. 오로리는 더 이상 몸부림치지 않았고 제프의 손에 잡힌 채 축 늘어졌다.

제프가 걸걸한 웃음을 터뜨리며 말했다. 「빙고.」 그는 의자를 발로 차버리고 축 늘어진 오로리의 몸을 소파에 떨어뜨렸다. 오로리는 얼굴이 아래로 향한 채였고, 한 손과 양발은 바닥으로 내려와 있었다. 제프는 양손을 허리춤에 문지르고는 네드 보몬트를 쳐다보았다. 「난 덩치 크고 마음씨 착한 얼간이야. 누가 날 마구 건드려도 가만히 내버려 두는 얼간이.」

네드 보몬트가 말했다. 「넌 오로리가 두려웠던 거야.」

제프는 웃음을 터뜨렸다. 「그랬다고 말하고 싶은 심정이야. 제정신이 박힌 인간이라면 누구라도 그랬을 테니까. 넌 아니었어?」 그는 다시 소리 내어 웃고는 방 안을 둘러보았다. 「누가 들이닥치기 전에 뜨자. 총은 시궁창에 버릴 테니 내게 넘겨.」 제프는 손을 내밀며 말했다.

「아니.」네드 보몬트는 손을 옆으로 움직여 제프의 배에 총을 겨누었다. 「우린 정당방위였다고 주장하면 돼. 나도 네 편에 설게. 그럼 심리 과정에서 빠져나올 수 있을 거야.」

「젠장, 끝내주는 아이디어로군. 하지만 난 웨스트 놈 살인 혐의를 받고 있는 처지라고!」

제프가 소리쳤다. 제프의 벌개진 작은 눈동자의 초점이 네드 보몬트의 얼굴에서 자꾸만 권총으로 옮겨 갔다.

네드 보몬트는 핏기 없는 얇은 입술을 벌리며 웃음 짓고는, 나지막한 목소리로 말했다. 「나도 그 생각을 하고 있었지.」

「젠장, 골치 아픈 일 따윈 집어치워. 너―」제프가 고함치며 한 걸음 앞으로 다가왔다.

네드 보몬트는 테이블을 돌아 뒤로 물러났다. 「제프, 난 거리낌 없이 널 쏠 수 있어. 너한테 갚아 줄 빚이 있거든.」

제프가 멈춰 서서 뒤통수를 벅벅 긁더니 당황스러워하며 물었다. 「재수 없는 놈, 넌 도대체 정체가 뭐야?」

「그냥 친구지. 자리에 앉아.」네드 보몬트가 불쑥 권총을 내밀었다.

제프는 그를 노려보며 잠시 머뭇거리다가 자리에 앉았다.

네드 보몬트는 왼손을 뻗어 벨을 눌렀다.

제프가 자리에서 일어섰다.

「앉아.」네드 보몬트가 말했다.

제프는 시키는 대로 했다.

「양손은 테이블 위에.」네드 보몬트가 말했다.

제프는 가여운 표정으로 고개를 가로저었다. 「이제 보니 정말 멍청한 놈이로군. 네가 여기서 날 끌고 나갈 수 있을 거라 생각하는 건 아니겠지, 그렇지?」

네드 보몬트는 다시 테이블을 돌아 제프와 출입문을 마주 보는 자리에 앉았다.

제프가 말했다. 「그 총 나한테 넘기고 네가 저지른 실수를 내가 잊길 바라는 게 너한테 최선이야. 젠장, 여긴 내 영역이야. 네가 그러고도 여기서 무사히 빠져나갈 수 있을 것 같아?」

네드 보몬트가 말했다. 「케첩 병에서 손 떼.」

바로 그때, 문을 열고 들어온 웨이터가 깜짝 놀라 눈을 휘둥그레 뜨고 그들을 쳐다보았다.

「팀 올라오라고 해.」 네드 보몬트는 그렇게 말했고, 제프가 뭔가 말하려 하자 닥치라고 했다.

웨이터는 문을 닫고 서둘러 사라졌다.

제프가 말했다. 「얼간이 짓 집어치워, 네드. 그래 봐야 너만 돼져. 내가 잡혀가면 너한테 좋을 게 뭐야? 아무것도 없어.」 그는 입술을 적시며 말을 이었다. 「예전에 우리가 널 거칠게 대한 것에 앙심이 있다는 건 알지만, 젠장, 그건 내 잘못이 아니잖아. 난 섀드가 시키는 대로 했고, 너 대신에 저놈을 처리해 줬잖아.」

네드 보몬트가 말했다. 「케첩 병에서 손 떼지 않으면 손에 구멍을 내주지.」

제프가 말했다. 「재수 없는 놈.」

입술이 도톰하고 눈이 동그란 중년 남자가 문을 열고 서둘러 들어와 곧장 문을 닫았다.

네드 보몬트가 말했다. 「제프가 오로리를 죽였어. 경찰에 신고해. 경찰이 도착하기 전에 정리할 시간은 있겠지. 아직 죽지 않았을지도 모르니 의사도 부르고.」

제프는 경멸에 차 웃었다. 「저놈이 살아 있으면 내 손에 장을 지져.」 그는 웃음을 멈추고는 아무렇지 않은 듯 느긋하게 중년 남자에게 말했다. 「이놈이 여길 순순히 빠져나갈 수 있을 거라고 생각하는데, 어떻게 생각해? 팀, 이놈이 그럴 확률이 얼마나 되는지 말해 줘.」

팀은 소파에 누워 있는 시신과 제프와 네드 보몬트를 번갈아보았다. 동그란 눈은 침착해 보였다. 「이 술집에도 치명적일 텐데, 시신을 길거리로 끌고 나가 거기서 발견되도록 하는 게 낫지 않을까?」

그의 말에 네드 보몬트는 고개를 가로저었다. 「경찰이 오기 전에 여길 정리하면 괜찮을 거야. 나도 도울 거고.」

팀이 머뭇거리자 제프가 말했다. 「팀, 너 나 알잖아. 내가 어떤 사람인지—」

팀의 어투는 그다지 다정하지 않았다. 「제발 입 좀 다물어.」

네드 보몬트가 말했다. 「네가 어떤 사람인지 아는 사람은 이제 아무도 없어. 섀드가 죽었으니까.」

「아무도 없다고?」 원숭이 같은 제프가 의자에 편안하게 기대어 앉았다. 얼굴은 맑아 보였다. 「좋아, 날 경찰에 넘겨. 네 놈들이 얼마나 재수 없는 놈들인지 알았으니, 구차하게 부탁하느니 차라리 끌려가는 게 낫겠어.」

팀이 제프의 말을 무시하며 말했다. 「꼭 이렇게 해야겠어?」

네드 보몬트가 고개를 끄덕였다.

「난 괜찮을 거야.」 팀은 그러면서 문손잡이를 잡았다.

「제프의 손에 총 들려 있는지 봐주겠어?」 네드 보몬트가 부탁했다.

팀은 고개를 가로저었다. 「여기서 일어난 일이지만, 난 아무 상관도 없고 앞으로도 그럴 거야.」 그는 그렇게 말하고는 나가 버렸다.

제프는 의자에 편안하게 기대고 양손을 앞에 놓인 테이블에 올린 채, 경찰이 오기 전까지 네드 보몬트에게 이야기를 늘어놓았다. 그는 신이 나서 떠들었고, 네드 보몬트에게 온갖 지저분하고 상스러운 욕설을 하면서 온갖 나쁜 짓을 저질렀다며 비난했다.

네드 보몬트는 흥미로운 듯 가만히 그의 이야기에 귀를 기울였다.

마른 체격에 머리가 희끗한 남자가 경찰 부서장 제복 차림으로 먼저 도착했고, 형사 대여섯 명이 뒤따라 들어왔다.

네드 보몬트가 경찰 부서장에게 말했다. 「어이, 브렛, 저자에게 총이 있는 것 같아요.」

「도대체 무슨 일이야?」 브렛이 소파에 놓인 시신을 내려다보는 동안, 형사 두 명이 소파 사이를 비집고 들어와 제프 가드너를 붙잡았다.

네드 보몬트는 브렛에게 사건 경위를 설명해 주었다. 진술은 대부분 사실이었지만, 오로리가 총을 빼앗긴 이후가 아니라 둘이 한창 몸싸움을 하던 중에 살해된 것처럼 말한 건 사실과 달랐다.

네드 보몬트가 말하는 동안, 의사가 들어와 섀드 오로리의 몸을 뒤집고 잠시 살펴보았다. 부서장이 묻는 표정으로 쳐다보자, 의사는 사망이라고 말하고는 비좁은 방에서 서둘러 나가 버렸다.

제프는 양쪽에서 붙들고 있는 경찰에게 목청껏 욕을 퍼부었다. 그가 욕을 내뱉을 때마다 한 형사는 주먹으로 그의 얼굴을 때렸다. 제프는 소리 내어 웃으며 계속 욕을 했다. 의치가 빠졌고 입에서 피가 흘렀다.

네드 보몬트는 오로리의 총을 브렛에게 넘겨주고 일어섰다. 「지금 경찰서로 갈까요, 아님 내일 갈까요?」

「지금 가는 게 낫겠지.」 브렛 부서장이 대답했다.


# 4


경찰서에서 나오자 자정이 한참 지난 시각이었다. 네드 보몬트는 함께 나온 기자 두 명에게 인사를 하고 택시에 올라탔다. 그가 택시 운전사에게 말한 주소는 폴 매드빅의 집 주소였다.

매드빅의 집 1층에 불이 켜져 있었고, 네드 보몬트가 1층 현관 계단을 오르자 매드빅의 어머니가 문을 열어 주었다. 검정색 옷차림에 어깨에 숄을 두르고 있었다.

네드 보몬트가 말했다. 「어머니, 늦은 시간인데 안 주무셨어요?」

「폴인 줄 알았어.」 그녀는 그렇게 말했지만 실망하는 기색은 없었다.

「집에 없어요? 보러 왔는데.」 네드 보몬트는 매서운 눈빛으로 그녀를 쳐다보았다. 「무슨 일이에요?」

매드빅 부인은 뒤로 물러서며 현관 문손잡이를 잡아당겼다. 「들어오렴.」

네드 보몬트는 집 안으로 들어갔다.

그녀는 문을 닫고 나서 말했다. 「오팔이 자살하려 했어.」

그는 눈을 내리깔며 나직이 중얼거리듯 말했다. 「네? 뭐라고요?」

「간호사가 말릴 틈도 없이 손목을 그었어. 하지만 출혈이 심하지 않아 다시 그러지 않으면 괜찮다는구나.」 그녀의 태도와 목소리가 어딘지 유약해진 것 같았다.

네드 보몬트의 목소리가 흔들렸다. 「폴은 어디 있어요?」

「모르겠어. 어디 있는지 찾을 수가 없었어. 이 시각까지 늦을 리가 없는데, 어디 있는지 모르겠구나.」 그녀는 앙상한 손으로 네드 보몬트의 팔뚝을 잡고는 약간 떨리는 음성으로 물었다. 「너와…… 너와 폴이……?」 그녀는 말을 멈추고는 그의 팔뚝을 움켜잡았다.

네드 보몬트는 고개를 가로저었다. 「이제 끝났어요.」

「네드, 다시 잘해 볼 방법이 없겠니? 너희 둘은 ㅡ」 그녀는 이번에도 말을 끝맺지 못했다.

네드 보몬트는 고개를 들어 그녀를 바라보았다. 두 눈이 젖어 있었다. 「안 돼요, 어머니. 우린 끝났어요. 폴이 말하던 가요?」

「지방 검사 사무실에서 사람이 찾아왔기에 내가 너한테 전화했다고 말했더니, 폴이 다시는 그러지 말라고 하더구나. 이제 친구가 아니라면서.」

네드 보몬트는 헛기침을 하며 목을 가다듬었다. 「어머니, 내가 찾아왔다고 전해 주세요. 집으로 가서 밤새 연락 기다리겠다고 말해 주세요.」

매드빅 부인은 야윈 손을 그의 어깨에 얹었다. 「네드, 넌 착한 애야. 둘이 다투지 않았으면 좋겠어. 둘 사이에 무슨 일이 있었든, 넌 폴에게 제일 가까운 친구야. 무슨 일 때문에 다툰 거야? 혹시 재닛 때문에……?」

「폴에게 물어보세요.」 그는 씁쓸하게 말하고는 조바심이 난 듯 고개를 가로저었다. 「어머니, 이제 가봐야겠어요. 혹시 제가 어머니나 오팔에게 해드릴 일이라도 있어요?」

「올라가서 그 애를 만나는 것 말고는 없어. 아직 잠들지 않았으니 얘기해 보면 좋을 거야. 네 말은 잘 들으니까.」

네드 보몬트는 고개를 가로저으며 침을 삼켰다. 「아니요, 날 만나고 싶어 하지 않을 거예요.」

제10장
# 산산조각 난 열쇠

# 1

네드 보몬트는 집으로 갔다. 커피를 마시고, 시가를 피우고, 신문과 잡지, 그리고 책을 반쯤 읽었다. 이따금 그는 읽던 책을 두고 안절부절못하며 방 안을 서성거렸다. 초인종도, 전화벨도 울리지 않았다.

오전 8시에 그는 목욕을 하고 면도를 하고 새 옷으로 갈아입었다. 그러고 나서 아침 식사를 주문해서 먹었다.

오전 9시에 수화기를 들고 재닛 헨리에게 전화를 걸었다. 「잘 있었어요? ……네, 나도 잘 지냈어요. ……이제 폭죽을 터뜨릴 준비가 됐어요. ……네. ……아버지가 집에 계시면 사실대로 털어놓자고요. ……좋아요, 하지만 내가 도착하기 전에는 입도 뻥긋 말아요. ……최대한 서둘러 갈게요. 지금 나가요. ……네, 곧 만나요.」

네드 보몬트는 전화를 끊고 일어나 멍하니 허공을 응시하다가 크게 손뼉을 치고 손바닥을 문질렀다. 콧수염 아래 입술선이 부루퉁하게 쳐져 있었고, 눈에는 갈색 점이 도드라졌다. 그는 옷장으로 가서 서둘러 외투를 걸치고 모자를 썼다. 그러고는 「리틀 라스트 레이디」를 휘파람으로 불며 집을 나와 성큼성큼 거리를 걸었다.

「헨리 양과 약속이 있습니다.」 그는 문을 열어 준 도우미에게 말했다.

도우미는 밝은색 벽지로 장식한 방으로 그를 안내했고, 그곳에는 헨리 의원과 재닛이 아침 식사를 하고 있었다.

재닛 헨리는 곧장 자리에서 일어나 양손을 벌리며 그에게 다가와 흥분을 감추지 못하며 말했다. 「어서 와요.」

느긋하게 자리에서 일어난 헨리 의원은 다소 놀란 듯 딸을 바라보고는 네드 보몬트에게 손을 내밀었다. 「어서 오게, 보몬트. 만나서 반가워. 함께 식사하겠나?」

「감사합니다만 먹고 왔습니다.」

재닛 헨리는 떨고 있었다. 흥분한 탓에 얼굴은 창백하고 눈빛은 어두워 마치 약에 취한 것 같았다. 「말씀드릴 게 있어요, 아버지.」 목소리는 긴장한 탓에 불안했다. 「무슨 얘기인가 하면—」 그녀는 말을 잇지 못하고 네드 보몬트를 쳐다보았다. 「말씀드려요. 얼른요.」

네드 보몬트는 그녀를 잠시 쳐다보며 미간을 찌푸리고는 헨리 의원을 똑바로 쳐다보았다. 의원은 앉아 있던 의자 바로 옆에 서 있었다. 「우리에게 확실한 증거가 있습니다. 폴이 아드님을 죽였다는 증거. 자백도 받아 냈고요.」

헨리 의원은 눈을 가늘게 뜨고는 식탁에 손을 내려놓았다.

「확실한 증거라는 게 뭐지?」헨리 의원이 물었다.

「제일 확실한 건 자백입니다. 폴은 그날 밤 테일러가 거친 갈색 지팡이를 들고 뒤쫓아 왔고 우발적으로 지팡이로 테일러를 쳤다고 했습니다. 폴은 그 지팡이를 가져가 불태웠다고 했지만, 따님 말로는——」그는 재닛 헨리를 턱으로 가볍게 가리키며 말했다. 「여전히 여기 있다더군요.」

「맞아요. 소브리지 소령이 가져온 지팡이 말이에요.」그녀가 말했다.

헨리 의원의 얼굴은 대리석처럼 차갑게 굳었다. 「계속 얘기해 보게.」

네드 보몬트는 한 손으로 가벼운 제스처를 취하며 말을 이었다. 「그러면 사고나 정당방위였다는 그의 주장이 무위가 됩니다. 아드님은 지팡이를 갖고 있지 않았으니까요.」그는 어깨를 으쓱했다. 「저는 어제 파 검사에게 이 이야기를 했습니다. 그는 모험을 하기 두려워하는 것 같더군요. 그가 어떤 사람인지 의원님도 잘 아시겠지요. 하지만 그는 오늘 폴을 잡아들이지 않을 수 없을 겁니다.」

재닛 헨리는 네드 보몬트를 쳐다보며 얼굴을 찌푸렸다. 당황해서 뭔가 말하려 했지만 이내 입을 꼭 다물어 버렸다.

헨리 의원은 왼손으로 냅킨을 집어 입을 가볍게 닦고는 다시 내려놓으며 말했다. 「혹시 다른 증거는?」

네드 보몬트는 대답 대신 무심하게 질문을 던졌다. 「그걸로 충분하지 않습니까?」

「그것 말고도 더 있을 텐데요, 안 그래요?」재닛이 물었다.

「이 증거를 뒷받침하는 것들이죠.」네드 보몬트는 대수롭지 않은 증거인 양 말하고는 헨리 의원에게 말했다. 「더 자세하게 말씀드릴 수도 있지만, 제일 중요한 건 이미 말씀드렸습니다. 그걸로 충분하지 않습니까?」

「충분하지.」헨리 의원은 손을 이마에 짚었다. 「믿기진 않지만 증거로는 충분하군. 잠시 실례해도 되겠나…….」그러고 나서 그는 딸에게 말했다. 「혼자 생각할 시간이 필요하구나. 아니, 넌 여기 있어. 내가 방으로 갈 테니.」그는 예의를 갖추어 네드 보몬트에게 가볍게 인사했다. 「보몬트 씨는 여기 있어 주게. 생각을 정리하는 데 오래 걸리지는 않을 거야. 서로 어깨를 맞대고 함께 일해 온 사람이 내 아들을 죽인 범인이라니…….」

헨리 의원은 다시 고개를 가볍게 숙여 인사하고는 몸을 꼿꼿이 펴고 다이닝룸을 나갔다.

네드 보몬트는 재닛 헨리의 손목에 손을 올리고 긴장한 듯나지막이 물었다. 「음, 아버지가 곧 폭발할 것 같나요?」

그녀는 깜짝 놀라 그를 쳐다보았다.

「폴을 잡으러 당장 뛰쳐나갈까요? 그러면 안 돼요. 그러면 무슨 일이 벌어질지 모르잖아요.」그가 말했다.

「나도 잘 모르겠어요.」그녀가 대답했다.

네드 보몬트는 초조하게 얼굴을 찌푸렸다. 「그렇게 하도록 내버려 둬서는 안 돼요. 현관 근처에 있다가 막아야 하지 않을까요?」

「네, 그래요.」그녀는 겁에 질린 모습이었다.

그녀는 그를 집 앞쪽에 위치한 작은 방으로 안내했다. 두꺼운 커튼이 쳐져 있어 방 안이 어둑했다. 방문에서 현관문까지는 두어 걸음만 내디디면 닿을 정도로 가까웠다. 어둑한 방 안에서 두 사람은 문 가까이에 서 있었다. 둘 모두 떨고 있었다. 재닛 헨리가 무언가 속삭이려 하자, 네드 보몬트는 쉿 소리를 내며 막았다.

얼마 지나지 않아 통로 카펫을 지나는 발자국 소리가 들렸고, 헨리 의원이 모자와 외투를 입고서 서둘러 현관문으로 갔다.

네드 보몬트가 방에서 나가 말했다. 「잠시만요, 헨리 의원님.」

헨리 의원이 뒤돌아보았다. 얼굴은 차갑게 굳어 있었고, 눈빛은 절박했다. 「난 당장 그자에게 가봐야겠네.」

「소용없습니다.」 네드 보몬트가 헨리 의원에게 가까이 다가가 말했다. 「문제만 더 커질 겁니다.」

「아버지, 가지 마세요. 보몬트 씨 말을 들으세요.」 재닛 헨리가 아버지 곁으로 가서 애원했다.

「보몬트 씨 이야기는 이미 들었다. 더 할 얘기가 있다면 들을 용의는 얼마든지 있고. 그렇지 않으면 가야겠다.」 그는 네드 보몬트를 보며 힘없이 웃었다. 「내가 지금 그자에게 가는 것도 자네 말을 믿기 때문이라네.」

네드 보몬트는 그의 눈빛을 마주 보며 말했다. 「그를 만나실 필요는 없다고 생각합니다.」

헨리 의원의 고압적인 눈빛으로 그를 쳐다보았다.

「하지만 아버지—」 재닛은 그의 눈빛을 보고서 더 이상 말을 잇지 못했다.

네드 보몬트는 헛기침을 했다. 그의 뺨이 불그스름해졌다. 그는 왼손을 재빨리 뻗어 헨리 의원의 외투 오른쪽 주머니를 만졌다.

헨리 의원은 분개하며 물러섰다.

네드 보몬트는 스스로에게 하듯 고개를 끄덕였다. 「아무 소용 없어요.」 그는 진심으로 말하고 나서 재닛을 쳐다보았다. 「주머니에 총이 들어 있어요.」

「아버지!」 재닛은 깜짝 놀라 소리치며 한 손으로 입을 막았다.

네드 보몬트는 입을 꼭 다물었다. 「주머니에 총을 넣고 나가시게 할 수는 없습니다.」

재닛이 말했다. 「보내 드리면 안 돼요, 네드.」

헨리 의원의 눈빛이 경멸에 차 이글거렸다. 「두 사람 모두 주제 넘는 짓을 하고 있군. 재닛, 넌 어서 네 방으로 가.」

그녀는 마지못해 두어 걸음 물러섰지만, 이내 걸음을 멈추고 소리쳤다. 「아니요, 아버지를 보내 드릴 수 없어요. 네드, 가시지 못하게 해요.」

네드 보몬트는 입술을 적시며 약속했다. 「그럴게요.」

헨리 의원은 차가운 눈빛으로 그를 쳐다보고 현관문 손잡이를 잡았다.

네드 보몬트는 몸을 숙여 그의 손을 잡고는 예의를 갖추어 말했다. 「저는 의원님을 보내 드릴 수 없습니다. 방해하려는 게 아닙니다.」네드 보몬트는 그에게서 손을 떼고 외투 안주머니를 더듬어 찢어지고 더러워진 종잇조각을 꺼냈다. 「이건 지난달 제가 지방 검사 사무실에서 특별 조사관으로 임명됐다는 증서입니다. 내가 아는 한 아직까지 취소되지 않았으니, 의원님이 사람을 쏘러 가도록 그냥 내버려 둘 순 없습니다.」

헨리 의원은 종잇조각을 쳐다보지도 않은 채 경멸에 찬 어조로 말했다. 「살인자 친구의 목숨을 구하려는 심산이로군.」

「그렇지 않다는 거 아실 겁니다.」

「이제 그만하게.」헨리 의원은 몸을 똑바로 펴고 현관문 손잡이를 돌렸다.

네드 보몬트가 말했다. 「주머니에 총을 넣고 밖으로 나가시면 체포하겠습니다.」

재닛이 울부짖었다. 「안 돼요, 아버지!」

헨리 의원과 네드 보몬트는 서로의 눈을 노려보며 서 있었고, 둘 다 거친 숨을 몰아쉬었다.

헨리 의원이 먼저 말문을 열고 딸에게 말했다. 「애야, 잠시 자리 좀 비켜 주겠니? 보몬트 씨에게 할 말이 있다.」

그녀가 물어보듯 쳐다보자 네드 보몬트는 고개를 끄덕였다. 「알았어요. 대신 절 다시 보기 전에는 절대 나가시면 안 돼요.」그녀가 아버지에게 말했다.

「그래, 보고 가마.」그가 웃으며 말했다.

두 사람은 재닛이 복도를 걸어 내려가다 그들을 슬쩍 쳐다보고는 왼쪽으로 돌아 통로로 사라지는 모습을 지켜보았다.

헨리 의원이 서글픈 어투로 말했다. 「자네가 내 딸에게 좋은 영향을 미친 것 같지는 않군. 보통은 저렇게 고집불통인 아이가 아닌데.」

보몬트는 미안한 듯 희미한 웃음을 지을 뿐 아무 말도 없었다.

헨리 의원이 물었다. 「얼마나 된 거지?」

「살인 사건을 파헤친 거 말입니까? 저는 하루 이틀밖에 되지 않았지만, 따님은 사건 직후부터였습니다. 처음부터 폴을 범인이라 생각했고요.」

「뭐라고?」 헨리 의원은 놀라 입을 다물지 못했다.

「처음부터 폴이 그랬다고 생각했는데, 모르셨습니까? 따님은 폴을 끔찍이 싫어합니다. 줄곧 그랬죠.」

「싫어한다고? 맙소사, 저런!」 헨리 의원은 놀라 숨이 막히는 듯했다.

네드 보몬트는 고개를 끄덕이고는 문 앞에 서 있는 헨리 의원에게 호기심 어린 미소를 지었다. 「정말 모르셨습니까?」

헨리 의원은 힘겹게 숨을 내쉬었다. 「이리 들어오게.」 그는 재닛과 네드 보몬트가 함께 숨어 있던 방으로 그를 안내했다. 헨리 의원은 불을 켰고, 네드 보몬트는 방문을 닫았다. 두 사람은 서로 마주 보고 섰다.

「보몬트, 남자 대 남자로 얘기하고 싶은데, 자네의 공식 직위는 잠시 잊어도 되겠지?」 의원이 미소 지으며 말했다.

네드 보몬트는 고개를 끄덕였다. 「네, 파 검사도 잊어버렸을 겁니다.」

「보몬트, 피를 보고 싶지는 않지만, 내 아들을 죽인 자가 처벌도 받지 않고 자유롭게 돌아다닌다는 생각만으로도 난 도저히 견딜 수가—」

「말씀드린 대로 경찰이 잡아갈 게 분명합니다. 증거가 너무 확실한 데다가 모두들 알고 있으니까요.」

헨리 의원은 다시 싸늘한 웃음을 지었다. 「자네 지금 현역으로 활동 중인 정치가인 나에게, 폴 매드빅이 이곳에서 저질렀을 범죄 때문에 처벌받을 수도 있다고 말하는 건가?」

「네, 그렇습니다. 폴은 침몰했고, 사람들은 그를 배신하고 있어요. 아직까지 그를 지탱해 주고 있는 것이라곤, 그자들은 그가 채찍을 휘두르면 펄쩍 뛰는 데 너무도 익숙해져 있는 자들이기 때문에 용기를 내려면 시간이 좀 더 필요하다는 점뿐입니다.」

헨리 의원은 웃음 지으며 고개를 가로저었다. 「내 생각은 좀 다르다고 말해도 괜찮겠나? 자네가 살아온 시간보다 내가 정치에 몸담은 시간이 더 길다고 말해도 될까?」

「네, 물론입니다.」

「장담하건대, 얼마의 시간이 주어지든 그들은 필요한 용기를 내지 못할 거야. 폴은 그들의 보스이고, 잠시 반란이 일어날 수 있지만 앞으로도 계속 보스일 거야.」

「그 점에 대해 제 생각은 다릅니다. 폴은 침몰했습니다. 총 이야기로 돌아가자면, 가지고 있어 봐야 소용없으니 저한테 주는 편이 나을 겁니다.」 네드 보몬트는 얼굴을 찌푸리며 손을 내밀었다.

헨리 의원은 오른손을 외투 주머니에 넣었다.

네드 보몬트는 의원에게 다가가 왼손을 헨리 의원의 손목에 갖다 댔다.「주십시오.」

헨리 의원은 분노에 차 그를 노려보았다.

「알겠습니다, 정 그러시다면.」네드 보몬트가 말했다. 두 사람 사이에 잠시 몸싸움이 벌어졌다. 의자가 뒤집혔고, 네드 보몬트는 헨리 의원의 손에서 니켈 도금의 구식 권총을 빼앗았다. 그가 권총을 바지 뒷주머니에 넣는 순간, 재닛이 눈을 동그랗게 뜨고 하얗게 질린 얼굴로 들어왔다.

「무슨 일이에요?」그녀가 놀라 소리쳤다.

「말을 들으시지 않아서 억지로 빼앗았습니다.」네드 보몬트가 투덜거렸다.

헨리 의원은 거칠게 숨을 몰아쉬었고, 얼굴은 일그러졌다. 「내 집에서 당장 나가!」그는 네드 보몬트에게 한 걸음 다가가 명령조로 말했다.

「안 나갈 겁니다.」네드 보몬트가 말했다. 입술 양쪽이 실룩거렸고, 눈빛은 분노로 이글거렸다. 그는 한 손을 뻗어 재닛 헨리의 손목을 거칠게 잡았다.

「앉아서 잘 들어요. 얘기해 달라던 말을 해줄 테니.」그러고는 헨리 의원을 향해 말했다.「할 얘기가 많으니, 의원님도 앉는 편이 나을 겁니다.」

재닛도 헨리 의원도 자리에 앉지 않았다. 재닛은 겁에 질려 눈을 크게 뜨고 네드 보몬트를 쳐다보았고, 헨리 의원은 경계하는 기색이 역력했다. 두 사람 모두 하얗게 겁에 질린 얼굴이었다.

네드 보몬트가 헨리 의원에게 말했다. 「당신이 당신 아들을 죽였습니다.」

헨리 의원은 아무 표정 변화도 없었고, 눈도 깜빡이지 않았다.

재닛은 한동안 헨리 의원처럼 꼼짝도 하지 않더니, 공포에 사로잡힌 듯 바닥에 서서히 주저앉았다. 넘어지지는 않았다. 서서히 무릎을 굽혀 바닥에 주저앉았고, 오른쪽으로 몸을 기울여 손으로 바닥을 짚었다. 그녀는 겁에 질린 얼굴을 들어 자기 아버지와 네드 보몬트를 올려다보았다.

두 사람 모두 그녀의 눈길을 피했다.

네드 보몬트가 헨리 의원에게 말했다. 「당신이 폴을 죽이려 하는 건, 당신이 아들을 죽였다는 사실을 폴이 발설하지 못하게 하기 위해서죠. 당신은 아들을 죽이고도 모면할 수 있으리라는 걸 알아요. 구시대의 멋진 신사분이니까. 우리에게 애써 보여 주는 점잖은 모습을 세상 사람들에게도 가장하면 될 테지요.」네드 보몬트는 잠시 말을 멈추었다.

헨리 의원은 아무 대꾸도 하지 않았다.

네드 보몬트는 다시 말을 이었다. 「당신은 폴이 체포되면 더 이상 당신을 감싸 주지 않을 거라는 걸 알고 있죠. 왜냐하면 폴은 재닛에게 오빠를 죽인 범인이라는 오해를 받고 싶지 않을 테니까요.」 그는 쓸쓸하게 웃었다. 「정말이지 폴에게는 우스꽝스러운 농담 같은 상황이죠.」 그는 머리칼을 쓸어 넘기고 말을 이었다. 「상황을 설명하자면 이렇습니다. 테일러는 폴이 재닛에게 키스했다는 말을 듣고 지팡이와 모자를 챙

겨 그를 뒤쫓아 갔습니다. 하지만 테일러가 그렇게 했다는
건 그리 중요하지 않죠. 당신은 자신이 재선될 가능성에 어
떤 영향이 미칠지 생각하고는—」

헨리 의원은 화를 내며 쉰 목소리로 끼어들었다. 「말도 안
돼! 내 딸 앞에서 감히 어떻게 그런 말을—」

네드 보몬트의 입가에 잔인한 웃음이 떠올랐다. 「물론 말
도 안 되죠. 아들을 죽인 지팡이를 집에 도로 가져온 것도, 모
자를 쓰지 않고 뒤따라 나갔다가 아들의 모자를 쓰고 온 것
도 말이 안 되죠. 그런 말도 안 되는 것 때문에 당신은 십자가
형을 받을 겁니다.」

헨리 의원은 경멸에 차 나지막이 말했다. 「그럼 폴이 자백
한 건 어떻게 되지?」

네드 보몬트는 소리 없이 씩 웃었다. 「그에 관해선 할 말이
많죠. 어떻게 할지 말씀드리죠. 재닛, 폴에게 전화해서 당장
오라고 해요. 헨리 의원이 총을 들고 쏘러 갔다고 말하면 뭐
라고 하는지 들어 보죠.」

재닛은 몸을 약간 움직였지만 일어서지는 않았다. 멍한 표
정이었다.

「말도 안 되는 소리. 그럴 일은 없어.」 헨리 의원이 말했다.

네드 보몬트는 단호하게 몰아붙였다. 「재닛, 폴에게 전화
해요.」

재닛은 여전히 멍한 얼굴로 일어나 문으로 갔다. 헨리 의
원이 날카로운 음성으로 불렀지만 신경 쓰지 않았다.

그러자 헨리 의원은 달라진 목소리로 딸을 불러 세웠다.

「기다려라, 애야.」 그러고는 네드 보몬트에게 말했다. 「자네와 단둘이 이야기하고 싶네.」

「좋습니다.」 네드 보몬트는 그렇게 말하고 문간에서 머뭇거리는 재닛을 쳐다보았다.

그가 무슨 말을 하기도 전에 그녀가 고집스럽게 말했다. 「나도 듣고 싶어요. 그럴 권리가 있으니까요.」

네드 보몬트는 고개를 끄덕이고는 헨리 의원에게 말했다. 「맞는 말입니다.」

「애야, 널 지켜 주려는 거다. 난 ─」 헨리 의원이 말했다.

「지켜 주지 않아도 돼요. 나도 사실을 알고 싶어요.」 재닛은 나지막하지만 단호한 목소리로 말했다.

헨리 의원은 딸에게 졌다는 듯 손바닥을 들어 보였다. 「그렇다면 할 말이 없구나.」

네드 보몬트가 말했다. 「재닛, 폴에게 전화해요.」

그녀가 움직이기 전에 헨리 의원이 말했다. 「날 필요 이상으로 힘들게 하는군.」 그는 손수건을 꺼내 손을 닦았다. 「정확히 어떻게 된 일인지 말하지. 그러고 나서 한 가지 부탁할 일이 있는데, 자네가 절대 거절할 수 없을 부탁이네. 하지만 ─」 그는 갑자기 말을 멈추고는 딸을 쳐다보았다. 「애야, 너도 들어오너라. 반드시 들어야겠다면 문 닫고 들어와.」

재닛은 문을 닫고 근처에 있는 의자에 앉아 몸을 앞으로 기울였다. 얼굴에는 긴장한 기색이 역력했다.

헨리 의원은 여전히 손수건을 쥔 채 양손을 뒤로 하고 네드 보몬트를 쳐다보았다. 눈빛에는 적대감이 없었다. 「그날 밤 난 테일러를 따라 나갔네. 아들이 성급한 짓을 저질러 폴과의 관계가 어긋나지 않길 바랐기 때문이지. 두 사람을 뒤따라가서 차이나가에 이르렀는데, 폴이 테일러에게서 지팡이를 빼앗아 쥐고 있었네. 두 사람은, 아니 적어도 테일러는 흥분해서 말다툼을 하고 있었네. 난 폴에게 그만 가보라고, 아들은 내가 알아서 하겠다고 했네. 폴은 그러겠다면서 내게 지팡이를 건네 줬고, 테일러는 아들로서 애비에게 입에 담지 못할 말을 내뱉고는, 나를 밀치고 폴을 뒤쫓아 가려 했네. 그 후에 정확히 어떤 일이 벌어졌는지는 나도 잘 모르겠네. 아무튼 내가 내리쳤고, 아들은 뒤로 쓰러지면서 보도에 머리를 찧었어. 멀리 가지 않았던 폴이 되돌아왔고, 테일러가 그 자리에서 죽었다는 걸 알았지. 폴은 그곳을 당장 떠나고 우린 테일러의 죽음과 아무 상관도 없다고 잡아떼야 한다고 했어. 아무리 불가피한 상황이었다 해도 다가오는 선거에 스캔들이 될 거라 했어. 나도 그의 말이 옳다고 판단해서 따랐고. 테일러의 모자를 집어서 내게 쓰고 가라고 한 것도 폴이었어. 난 모자도 쓰지 않은 채 집 밖으로 나왔으니까. 폴은 경찰 조사가 우리에게 좁혀 온다면 모자가 중요한 단서가 되어 수사가 중단될 거라 했어. 사실, 폴이 테일러를 죽였다는 소문이 돌자, 지난주에 그를 찾아가 사실대로 털어놓는 게 좋지 않겠느냐고 물었네. 폴은 두려워하는 나를 보며 웃고는 자기가 알아서 하겠다며 날 안심시켰네.」 그는 뒤에 있던 손을 움직여 손수건으로 얼굴을 닦았다. 「그렇게 된 거라네.」

재닛은 숨 막힐 듯한 목소리로 울부짖었다. 「오빠를 그렇게 길거리에 두고 오다니요!」

헨리 의원은 움찔했지만 아무 말도 하지 않았다.

네드 보몬트는 얼굴을 찌푸린 채 잠시 아무 말이 없었다. 「마치 선거 유세 같군요. 약간의 진실을 번지르르하게 포장하는. 부탁할 일은 뭐죠?」

헨리 의원을 바닥을 내려다보고는 다시 그를 쳐다보며 말했다. 「그건 자네만 있는 데서 말하고 싶네.」

네드 보몬트가 단호하게 말했다. 「안 됩니다.」

「얘야, 애비를 용서해라.」 그는 딸에게 말하고서 네드 보몬트에게 말했다. 「진실을 말하고 나니, 내가 어떤 상황에 처했는지 뼈저리게 알겠네. 내 부탁은 권총을 돌려주고 5분만 달라는 것이네. 잠시만 방에 혼자 있게 해주게.」

네드 보몬트가 말했다. 「안 됩니다.」

헨리 의원은 한 손을 가슴에 가져갔다. 손에 든 손수건이 흔들렸다.

네드 보몬트가 말했다. 「응당 죗값을 치러야죠.」


# 2


네드 보몬트는 파 검사와 머리가 희끗한 속기사, 형사 두 명과 헨리 의원과 함께 현관문으로 갔다.

「함께 안 갈 거야?」 파 검사가 물었다.

「같이 가진 않지만 곧 만날 겁니다.」

파 검사는 그의 손을 맞잡고 힘껏 흔들었다. 「더 빨리, 더 자주 오도록 해. 나한테 속임수를 쓰긴 했지만, 결과를 보면 자넬 원망할 수도 없군 그래.」

네드 보몬트는 그에게 씩 웃어 보이고는 형사들에게 고개를 까딱이고 속기사에게 고개 숙여 인사한 뒤 문을 닫았다. 그러고는 계단을 올라가 피아노가 있는 흰 방으로 갔다. 그가 들어가자, 양쪽 끝이 하프 모양인 소파에 앉아 있던 재닛 헨리가 일어났다.

「다들 갔습니다.」 네드 보몬트는 의식적으로 사무적인 어투로 말했다.

「그럼 아버지는……?」

「완벽한 진술을 받아 냈습니다. 우리에게 말한 것보다 더 상세하게.」

「나한테 사실대로 말해 줄래요?」

「그럴게요.」 그는 약속했다.

「그럼 아버지는…… 아버지는 어떻게……?」 그녀는 말을 맺지 못했다.

「그리 대단하진 않을 겁니다. 연세와 명성을 참작해 줄 거고요. 살인죄로 유죄 판결을 받고 집행 유예가 선고되겠죠.」

「사고였다고 생각해요?」

네드 보몬트는 고개를 가로저었다. 그의 눈빛은 차가웠고, 목소리는 무뚝뚝했다. 「아들이 재선을 방해할지도 모른다는 생각에 제정신을 잃고 일을 저지른 것 같아요.」

재닛은 반박하지 않았다. 그녀는 양손을 맞잡아 깍지를 끼고 힘겹게 질문했다.

「아버지를 내버려 두었다면 정말…… 정말 폴을 쐈을까요?」

「그랬을 겁니다. 〈법이 심판할 수 없는 죽음을 위대한 노정 치인이 대신 갚아 주었다〉며 빠져나올 수 있었을 테니까요. 그는 폴이 체포되면 입을 다물고 있지 않을 것임을 알았어요. 폴이 함구했던 건 당신 아버지의 재선을 후원했기 때문이기 도 하지만, 당신을 원했기 때문입니다. 당신 오빠를 죽인 척 가장하면서 어떻게 당신의 마음을 얻을 수 있겠어요? 그는 남들이 뭐라 생각하든 상관하지 않았지만, 당신이 자기를 범 인으로 여기는지는 몰랐어요. 그걸 알았다면 자신의 결백을 밝혔겠죠.」

고개를 끄덕이는 그녀의 표정은 참담했다. 「그를 미워했어 요. 그를 오해했고, 여전히 그가 미워요. 왜 그런 걸까요, 네 드?」그녀는 흐느껴 울었다.

그는 초조한 듯이 한 손을 움직였다. 「그런 수수께끼는 나 한테 물어보면 안 되죠.」

「당신은 나를 속이고, 날 바보로 만들고, 결국 이 지경에 이르게 했는데도 밉지 않아요.」

「그 또한 수수께끼로군요.」그가 말했다.

「네드, 아버지에 관해선 언제부터 알았어요?」

「모르겠어요. 오래전부터 마음 한편에 그런 생각이 자리 잡고 있었으니까요. 폴이 어리석게 구는 걸 설명할 만한 건 그것 뿐이었으니까요. 폴이 테일러를 죽였다면 내게 진작 털어놨 을 거고요. 나한텐 숨길 이유가 없으니까요. 폴은 내가 당신

293

아버지를 좋아하지 않는다는 걸 알았어요. 드러내 놓고 그랬으니까. 폴은 내가 당신 아버지를 찌를지도 모른다고 생각했어요. 하지만 내가 자기를 찌르지 않을 거라는 건 알았죠. 그래서 내가 그의 말을 듣지 않고 사건을 해결하겠다고 나서자, 날 막으려고 거짓 자백을 한 거죠.」

그녀가 물었다. 「당신은 왜 아버지를 좋아하지 않았나요?」

「난 포주를 싫어하거든요.」 그가 흥분해서 말했다.

그녀의 얼굴이 벌겋게 달아올랐고, 눈빛은 수치스러웠다. 그녀는 위축되고 메마른 목소리로 물었다. 「그럼 날 좋아하지 않은 이유는……?」

그는 아무 대꾸도 하지 않았다.

그녀는 입술을 꼭 깨물고 소리쳤다. 「대답해 줘요!」

「당신은 괜찮아요. 폴에게, 그를 갖고 노는 듯한 방식이 괜찮지 않았을 뿐이죠. 당신 부녀는 그에게 독이었을 뿐이죠. 폴에게 말하려 했어요. 두 사람 모두 그를 하등 동물로 여기고, 어떻게 대해도 상관없다고 여긴다고요. 당신 아버지는 평생 별다른 난관 없이 이기는 데에 익숙한 남자지만, 궁지에 몰리면 이성을 잃고 늑대로 변할 거라고 말해 주려 했어요. 그런데 그가 당신과 사랑에 빠진 겁니다. 그래서ㅡ」 그는 이를 악물고 피아노가 놓인 곳으로 갔다.

「당신은 날 경멸하는군요. 창녀라고 생각하면서.」 그녀는 굳은 목소리로 나지막이 말했다.

「경멸하지 않아요.」 그는 그녀를 쳐다보지 않은 채 짜증스럽게 말했다. 「무슨 일을 했든 당신은 그 대가를 치렀고, 누구나 그런 법이니까요.」

두 사람 사이에 잠시 침묵이 흘렀고, 다시 말문을 연 것은 그녀였다. 「이제 당신과 폴은 다시 친구가 되겠군요.」

그는 금방이라도 몸이 떨릴 듯 피아노에서 몸을 돌리고는 손목시계를 확인했다. 「이제 작별 인사를 해야겠군요.」

그녀의 눈빛에 놀라는 기색이 스쳤다. 「멀리 가는 건 아니죠?」

그는 고개를 끄덕였다. 「4시 반 열차는 탈 수 있을 거예요.」

「아주 가는 건가요?」

「이번 사건과 관련된 재판을 피할 수 있으면 그럴 생각인데, 그리 힘들 것 같지는 않아요.」

그녀는 충동적으로 양손을 내밀었다. 「나도 데려가 줘요.」

네드 보몬트는 깜짝 놀라 눈을 깜박였다. 「정말 가고 싶은 건가요, 아니면 히스테리를 부리는 건가요?」 그가 물었을 때 그녀의 얼굴은 이미 진홍색으로 물들어 있었다. 그녀가 입을 열기도 전에 그가 얼굴을 찌푸리며 말했다. 「그렇다고 달라지는 건 없어요. 원한다면 데려갈게요. 하지만 이 모든 건 누가 처리하죠?」 그는 집을 가리키며 물었다.

그녀는 씁쓸하게 말했다. 「상관 안 해요. 채권자들이 알아서 처리하겠죠.」

「당신이 생각해야 할 게 하나 더 있어요. 모두들 당신더러 아버지가 곤경에 처하자마자 저버렸다고 수군거릴 거예요.」

「버리는 거 맞고, 사람들이 그렇게 말하길 바라요. 사람들이 뭐라 수군대든 상관없어요. 당신이 날 데려가 준다면.」 그녀는 흐느꼈다. 「오빠를 암흑 같은 길거리에 혼자 내버려 두지만 않았어도 이러지 않았을 거예요.」

네드 보몬트는 무뚝뚝하게 말했다. 「이젠 신경 쓰지 말아요. 떠나려거든 짐 꾸려요. 가방 두어 개에 들어갈 것만 챙기고, 나머지는 나중에 부치면 될 거예요.」

재닛은 부자연스럽게 소리 높여 웃고는 방에서 뛰어나갔다. 네드 보몬트는 시가에 불을 붙이고 피아노에 앉아 그녀가 돌아올 때까지 느긋하게 연주했다. 그녀는 검정 모자와 검정 외투 차림에 여행용 가방 두 개를 챙겨 왔다.

# 3

두 사람은 택시를 타고 그의 집으로 갔다. 가는 내내 거의 말이 없다가 재닛이 불쑥 말문을 열었다. 「꿈 이야기에서……당신에게 말하지 않은 게 있어요. 열쇠가 유리로 되어 있었는데, 문을 열자마자 산산조각 나버렸어요. 자물쇠가 뻣뻣해서 억지로 열어야 했거든요.」

네드 보몬트는 그녀를 슬쩍 보며 물었다. 「그래서요?」

그녀는 몸을 떨었다. 「우리가 문을 잠가 뱀을 가두지 못한 바람에 수많은 뱀들이 우리를 덮쳤고, 난 비명을 지르며 꿈에서 깼어요.」

「그냥 꿈일 뿐이니 잊어버려요. 당신은 내 송어를 물에 던져 버렸잖아요, 꿈에서 말입니다.」 그는 웃음 지었지만 즐거운 기색은 없었다.

택시가 그의 집 앞에 멈추어 섰다. 두 사람은 집으로 올라 갔다. 그녀는 짐 싸는 걸 돕겠다고 했지만 그는 사양했다. 「내가 할 테니 앉아서 쉬어요. 기차 출발까지 한 시간 남았 어요.」

그녀는 붉은 천을 댄 의자에 앉아 소심하게 물었다. 「당 신…… 아니 우리 어디로 가는 거예요?」

「뉴욕으로, 우선은.」

그가 짐 가방 하나를 꾸렸을 때, 초인종이 울렸다. 「침실에 들어가 있는 게 좋겠어요.」 네드 보몬트는 재닛에게 말하고 는 그녀의 짐 가방을 침실로 옮겼다. 방에서 나오면서 문을 닫았다.

그는 현관으로 가 문을 열어 주었다.

문 앞에 서 있던 폴 매드빅이 말했다. 「네 말이 옳았고, 나 도 이제는 안다는 걸 말해 주려고 왔어.」

「어젯밤엔 오지 않았잖아.」

「어젯밤엔 몰랐으니까. 네가 떠난 직후 집에 들어왔었어.」

네드 보몬트는 고개를 끄덕이고는 통로에서 물러섰다. 「들 어와.」

매드빅은 거실로 들어왔다. 곧바로 짐 가방을 봤지만, 잠 시 거실을 둘러보고 나서 물었다. 「멀리 가는 거야?」

「응.」

매드빅은 재닛 헨리가 앉아 있던 의자에 앉았다. 얼굴에서 세월의 흔적이 느껴졌고, 앉아 있는 모습도 지쳐 보였다.

「오팔은 어때?」 네드 보몬트가 물었다.

「괜찮아. 보기 안쓰럽지만 괜찮아지겠지.」

「형 때문에 그런 거야.」

「네드, 나도 알아.」 매드빅은 다리를 쭉 뻗어 신발을 내려 다보았다. 「내가 으쓱해한다고 생각하진 않았으면 좋겠어.」 그는 잠시 가만히 있다가 말을 이었다. 「네가 떠나기 전에 오 팔이 보고 싶어 할 것 같아. 아니, 분명히 그럴 거야.」

「나 대신 오팔과 어머니에게 인사 전해 줘. 4시 반에 떠나.」

매드빅의 푸른 눈동자에 고뇌의 빛이 스쳤다. 목소리는 거 칠었다. 「네가 옳아. 음, 네가 옳다는 건 하느님도 알지.」 매드 빅은 그렇게 말하고는 다시 시선을 떨어뜨렸다.

네드 보몬트가 물었다. 「그리 충성스럽지 않은 심복들은 어쩔 셈이야? 정신 차리게 할 거야, 아니면 스스로 정신 차렸 어?」

「파 검사와 나머지 배신자들?」

「응.」

「뭔가를 보여 줘야지.」 매드빅은 단호하게 말했지만 목소리 엔 열의가 없었고, 시선도 여전히 바닥을 향하고 있었다. 「4년 을 흘려보내야겠지만, 그동안 내부 정리하고 조직을 탄탄히 해야겠지.」

네드 보몬트가 눈썹을 치켜 올리며 물었다. 「선거에서 그 들을 찌르려고?」

「찌르는 정도가 아니라 다이너마이트로 날려 버릴 거야. 새드는 죽었어. 그놈 똘마니들이 4년 동안 이곳을 운영하게 되겠지. 그들 중에 내가 걱정할 만큼 탄탄하게 조직을 쌓아올릴 인물은 아무도 없어. 다음번에 이 도시를 다시 차지해서 내부 정리를 할 거야.」

「지금도 마음만 먹으면 이길 수 있어.」 네드 보몬트가 말했다.

「물론이지. 하지만 그 더러운 놈들과 함께 이기고 싶지는 않아.」

네드 보몬트는 고개를 끄덕였다. 「인내심과 배짱이 필요할 테지만, 나도 그게 최선이라고 믿어.」

「그게 내가 가진 전부지. 지략가는 절대 갖지 못하겠지만.」 매드빅은 참담한 표정이었다. 아래로 향해 있던 시선이 벽난로로 향했고, 목소리는 들릴 듯 말 듯했다. 「꼭 떠나야 하는 거야, 네드?」

「그래야 해.」

매드빅은 큰 소리로 목을 가다듬었다. 「더 이상 바보처럼 굴면 안 되겠구나. 네가 떠나든 여기에 머물든, 너에 대해 나쁜 감정은 없다고 말하고 싶구나, 네드.」

「나도 나쁜 감정 없어, 형.」

매드빅은 고개를 들며 물었다. 「악수할까?」

「물론이지.」

매드빅은 자리에서 벌떡 일어섰다. 그러고는 네드 보몬트의 손을 있는 힘껏 움켜잡았다. 「네드, 가지 마. 나와 함께 있어. 지금 내겐 네가 필요해. 지금껏 잘못했던 건 온 힘을 다해 만회할게.」

네드 보몬트는 고개를 가로저었다. 「나한테 만회할 거 없
어.」

「그렇다면……?」

네드 보몬트는 다시 고개를 가로저었다. 「그럴 순 없어. 가
야 해.」

매드빅은 그의 손을 놔주고 침울한 표정으로 다시 자리에
앉았다. 「인과응보지.」

네드 보몬트는 초조한 기색을 내비쳤다. 「그런 거랑 아무
상관 없어.」 네드 보몬트는 말을 멈추고 입술을 깨물며 불쑥
말했다. 「재닛이 와 있어.」

매드빅은 그를 빤히 쳐다보았다.

재닛 헨리가 침실 문을 열고 거실로 나왔다. 얼굴은 창백
하고 핼쑥했지만 고개를 꼿꼿이 들고 있었다. 그녀는 폴 매
드빅에게 곧장 다가가 말했다. 「폴, 당신에게 많은 잘못을 저
질렀어요. 난——」

폴 매드빅 역시 그녀처럼 창백했다. 얼마 후 얼굴에 피가
몰렸고, 그가 쉰 목소리로 말했다. 「그런 말 말아요. 당신도
어쩔 수 없었을 테니.」

그는 무언가 더 말하려 했지만, 알아들을 수 없는 중얼거
림일 뿐이었다.

그녀는 움찔하며 뒤로 물러섰다.

네드 보몬트가 말했다. 「재닛도 함께 떠날 거야.」

매드빅은 놀란 듯 입을 벌렸다. 멍하니 네드 보몬트를 바
라보는 그의 얼굴에서 다시 핏기가 가셨다. 그는 다시 창백

해진 얼굴로 무언가 중얼거렸지만, 〈행운〉이라는 단어만 겨우 알아들을 수 있을 뿐이었다. 그는 어색하게 몸을 돌려 출입문으로 가서 문도 닫지 않은 채 그곳을 떠났다.

　재닛 헨리는 네드 보몬트를 쳐다보았다. 그는 그 자리에 얼어붙은 듯 열린 문을 응시하고 있었다.

# 총성처럼 간결하게 안개처럼 서늘하게

대실 해밋은 일반적인 작가들의 궤도를 여러 측면에서 이탈한 작가이다. 어린 시절 받았던 교육, 청년과 중년으로서 사회에서 쌓은 경력들, 추리 소설을 쓰게 된 과정, 심지어 작가로서의 명성을 얻은 이후의 여정마저 사뭇 색다르다. 그의 첫 단편소설이 발표된 지 한 세기의 세월이 지난 지금, 그는 어떤 작가와도 비견될 수 없을 만큼 하드보일드 추리 소설가로서 높은 문학적 평가를 받고 있으며 전 세계 독자들에게 서늘하고도 깊은 인상을 남기고 있다. 그 이유는 여러 측면에서 찾을 수 있겠지만, 아마도 그가 한 인간으로서 그리고 작가로서 걸어온 남다른 궤도에서도 찾을 수 있을 듯하다.

## 범죄의 세상에 내던져지다

대실 해밋은 1894년 메릴랜드주 세인트메리 카운티의 담배 농장에서 태어났다. 리처드 토머스 해밋과 앤 본드 대실의 2남 1녀 중 둘째로 태어났다. 본명은 새뮤얼 대실 해밋으로, 오래전 프랑스에서 이민 와서 정착한 어머니의 성을 따서 필명으로 썼다. 메릴랜드주에서 태어난 그는 필라델피아와 볼티모어에서 어린 시절을 보냈다. 가난한 집안 탓에 열네 살에 학교를 중퇴한 그는 등 떠밀리듯 세상에 내던져졌다. 신문 배달원, 철도역의 심부름꾼, 주식 중개 회사 사무원 등 온갖 허드렛일을 전전하던 그는 1915년 핑커턴 탐정 사무소에서 일하기 시작하면서 인생의 전환점을 맞게 된다. 이후 전쟁으로 인한 입대로 퇴사와 재입사를 하기도 하며 1921년까지 탐정으로서 실무를 익혔다. 그곳에서 일한 경험은 그가 훗날 탐정 소설을 쓰게 된 실질적인 계기가 되었음은 물론이다. 하지만 전쟁과 폭력, 대공황과 범죄, 불안과 냉소가 극에 달한 당시 사회상이 아마도 더 큰 영향을 미쳤을 것이다.

제1차 세계 대전이 발발하자 그는 탐정 회사를 그만두고 입대했지만, 중대 배속 후 불과 석 달 만에 스페인 독감에 걸렸고 결핵을 앓았다. 의가사 제대 이후에도 결핵으로 인한 입원과 퇴원을 반복했고, 폐 질환은 평생 그를 따라다니며 괴롭혔다. 그가 전쟁에서 되돌아와 맞닥뜨린 사회는 처참하리만치 피폐해져 있었다. 전쟁 이후의 허무주의가 사회 전반에 팽배했고, 도시화가 가속화되면서 급증한 익명의 범죄, 공권력을 부정하며 서로가 서로를 속이는 불신이 극에 달했다. 1920년부터 1932년까지 시행된 금주법과 그에 대한 저항 등으로 당시 사회는 역사상 경험해 보지 못했던 대혼란에 휩싸였다. 그것은 범죄와 폭력이 일상이 된 혼란이었다. 해밋은 평생 폭음에 시달렸고, 여인들과의 염문이 끊이지 않았고, 여러 차례 소송에 휘말리기도 했다. 지금의 잣대로 보면 당혹스러울 정도지만, 그가 글을 쓰고 글의 배경이 되었던 1920~1930년대의 시대상을 떠올려 보면 맥락이 다소 다르게 읽히기도 한다. 1백 년의 세월을 훌쩍 넘어 하드보일드 추리 소설의 시효이자 최고봉으로 평가받는 그의 소설은 작가로서의 그의 탁월한 재능에 큰 빚을 지고 있지만, 이전과는 완전히 달라진 세상을 허무주의와 냉소로 견뎌 낸 시대의 군상도 큰 몫을 했을 것이다. 그는 머릿속 상상이 아니라 일상 곳곳에서 범죄와 맞부딪쳤고 폭력에 연루되었다. 그 때문에 그의 글은 범죄와 추리를 다루는 이전 소설들과는 확연히 달랐다. 범죄가 일상이 돼버린 사회에서는, 그것을 바라보는 시선과 그에 대처하는 방식이 달라질 수밖에 없었을 것이므로.

## 휘몰아치듯 글을 쓰다

해밋은 핑커턴 탐정 사무소에서 만난 제임스 라이트 탐정에게서 실무를 배우고 익혔다. 그는 훗날 해밋의 작품에 등장하는 콘티넨털 탐정의 모델로도 잘 알려져 있다. 무려 스물아홉 편의 단편과 두 편의 장편에 등장하는 콘티넨털 탐정은 스토리를 이끌어 나가는 주인공이자 작가의 페르소나임은 두말할 필요가 없을 것이다.

대실 해밋은 작가로서의 집필 기간이 유독 짧다. 그는 평생 마흔 편에 달하는 단편소설과 다섯 편의 장편소설을 썼는데, 집필 기간은 오롯이 12년 동안으로 한정된다. 1922년 첫 단편을 쓰고 1934년 이후로는 더 이상 단편을 쓰지 않았으며, 다섯 편의 장편 역시 불과 5년 정도의 짧은 기간 동안 휘몰아치듯 썼다. 이후 영화 시나리오나 라디오 각본 등을 꾸준히 집필하기는 했지만, 그의 문학적 성취에서 가장 큰 부분을 차지하는 장편소설과 단편소설의 집필 기간은 당혹스러울 정도로 짧은 게 사실이다.

특히 다섯 편의 장편소설은 이상하리만치 한 시기에 집중되어 있다. 억수 같은 비가 한시도 멈추지 않고 계속 쏟아져 내리듯이, 거대한 산봉우리가 연이어 솟아오르듯이 그는 글을 썼다. 출간 시점을 살펴보면 첫 장편소설 『피의 수확*Red Harvest*』과 마지막 장편소설인 『여윈 남자*The Thin Man*』는 각각 1929년 2월과 1934년 1월이다. 5년 정도 되는 짧은 기간인데, 집필 시기를 보면 더 드라마틱하다. 『피의 수확』 집필을 시작한 시기가 1927년이고, 『여윈 남자』의 65페이지짜리 초고를 완성한 때가 1931년이었으니, 실제로 그가 다섯 편의 장편소설을 쓴 시기는 채 5년이 안 된다고 봐도 무방할 듯하다. 30대 중반부터 마흔이 채 되기 전까지, 그는 그 짧은 기간 동안 긴 호흡으로 거침없이 장편소설들을 써내려 갔다. 이후 중년과 말년에 장편소설 계약을 몇 차례 하기는 했지만, 결국 책을 출간하지는 못했다.

해밋의 다섯 편의 장편소설을 살펴보면, 각각의 작품을 대표작으로 내세워도 무방할 정도이다. 하드보일드 추리 소설 특유의 무심함과 간결함으로 전 세계의 수많은 독자들을 매료시켰고, 영화라는 또 다른 매체로 제작되어 수많은 관객을 열광하게 하기도 했다.

첫 장편소설인 『피의 수확』은 출간되자마자 큰 성공을 거두며 해밋을 세상에 알렸다. 불과 5개월 후에 출간한 『데인가의 저주』는 작가의 대표작이라 해도 손색이 없고, 그로부터 7개월 후에 출간된 『몰타의 매 The Maltese Falcon』는 하드보일드 탐정 소설의 최고봉으로 평가된다. 네 번째 장편인 『유리 열쇠 The Glass Key』는 하드보일드 탐정 소설 분야에서 그의 위상을 더욱 확고하게 해주었고, 마지막 장편 『여윈 남자』는 이후 몇 차례 연작을 시도하는 등 작가 스스로에게도 큰 영감을 불러일으킨 보고였다.

다섯 편의 장편소설은 모두 그에게 작가로서의 명성뿐 아니라 대중적인 성공을 가져다주었다. 다섯 작품 모두 영화화되었고, 『몰타의 매』와 『여윈 남자』는 각각 무려 세 번씩이나 영화화되었는데, 당시 그의 작품이 사회 전반에 걸쳐 얼마나 큰 반향을 불러일으켰는지 짐작할 수 있는 대목이다. 범죄와 폭력으로 얼룩진 당시의 시대상을 스크린으로 새롭게 직시한 그는 이후 영화와 좌익 활동에 전념하면서 인생의 또 다른 전환점을 맞게 된다. 『몰타의 매』를 세 번째로 각색한 험프리 보가트 주연의 영화는 오랜 세월이 지난 지금까지도 명작으로 손꼽힌다. 심지어 1990년에 상영된 코엔 형제의 영화 「밀러스 크로싱 Miller's crossing」은 『유리 열쇠』에서 모티브를 차용한 것으로 알려져 있다. 긴 세월이 지나 오늘날에도 새로운 모습으로 재탄생하는 해밋의 작품을 마주하자면, 시대를 초월한 그의 문학의 보편성과 영향력에 절로 고개가 끄덕여진다.

## 『유리 열쇠』에 대하여

『유리 열쇠』는 해밋이 『몰타의 매』로 커다란 문학적 성취를 이루며 작가로서의 정점에 오른 직후에 발표한 작품이다. 북유럽 최고의 탐정 소설에 주어지는 문학상인 〈유리 열쇠상〉의 유래가 되기도 했고, 작가 스스로 자신의 최고의 작품으로 꼽았을 정도로 그 문학적 위상은 두말할 나위 없다.

『유리 열쇠』에는 도시의 거물 폴 매드빅과 그를 보좌하는 네드 보몬트가 두 개의 축을 이루며 글을 이끌어 간다. 합법과 불법, 음지와 양지를 오가는 폴 매드빅이 상원 의원의 딸인 재닛과 결혼하려는 계획을 세우면서 그들을 둘러싼 세계는 또 다른 소용돌이에 휩싸인다. 매드빅의 딸인 오팔의 연인이자 재닛의 오빠인 테일러의 시체가 거리에서 발견된다. 네드 보몬트가 전면에 나서 사건의 전말을 파헤치지만, 실마리가 풀리기는커녕 오히려 서로가 서로를 속이는 속임수와 불신이 팽배해진다. 그러면서 상황은 아무도 믿을 수 없는 안개 속으로 빠져든다. 그리고 그 안개 너머로는 한 치 앞을 내다볼 수 없는 인간의 욕망과 사랑, 추악한 정치의 이면과 정의, 끝을 알 수 없는 불신의 미로가 보일 듯 말 듯 정체를 드러내며 독자들을 혼란 속으로 몰아넣는다.

『유리 열쇠』는 등장인물의 내적인 감정과 생각을 배제한 채 그들의 행동과 주변의 정황만으로 글을 이끌어 가면서 하드보일드 추리 소설의 진수를 보여 준다. 살인 사건과 폭력이 연속적으로 일어나고, 알 수 없는 정황이 꼬리에 꼬리를 물고 이어지고, 독자들은 어느 누구도 믿을 수 없는 불신에 빠져들게 된다.

비정하면서도 간결한 글의 특징 때문일까? 해밋의 글은 긴 세월을 가로질러 독자들을 비현실적인 세상으로 데려가는 듯하다. 해밋이 만들어 낸 캐릭터들이 살아 숨 쉬는 거대한 허구의 세상은 온통 안개 속에 휩싸여 있고, 그 풍경은 서늘하고 비정하다. 그리고 마침내 독자들이 마지막 페이지를 넘겼을 때, 그 세상은 마치 총성이 울려 퍼지듯, 연기처럼 간결하게, 아무런 흔적도 없이 사라져 버리는 듯하다.

## 영화와 좌익 활동에 몰두하다

다섯 편의 장편소설을 몰아치듯 세상에 내놓은 해밋은 죽음을 맞기 전 25년 동안 단 한 편의 장편소설도 쓰지 않았고, 1934년 이후로는 단편소설을 발표한 적도 없다. 생활고 때문에 새로운 소설을 쓰기로 계약한 적은 몇 차례 있었지만 끝내 작품을 완성하지는 못했다. 하지만 그것은 작가로서의 경력이 끝난 게 아니라 새로운 전기를 맞았다고 하는 편이 옳을 것이다. 소설을 향한 그의 열정이 옮겨 간 대상은 바로 영화와 좌익 활동이었다.

자신의 소설이 영화화되는 과정을 지켜보면서 그의 관심이 영화로 옮겨 간 것은 어쩌면 당연한 결과였을지도 모른다. 하드보일드 추리 소설로 독자들의 절대적인 지지를 받은 그는 자신의 작품이 잇따라 영화화되면서 영화라는 새로운 매체의 엄청난 파급력을 체감했다. 거액의 계약금을 받으면서 한때 호화로운 삶을 누리기도 했다. 영화계에 발을 디딘 그는 파라마운트, 워너브라더스, MGM 영화사와 연이어 판권과 각본 계약을 맺으며 할리우드로 근거지를 옮겨 간다. 할리우드에 정착한 그는 이전과는 다른 삶을 만끽한다. 영화계와 문학계의 다양한 인사들과 어울렸고, 당시 아서 코버의 아내였던 릴리언 헬먼과 만나 이후 30년 넘게 서로에게 큰 영향을 주고받는다.

제1차 세계 대전 이후 피폐해진 사회에는 공산주의 이념이 팽배했다. 당시 대중에게 가장 강력한 프로파간다였던 영화의 일선에 섰던 해밋은 자연스럽게 좌익 활동에 몰두하게 된다. 해밋은 자신의 작품을 발표하고 편집 위원으로 일했던 『블랙 마스크』 이후에도 여러 잡지에서 편집 위원으로 일했다. 생계를 위한 선택이기도 했지만, 이후 좌익 활동 등 그의 신념을 관철시키는 중요한 통로가 되기도 했다. 1930년대에 반파시스트 활동에 적극적으로 가담한 그는 1937년 미국 공산당에 입당했다. 미국 작가 연맹의 일원으로 미국 반전 위원회에서 일하기도 했고, 제2차 세계 대전에 참여한 미군의 신문 편집 일을 하며 새로운 출구를 모색하기도 했다. 하지만 공산당 입당 후 좌익 활동에 참여하며 고초도 적지 않게 겪었다. 미국 정부를 전복하려는 시도를 교사하거나 옹호하는 범죄자들에 관한 정보 제공을 거부하면서 유죄 판결을 받고 투옥되기도 했다. 반미 활동 조사 위원회에 소환되어 증언과 협조를 거부하면서 블랙리스트에 올랐고, 그로 인해 그의 작품들이 정부 도서관에서 추방되는 치욕을 겪기도 했다. FBI는 해밋에 관한 278페이지 분량의 파일을 가지고 있었다고도 한다. 해밋이 참전 용사로 알링턴 국립묘지에 안장될 때도, FBI 국장 후버가 강력하게 반대하는 등 그는 이데올로기적으로도 우여곡절 많은 삶을 살았다.

## 개인의 삶은 풍파에 휩쓸리다

작가가 아닌 자연인으로서, 남자로서의 해밋의 민낯은 어떠했을까? 평생 적지 않은 논란을 불러일으킨 그의 사생활을 잠시 들여다보는 것은 단순한 호기심에서도, 도덕적인 판단에서도 아니다. 다만 인생이라는 긴 여정에서 그가 한 개인으로서 겪었을, 깊이를 가늠할 수 없는 열망과 좌절을 잠시 떠올려 보는 것도 독자들에게 의미가 있을 듯하다.

자연인으로서 해밋의 삶은 평탄함과는 거리가 멀었다. 오히려 평탄한 시기가 있었을까 싶을 만큼 온갖 사건과 사고의 소용돌이에 휩싸였다. 그는 20대 입대 직후 결핵에 걸렸고 평생 폐질환에 시달렸다. 결핵으로 입원한 그는 간호사 조세핀 돌런을 만나 사랑에 빠져 결혼했다. 1921년과 1926년에 딸 둘을 낳았지만, 결핵으로 인해 떨어져 지내는 생활이 지속되면서 둘의 관계는 이혼으로 끝난다. 그는 간혹 금주를 하기도 했지만 평생 건강을 심각하게 해치면서 폭음을 일삼았다. 경제적인 상황도 기복이 심했다. 장편소설이 영화화되면서 거금을 손에 쥔 그는 고급 아파트에 거주하기도 했지만, 말년에는 극심한 곤궁에 처하며 주변 사람들의 도움으로 연명했다. 특히 작가로서의 화려한 명성을 뒤로 한 채 1952년에는 그의 모든 책이 절판되는 암흑의 시기를 겪기도 했고,

그 이후에도 몇 번이나 출판 계약을 번복하기도 했다. 급기야 1956년에는 14만 달러에 이르는 거액의 세금 체납에 시달리기도 했다.

그는 여러 여인들과의 염문에 휩싸이기도 했다. 『유리 열쇠』를 헌정한, 작가이자 여배우인 넬 마틴은 한때 그의 연인이었다. 함께 어울리던 작가들의 부인들과 외도를 하기도 했고, 심지어 엘리스 드 비안이라는 여배우로부터 폭행 및 강간 미수 혐의로 소송을 당해 유죄 판결을 받기도 하는 등, 그는 수많은 여인들과 혼란스러운 관계에 얽혔다. 그러한 여인들 가운데 그와 가장 큰 영향을 주고받은 이는 릴리언 헬먼인 듯하다. 해밋의 작품에 등장하는 노라 찰스가 그녀에게 영감을 받아 만들어진 캐릭터임은 널리 알려진 사실이기도 하다. 두 사람은 30년이 넘는 긴 세월 동안 삶의 궤적을 함께 했다. 해밋에게 릴리언 헬먼은 희곡을 함께 수정하고 시나리오를 공동 집필한 가까운 동료 작가이기도 했고, 그가 잦은 폭음과 염문으로 힘들게 했던 처절한 연인이기도 했고, 사경을 헤매던 그를 죽는 순간까지 극진히 보살폈던 따뜻한 동반자이기도 했다.

한 개인의 삶과 개인이 살아간 시대를 따로 떼어 생각할 수 없듯이, 작가로서의 삶도 마찬가지일 것이다. 해밋은 시대와 격렬하게 맞부딪쳤고, 무자비하게 휩쓸렸고, 가차 없이 헤쳐 나갔으며, 힘겨운 불화를 겪기도 했다. 개인의 삶을 작품과 곧이곧대로 연관시킬 수는 없겠지만, 굴곡진 해밋의 삶을 따라가다 보면 하드보일드한 그의 소설이 오히려 더 안온해 보이기도 한다. 그만큼 그는 굴곡지고 파란만장한 삶을 살았다.

## 간결하고 서늘하게

해밋의 문학적 후계자로 평가받고 그에게 절대적인 지지를 보낸 레이먼드 챈들러는 다음과 같은 말로 그에 대한 존경과 애정을 표했다. 〈해밋은 최고의 작가였다. 감정이 부족하다는 평가를 받기도 하지만, 오히려 남자들의 우정에 관한 기록이야말로 스토리에서 가장 중요하다고 생각했다. 글의 스타일은 말을 아끼고, 소박하고, 하드보일드했다. 언제나 최고의 작가였던 그는 늘 다른 사람들이 전혀 써본 적 없는 걸 써냈다.〉

해밋은 떠났지만 그의 작품은 우리 곁에 남아 있다. 당시의 암울한 시대상을 냉소적이고 무심한 시선으로 바라보던 그의 글은 동시대인들에게 깊은 공감을 불러일으켰다. 남자들의 거친 세계를 잔인하리만치 날것 그대로 보여 주었기 때문일 것이다. 그리고 한 세기의 세월이 지난 지금, 그의 글은 여전히 군더더기라곤 없는 간결함과 온기라곤 느낄 수 없는 서늘함으로 독자들을 매료시킨다.

끝으로, 이 책의 번역 원본으로는 Dashiell Hammett, *The Glass Key*(London: Orion Books, 2002)를 사용했음을 밝힌다.

2020년 12월
홍성영

# 대실 해밋 연보

**1894년 출생** 5월 27일 미국 메릴랜드주 세인트메리스 카운티에서 태어남. 아버지 리처드 토머스 해밋, 어머니 애니 본드 해밋.

**1900년 6세** 펜실베이니아주 필라델피아로 이사.

**1901년 7세** 메릴랜드주 볼티모어로 이사. 공립 학교 입학함.

**1905년 11세** B&O 철도, 포&데이비스 증권 중개소 등에서 허드렛일을 함(~1915).

**1908년 14세** 9월 볼티모어 실업 학교 입학. 1학기를 마친 뒤 아버지의 사업을 돕기 위해 자퇴함.

**1915년 21세** 당시 미국 최대의 사립 탐정 회사인 핑커턴 탐정 사무소에 취직, 탐정 일을 시작함.

**1918년 24세** 6월 24일 제1차 세계 대전 중 군 입대(~1919년 5월 29일). 미국 내에만 머물렀지만 이때 걸린 스페인 독감이 폐렴으로 발전함.

**1920년 26세** 5월 워싱턴주 스포케인으로 이주해서 계속 핑커턴 소속 탐정으로 일함. 11월 6일 폐결핵으로 입원. 이 병원에서 간호사 조제핀 (조스) 돌런을 만남.

**1921년 27세** 5월 퇴원해서 시애틀에 잠시 거주함. 6월 샌프란시스코로 이주. 7월 7일 조스 돌런과 결혼. 10월 16일 큰딸 메리 출생. 12월 1일 건강 문제로 탐정 일을 그만둠.

**1922년** 28세 　2월 먼슨 경영 대학에서 1년 반 동안 속기 등의 직업 훈련을 받음. 10일 잡지 『스마트 세트』에 첫 작품을 발표함.

**1926년** 32세 　3월 집필 활동 중단. 샌프란시스코의 보석 회사 새뮤얼스에 광고 매니저로 취직. 5월 24일 둘째딸 조제핀 출생. 7월 20일 간염으로 퇴사. 감염을 우려해서 가족과 따로 살기 시작함. 이후 해밋의 가족은 다시 결합하지 못함.

**1927년** 33세 　1월 15일 『토요 문학 평론』지에 탐정 소설 비평 시작 (~1929년 10월 29일). 2월 『블랙 마스크』지에 『대단한 강도』 발표. 11월 첫 번째 장편소설 『피의 수확 *Red Harvest*』을 『블랙 마스크』지에 연재 시작(4회에 걸쳐 연재).

**1928년** 34세 　11월 두 번째 장편소설 『데인가의 저주 *The Dain Curse*』를 『블랙 마스크』지에 연재 시작(4회에 걸쳐 연재).

**1929년** 35세 　2월 1일 『피의 수확』 출간(크노프 출판사). 7월 19일 『데인가의 저주』 출간(크노프 출판사). 가을 뉴욕으로 이주, 부인과 딸들은 로스앤젤레스로 이주함. 9월 세 번째 장편소설 『몰타의 매 *The Maltese Falcon*』를 『블랙마스크』지에 연재 시작(5회에 걸쳐 연재).

**1930년** 36세 　2월 14일 『몰타의 매』 출간(크노프 출판사). 2월 『피의 수확』을 영화화한 「노변 여관의 밤 Roadhouse Nights」 출시. 3월 네 번째 장편소설 『유리 열쇠 *The Glass Key*』를 『블랙 마스크』에 연재 시작(4회에 걸쳐 연재). 4월 5일 『뉴욕 이브닝 포스트』지에 추리 소설 평론 게재 시작(6개월). 여름 파라마운트사와 영화용 소설 집필 계약, 할리우드로 이주. 11월 20일 평생에 걸친 연인이자 동반자가 된 극작가 릴리언 헬먼을 만남.

**1931년** 37세 　1월 20일 『유리 열쇠』가 런던에서 출간됨. 4월 파라마운트와의 계약에 따라서 쓴 소설을 영화화한 「도시의 거리들 City Streets」

개봉. 4월 28일 영화용 소설 「진전」이 워너브라더스사에게 거절 당함. 뉴욕으로 이주. 봄 장편소설 『여윈 남자*The Thin Man*』 집필 시작했다가 중단함. 5월 영화 「몰타의 매」 개봉(워너브라더스). 10월 8일 여러 작가의 단편소설을 묶은 『밤마다 추한 놈들*Creeps by Night*』 편집 출간. 겨울 할리우드 방문 중 여배우 엘리스 드 비안 폭행 건으로 고소당함. 결석 재판에서 유죄 판결(1932년 6월 30일).

**1932년** <sup>38세</sup> 11월 29일 뉴욕 서턴 클럽 호텔로 이주해서 『여윈 남자』 재집필 시작(1933년 5월 탈고).

**1933년** <sup>39세</sup> 헬먼과 함께 플로리다주 홈스테드로 이주함. 1934년 초여름에 뉴욕으로 돌아옴. 12월 다섯 번째이자 마지막 장편소설인 『여윈 남자』 전편을 『레드북스』지에 발표함.

**1934년** <sup>40세</sup> 1월 8일 『여윈 남자』 출간(크노프 출판사). 1월 29일 신디케이트 만화 「비밀 요원Secret Agent X-9」 스토리 작가로 참여(~1935년 4월 27일). 3월 24일 마지막 단편소설 「이 작은 돼지This Little Pig」를 『콜리어스』지에 발표. 6월 영화 「여윈 남자」 개봉(MGM). 9월 27일 「진전」을 개명해서 영화화 한 「미스터 다이너마이트Mister Dynamite」 출시. 10월 29일 영화사 MGM 소속 작가로 일을 시작함. 할리우드로 이주. 베벌리 윌셔 호텔에 거주.

**1935년** <sup>41세</sup> 6월 영화 「유리 열쇠」 출시(파라마운트). MGM과 재계약함.

**1936년** <sup>42세</sup> 1월 뉴욕으로 돌아가 2주간 입원. 퇴원 후 매디슨 호텔에서 생활. 7월 「숙녀를 만난 악마Satan Met a Lady」(『몰타의 매』의 두 번째 영화) 개봉(워너브라더스). 가을 뉴저지주 프린스턴시로 이주. 12월 25일 「여윈 남자를 찾아After the Thin Man」(해밋의 단편소설에 근거한 영화) 개봉(MGM).

**1937년** <sup>43세</sup> 2월 『여윈 남자』와 관련된 모든 권리를 4만 달러에 MGM에 판매함. 봄 이웃들의 불만 때문에 프린스턴을 떠남. 할리우드로 이주해서 MGM과 작업. 8월 31일 멕시코 법정이 조스 해밋에게 이혼을 허가

함(하지만 미국에서는 법적 구속력이 없는 판결이었음). 44세 여름 여윈 남자 시리즈의 두 번째 단편소설 완성. 정치 활동을 시작함.

**1939년** [45세] 7월 14일 MGM과의 계약 종료. 뉴욕으로 이주. 가을 랜덤하우스가 해밋의 새 장편소설 『젊은이가 있었네』를 예고했으나 출간되지 않음. 11월 「또 다른 여윈 남자Another Thin Man」(여윈 남자 시리즈의 세 번째 작품) 출시.

**1940년** [46세] 선거권 위원회(공산당원의 선거 출마를 촉진하기 위한 단체)의 전국 의장이 됨.

**1941년** [47세] 7월 2일 라디오 시리즈 「여윈 남자의 모험The Adventures of the Thin Man」 시작(1950년 11월까지). 10월 「몰타의 매」 세 번째 영화 제작(존 휴스턴 감독, 험프리 보가트 출연). 11월 「여윈 남자의 그림자Shadow of the Thin Man」 개봉(MGM).

**1942년** [48세] 9월 17일 제2차 세계 대전 중 사병으로 재입대, 뉴저지주 먼머스 요새에 배치됨. 10월 「유리 열쇠」 두 번째 영화 버전 개봉(파라마운트).

**1943년** [49세] 8월 「라인강 파수대Watch on the Rhine」(헬먼의 희곡을 해밋과 헬먼이 공동 각색한 영화) 개봉(워너브라더스). 9월 8일 알래스카로 옮김.

**1944년** [50세] 1월 19일 해밋이 편집한 군대 내 일간 신문 『아다키안』의 최초 시험판이 발간됨. 로버트 콜로드니와 공동 집필한 「아류산인들의 전투The Battle of the Aleutians」(군 교육 자료) 출간.

**1945년** [51세] 1월 「여윈 남자 집으로 가다The Thin Man Goes Home」 개봉(MGM). 9월 6일 하사로 명예 제대하고 뉴욕으로 돌아감.

**1946년** [52세] 제퍼슨 사회과학 대학에서 추리 소설 작법을 강의함(~1956). 학교 이사로도 활동(1949~1956). 1월 21일 해밋의 몇몇 소설에 나오는 콘티넨털 탐정(콘티넨털 탐정 회사에서 일해서 이런 이름으로 불림)을 주인공으로 삼은 라디오 시리즈 「뚱뚱한 사내The Fat Man」

시작(~1950). 6월 5일 뉴욕 시민권 회의 의장으로 선출됨(~1950년대).
7월 12일 라디오 시리즈 「샘 스페이드의 모험The Adventures of Sam
Spade」 시작함(~1951).

**1948년** 54세  5월 28일 위의 라디오 시리즈와 관련해서 워너브라더스사
가 관계자들을 고발했는데, 뒤에 해밋도 고소 대상이 됨. 그러나 1951년
해밋에게 유리한 판결이 남.

**1949년** 55세  가을 연극 제작자 커밋 블룸가든의 드라마틱-스크립트
컨설턴트로 일함.

**1950년** 56세  1월 할리우드로 가서 파라마운트의 시나리오 작가로 일
함. 가을 헬먼, 블룸가든과 함께 헬먼의 희곡 「가을 정원The Autumn
Garden」을 제작함(~1951년 봄).

**1951년** 57세  7월 9일 시민권 회의 보석 기금과 관련해서 지방 법원 증
언대에 섰지만 증언 비협조와 법원 경멸죄로 6개월 징역형을 선고받음.
9월 28일 출소. 수입을 압류당함.

**1952년** 58세  봄 뉴욕주 케이토나에 있는 새뮤얼 로센 박사 영지로 이
주. 수위실에서 생활함.

**1953년** 59세  장편소설 『튤립Tulip』을 쓰려고 하다가 포기함.

**1955년** 61세  2월 23일 자전 단체 활동과 관련하여 뉴욕주 합동 입법위
원회에서 증언. 8월 마사즈 비니어드에 있는 헬먼의 집에서 심장 마비를
일으킴.

**1957년** 63세  1월 민사 재판에서 14만 795달러 96센트의 연방 소득세
채무를 판결받음.

**1959년** 65세  5월 재향 군인회에서 월 130달러의 연금을 지급하기로
결정함.

**1961년** 타계  1월 10일 뉴욕시 레녹스 힐 병원에서 사망. 1월 13일 알링
턴 국립묘지에 묻힘.

**열린책들 세계문학 265** 유리 열쇠

**옮긴이 홍성영** 서울대학교 독어교육과를 졸업하고 영국 런던대학에서 무대 예술을, 파리8대학에서 비교 문학 석사 과정을 수학했다. 옮긴 책으로 에드거 앨런 포의 『우울과 몽상』, 퍼트리샤 하이스미스의 『리플리』(전5권), 『열차 안의 낯선 자들』, 『올빼미의 울음』, 퍼트리샤 콘웰의 『소설가의 죽음』, 『사형수의 지문』, 『약탈자』, 댄 브라운의 『천사와 악마』, 가스통 르루의 『오페라의 유령』, 아나이스 닌의 『헨리와 준』, 노먼 메일러의 『숲속의 성』, 스테프니 메이어의 『호스트』, 루스 렌들의 『나의 사적인 여자친구』 등이 있다.

**지은이** 대실 해밋 **옮긴이** 홍성영 **발행인** 홍예빈·홍유진
**발행처** 주식회사 열린책들 **주소** 경기도 파주시 문발로 253 파주출판도시
**전화** 031-955-4000 **팩스** 031-955-4004 **홈페이지** www.openbooks.co.kr
Copyright (C) 주식회사 열린책들, 2020, *Printed in Korea.*
**ISBN** 978-89-329-1265-3 04840 **ISBN** 978-89-329-1499-2 (세트)
**발행일** 2020년 12월 30일 세계문학판 1쇄 2021년 4월 20일 세계문학판 2쇄

이 도서의 국립중앙도서관 출판예정도서목록(CIP)은 서지정보유통지원시스템 홈페이지(http://seoji.nl.go.kr)와 가자료공동목록시스템(http://www.nl.go.kr/kolisnet)에서 이용하실 수 있습니다.(CIP제어번호 : CIP2020053450)

# 열린책들 세계문학
## Open Books World Literature

각 권 8,800~15,800원